THE ORPHANS OF RED PLANET

火星孤儿

刘洋 著

人民文学出版社

图书在版编目（CIP）数据

火星孤儿/刘洋著. —北京：人民文学出版社，2018（2022. 5 重印）
（光分科幻文库）
ISBN 978-7-02-014673-4

Ⅰ. ①火… Ⅱ. ①刘… Ⅲ. ①科学幻想小说—中国—当代 Ⅳ. ①I247. 5

中国版本图书馆 CIP 数据核字(2018)第 246226 号

责任编辑 **赵 萍 李 宇**
责任印制 **任 祎**

出版发行 **人民文学出版社**
社　　址 **北京市朝内大街 166 号**
邮政编码 **100705**

印　　刷 **三河市鑫金马印装有限公司**
经　　销 **全国新华书店等**

字　　数 **258 千字**
开　　本 **880 毫米×1230 毫米 1/32**
印　　张 **10. 75**
印　　数 **19001—22000**
版　　次 **2018 年 12 月北京第 1 版**
印　　次 **2022 年 5 月第 5 次印刷**

书　　号 **978-7-02-014673-4**
定　　价 **43. 00 元**

一场拯救世界的高考

一场宇宙意义的高考

严　锋

中国科幻文学正在步入一个快速发展期，越来越多的年轻人投入到科幻创作中来，题材和手法都在快速更新，想象的边疆也在不断拓宽。刘洋的《火星孤儿》，就是这股生机勃勃的潮流中一朵引人注目的浪花。

作者一开始就抓住了我们中国人最敏感的神经：高考。未来的高考会是怎样的形态？未来的考生会如何备考？有哪些技术手段能让人考得更好？小说描绘了一所名叫“近腾”的全封闭学校，那里号称有最科学的管理方法、最好的学习氛围，还有全国最优秀的教学名师，其实施行的是监狱式的管理，用电击、水浸、感官剥夺来提升学生的成绩。如果你刚从高考的搏杀中走出，看到这些描写，一定会眼睛一亮，或者一黑，既似曾相识，又别有风味。作者对备考的过程、气氛、考生的心理都把握得细腻生动，对未来的助考技术也描写得栩栩如生，令人不寒而栗。

看到这里，也许你会以为这是一部借科幻的外壳，批判分数挂帅，对现有应试体制进行反思的作品，其中还包含了对未来技术与人文教育结合的警惕。然后，学生们对沉闷的校园氛围日益不满，想方设法突破封锁，追求个性自由，这又像是另一个“飞越疯人院”的故事。

然而，这些都仅仅是作品的一个层面，或者说是通往真正大戏的一个前奏。后面的发展，完全可以用峰回路转来形容，非常出人意料。关键的情节就不剧透了，这么说吧，这确实是一个关于高考的故事，但这是一场极为特殊的高考，一场意义重大的高考，一场决定人类和外星文明命运的高考。

这不禁让人想起刘慈欣的科幻名作《乡村教师》，也是从教育入手：一个极度贫困的山区的乡村教师到了肝癌的最后时刻，他用生命的最后一点余晖，给小学生们上了最后一课。然后，镜头一转，这位卑微的乡村教师的最后一点可悲努力，被作者融入了一部在时间和空间上都极为壮阔的太空史诗。而这个教师的生命价值，也达到了一个不可思议的高度。《火星孤儿》和《乡村教师》都是从最平凡的角度展开，进而上升到宇宙尺度的奇观，如此巨大的跨越在普通的文学作品中是很难达到的。

刘慈欣说过，他写的科幻是以创意为核心，作品的架构与展开靠着创意支撑。刘洋认同这种科幻模式，认为他自己的作品也是以新鲜的点子为动力驱动。点子科幻，看上去简单，要写好其实非常难。科幻发展到今天，好像已经穷尽了各种可能，很难翻出新花头，就像《火星孤儿》里古河调侃的那样："都是些俗套的点子——生化病毒、人工智能、电脑网络、黑洞虫洞、时间旅行——到最后，你甚至发现连这些都只是一层皮，里面装的其实是个蹩脚的爱情故事。"令人高兴的是，《火星孤儿》给我们打开了新的脑洞。对于外星人的形态、宇宙社会学、星际文明交流这些老而又老的话题，刘洋都做出了别开生面的演绎。与此同时，这些奇异独特的想象，都有坚实的物理和技术的细节来支撑，使得整部作品热烈而冷静、奇妙而缜密，呈现出硬科幻的厚重分量与质感。

《火星孤儿》讲述的是我们的故事，也是"他们"的故事，终究还是我们与"他们"的故事。这些故事以鲜明的姿态昭示科幻的形态与意义：科幻始于我们的足下，飞向浩渺的时空，最终以超越性的想象让我们更好地了解我们自己，以及我们这个世界的可能性。

目　录

上篇

—

THE ORPHANS OF RED PLANET

I

学 校

—

《2008 年普通高等学校招生全国统一考试》
（辽宁卷 · 语文试题）

7. 下列推断有误的一项是（　　）

A. 作为教育体制的宋代书院，与此前的古代私学既相区别，又有一定的联系。

B. 宋代书院中的生徒，对当时朝廷科举考试的总体要求，大致上也能够适应。

C. 一些民间思想，往往通过书院教育的途径来实现逐渐为官方所接受的目的。

D. 在书院的讲学交流中，不同思想和学术相互影响，都有机会得到发展完善。

答案：C

1

“如果说高考是过独木桥，那我们就是冲锋舟——以最高效的方式带您的孩子直达成功的彼岸。”戴眼镜的中年男子微笑着说。他右手轻轻一挥，幻灯片翻过一页。虽然基于光晶格的动作捕捉系统无法欣赏演讲手势变换的艺术，但台下的听众却被演讲者的自然与自信所感染，不自觉地增加了对这场宣讲会的好感。

这是一间拥挤不堪的会议室。会场本身并不小，但对于汹涌而来的听众，仍然显得过于局促。此刻，为了保证三维空间投影的现场效果，窗帘被拉得严严实实。阴暗的房间里有些沉闷，空气中弥漫着汗臭和劣质香水的味道。投影仪发出嗡嗡的闷响。投影仪的光穿过十八个投射孔，在舞台上方交织成了缓缓旋转的立体影像。

“2031 年，全国文科状元和理科状元都出自我校。2032 年，再出一名理科状元。2033 年，理科全国前十我校有四个。最近四年，名校的上线率逐年上升，去年达到了百分之九十八，为全国最高，五十二人被世界百强大学录取。可以这么说，进入我校，就等于跨进了名校的门槛。”

伴随着全场沉重的呼吸声，表格和直方图交替出现。

“我们有最科学的管理方法、最好的学习氛围，还有全国最优秀、经验最丰富的教学名师。在我们学校，所有的学生将得到量身定制的学习资源：我们为每个人提供特别设计的辅导套餐；另有营养师专门为学生搭配健康食谱；每周一次的健康检查保证学生的身体始终处于最佳状态；在宿舍里播放阿尔法波音乐，帮助学生在几分钟内进入深度睡眠；专业的心理调节师将在学生出现心理波动时及时介入，让学生保持积极专注的学习态度……”

一口气说了十几分钟，男子才停下来，轻轻地喘了口气。宣讲过程中，他始终保持微笑，口齿流利而充满自信，用最简洁的话语直击听众的内心。这是一种天分，他清楚地知道自己具有这种才能。

“新校区将采用绝对的封闭式教学。这是一种前所未有的教学革新，在全国乃至全世界都前所未有。当今社会，各种五光十色的诱惑层出不穷，全息游戏、互动视频、虚拟偶像……这一切都极易让学生沉迷其中，无心学习。唯一的办法，就是建立一所全封闭的校区：这里不允许学生携带任何智能穿戴式设备，也将全频率阻断无线电波频段信号，只有这样才能阻断任何可能的外界干扰。所有的学生都将在一座环境幽雅的校园中度过三年的校园生活，期间不得离开学校一步，没有假期，也不允许家长探视。”

会场中立刻开始出现了预料之中的骚动和不安。

“这一切都是为了孩子！”他的话宛若敲响了一口沉睡的晨钟，某种让人安心的气息从他身上散发出来。

“没有艰苦的跋涉，又怎能看到最美的风景？三年的封闭学习，不仅能让学生的成绩飞速提升，更能磨砺他们的心智。”看着下面一个个正襟危坐的中年男女，他挺直了身躯，像布道师一样大声说道：“选择‘近腾’，就是选择辉煌的未来！为了你们的孩子，请做出正确的选择！”

这时，舞台两侧的通道中，分别走出了一列早已准备就绪的工作人员。

接着，一份份整齐的合同就摆在了家长们的面前。

2

听这帮人对着课本和黑板唠叨几十分钟纯粹是浪费时间。叶文经常这么说。同桌古河深以为然。

铃铃铃，上课铃响了起来，但叶文头也不抬地盯着习题集，快速地演算着。于他而言，老师的讲课声不过是环境中的本底噪音，完全可以从意识中自动过滤掉。他的眼睛从不看黑板，却总能考进年级前十。而在之后的班级总结会上，当班主任自豪地宣布他的名次时，他又只是瘪了瘪嘴，嘀咕一声“无聊”。

他的大脑构造一定跟我们有巨大区别，古河曾经暗暗揣测。

直到下课铃响起，叶文仍然用右手撑着额头，皱着眉头思考着。这种情形可不多见，因为很少有题目能够让他如此为难。

“唉！”他突然叹了一口气。

“怎么啦,文仔？”古河问。叶文长得干瘦干瘦的,大家都叫他文仔。

“没事，这个题出错了。”

“那就再检查检查，没什么题能难倒你。”

“我说的是出题人错了，这个题出得不对。”文仔懒洋洋地说，“你看，”他指着习题册上的一幅图对古河说，“一般来说，题目给出的已知条件只要恰好可以解出答案就行了，但这道题可能因为解答过程比较复杂，出题人为了给答题者一些提示，便想当然地多给了一些条件。

可是他太大意了——他给出了一个多余的条件。最关键的是，这个条件和其他的条件完全无法匹配，致使该题难以自洽。如果答题者从这个条件入手，解出的答案将和标准答案大相径庭。”

古河看着题目，努力地思考着。那是一道物理题，而且是那种需要进行复杂受力分析的题。每次看到这种题目，古河就觉得很头疼。

“可是你怎么知道那个条件是错误的——万一是别的什么条件错了呢？”

“很简单。整体来看这道题，出题人要考的是滑动摩擦力的计算和连接体问题。除了那个条件以外，其余的每个条件都能有机地联系起来，从而拼合成一个完整的解题链。这就像在一堆拼图碎片中，突兀地出现了一块不属于这里的碎片。虽然你还没有拼好这幅图，但直觉会告诉你——这块碎片不对劲儿。”

“我可没看出任何特别的地方，”古河嘀咕着说，“果然他的脑子和我们不一样……”

文仔是个天才。天才自然不需要遵守普通人的规则。每天中午十二点起床，躺在床上看着空荡荡的宿舍发一会儿呆，然后从床下面翻出一袋早餐奶，一边吸着一边走向教室。往往是在午自习的时间，安静的教室门口突然出现一道黑影。他趿拉着拖鞋，懒洋洋地站在那里，一眼扫过教室。如果有老师，他就拖长声音叫一声“报告”；如果没有，就慢腾腾地踱到自己的座位上，吧唧吧唧地把早餐奶喝完。

没有人觉得奇怪，连老师也不会多说什么，只是微笑着看他一眼，有时还点点头，像是在和熟人打招呼。

他是班上的特殊人物。

他属于“第一阶层”。

第一阶层的宿舍本来是独立的别墅，就建在学校东面的荷花池旁边，但他并没有搬过去，仍然和其他人住在集体宿舍的六人间里。

“懒得搬东西，”他说，“这儿也挺好的。”

别说本宿舍了，就连邻近宿舍里的同学都有意无意地巴结他，有的甚至鞍前马后地伺候着。可古河脸皮比较薄，做这种事情总是慢人一步，到最后也就放弃了，只是以正常的态度和他相处。文仔对人倒也没有特别傲气，只是有点冷漠罢了——第一阶层的大多如此。

有一次，古河坐在床上看书入了神，文仔经过的时候，扫了一眼，略微有些惊讶地问：“这什么书啊？”

古河先是一愣，随后尴尬地把书合拢，支吾着说：“物理书……延伸阅读材料……”

“得了吧，”文仔一把抢过他的书，“我又不是管理员。咦！《月海沉船》，克拉克的？”

古河有些不知所措地站了起来，心想，他要是告给管理员就完了。可文仔只是随便翻了翻，又把书还了回来。

“回头借我看看。”文仔说完这话就离开了寝室，走的时候还挥了挥手。

第二天，古河就被老师调了座位，成了文仔的同桌。是他要求的吗？古河想，毕竟他是第一阶层的人。第一阶层可以获得很多权利，甚至可以影响班主任的决定。从某种意义上讲，整个学校是有求于他们的。对于这样的私立学校，他们需要像文仔这样的尖子生，越多越好。

但古河从来没有向他求证过。他觉得那样做很傻。

让古河没想到的是，几天之后，他竟然走进了第一食堂的大门。

第一食堂里的人很少，和拥挤不堪的第二食堂完全不同。这里窗明几净，甚至弥漫着一股青草的味道。座位是柔软的沙发，锃亮的棕色皮革表面能映出他扭曲变形的面孔。

“点菜吧，”文仔说，“我请客。”

古河翻开印制精美的菜单，看着上面贵得离谱的菜品，犹豫着该点些什么。菜单上动辄几十个绩点的价格，点一道菜几乎就会耗尽他一周的积蓄——果然只有第一阶层的人才消费得起。

关于用绩点消费，古河一度很不适应。初来这所学校时，古河带上了自己的“小金库”，那张小小的银行卡里有古河的全部积蓄。可到学校后才发现，学校里根本就没有 ATM 机这种东西。后来他才从室友那里知道，这里所有的消费，都由“绩点”来支付。

“那是什么？”他好奇地问。

“怎么说呢……类似于你的平时成绩吧。学校定期会有一些小测验，根据测验的分数高低，学生可以获得相应的绩点。”

虽然很不适应，不过古河很快就理解了这种体系。所谓的“绩点”，就是校方设计的特有货币。而每一次考试，既是对近期学习成果的检验，也意味着“工资”的发放。对尖子生而言，那是一次收割绩点的狂欢，而像古河这种成绩中等甚至略微偏下的学生，就只能守着一点微薄的绩点数，勉强在廉价的第二食堂里混个温饱了。

简单地说，这是一种建立在考试成绩基础上的贫富分化机制，学校想借此激励学生更加努力地学习。

当然，校方绝不会让学生饿肚子，因为那会影响学习。一旦体检发现有营养不良的状况，他们会立刻给学生强制注射身体所需的物质，比如葡萄糖、维生素和各种微量元素；或者给一杯黏黏的流质食物，那味道就像胶水一样，很冲，学生们把它叫作“土饭”，吃过一次后，永远不会有人想吃第二次。

这或许也是一种惩罚机制吧。

“你喜欢看科幻？”文仔看着有些手足无措的古河随意地问道。

古河点点头，“小学就开始看了。”

“我也是，不过我看得不多。”他终于还是从古河手中接过菜单，随便点了几个菜，“这几年好看的科幻小说真的太少了，那种从灵魂深处产生的战栗感，已经很久没有过了。”

“都是些俗套的点子——生化病毒、人工智能、电脑网络、黑洞虫洞、时间旅行——到最后，你甚至发现连这些都只是一层皮，里面装的不过是个蹩脚的爱情故事。”古河笑着赞同道，“克拉克离我们已经很远了。”

因为“科幻”这个共同话题，聊天顺利地展开了，还不到一顿饭的时间，两人已经变成了仿佛相识多年的老友。第一食堂带来的拘束感和紧张感也渐渐消退了。古河很高兴自己刚进学校，便交到了这么一个志趣相投的朋友。

“虽然不知道怎么回事，但现在的这些小说越来越无趣了。”古河从读者的角度总结了自己的感受，“并不是说现在这些小说的文笔不好，只是总感觉没有最初的那种惊奇感了。”

文仔点了点头，表示赞同，“原因是多方面的吧，跟作者、出版方和社会大环境都有关系。”停顿片刻，他端起面前的果汁说，“来，干一杯！为这无趣的科幻时代。”

3

其实古河是个转校生，上学期还在千里之外的崇明中学读书。那学校在一座岛上，每个周末回家都得坐十几分钟的船。这个学期，也不知爸妈吃错了什么药，非要把他转到这个学校来。古河看过他们拿回来的宣传册，把这所学校夸得天上地下独一无二。

“听话，我考察过那所学校了，他们校长亲口说的，进他们学校的就没有考不上名校的。”爸妈劝说他的时候就像被灌了迷魂汤，眼睛睁得老大，里面透着无比兴奋的光。

于是，他坐上火车，昏昏沉沉地晃荡了几个小时。也许是中途睡了一会儿，后来回想起来，发现有段时间的记忆完全丧失了。

从一个小站下车后，他坐上学校的接送车。途中，他带着一丝新奇向窗外望去。路边的景色像是从某个盗版装饰画里复制出来的：一排白杨挺直而规矩地排列在道路两旁，外面是一片农田，种着水稻和玉米；更远处是一些低矮的山丘，也都是绿油油的。空气中弥漫着一层薄雾，令四周显得颇为静谧，可也阻挡了看向更远处的视线，只能隐约看到一些小小的山头。这一切本来再平常不过，可他看着却觉得很不舒服。

没过多久，古河忽然发现，这些田地被严格规划，形状统一，一片接一片，几乎没有差别。日近正午，阳光在稻田上反射出碧绿的光线，白杨的树叶也不时在微风吹拂下摆动着，发出哗哗的声音。

面对眼前的一切，虽然天气晴朗，古河的心情却变得阴沉了起来。

应该快到学校了吧，他想。道路很平坦，几乎感觉不到颠簸。车辆行驶了十分钟，甚至连一个弯儿都没有拐。他从窗户探头出去，只见透亮的柏油马路从眼前一直向前延伸出去，给人一种永无止境的错觉。

好直的路，他不由地赞叹道。

这时，车停住了。在司机的提醒下，他打开车门，提着行李箱下了车。眼前是一片小树林，一条崎岖的小路蜿蜒着深入绿野之中。

“学校呢？”古河问。

“翻过这座山就到了。”树林的背后，隐隐有座高耸的大山笼罩在云雾之中。

“不送到校门口吗？”

“你自己看看！”司机朝着前面努了努嘴，“这土路，车过不了。”

古河看着前方泥泞狭窄的路面，只好叹了口气，拖着行李开始步行。

后来他才知道，这所学校坐落在一个群山环绕的小盆地里，自建校起，就不通车。这才是真正的封闭式教学呢，他想。

学校的大门很普通，看上去像是一所乡镇学校。入口处立着学校的规划图——一片长条形的区域内零落分布着诸多教学楼，这和别的学校没什么不同。倒是中部的一片灰色区域引起了他的兴趣——那是一个极其狭长的操场。他从没见过这种形状的操场，看上去就像只有一条直线跑道！除了这个怪异的操场，学校里并没有其他的运动场所。

难道体育课上只练百米跑步？古河有些郁闷地想。

几周之后，他发现自己想多了。因为每到体育课的时间，总是有其他科目的老师走进教室，宣布体育老师身体有恙。

进校的第一天，古河就饿了肚子。那时他还没有学分绩点，当他想用身上仅有的现金购买饭菜时，不出意料地被拒绝了。

“只能刷卡。”打饭的大妈说。

“我刚转校过来，还没办卡！”他连忙解释道。

“那你先去那边办卡呀。”大妈指着一个方向，那里有学校最高的一栋楼。

那就是学校的行政大楼。古河在这栋光鲜亮丽的大楼里找了好半天，终于找到了那个传说中的“学生卡服务中心”。

“办卡是吧？”一个毫无朝气的年轻女性头也不抬地说，“学生证拿来。”

古河把刚注册好的学生证递过去。她拿着学生证在一个感应器上刷了一下，从一叠新卡中抽出一张，打印上名字，塑封完了递给古河。“去隔壁充值吧！”她用手指着一个小门说。

古河推门走进房间，只见里面摆着一排座椅，俨然一个小型的教室。

没有其他多余的东西。他疑惑地走到一个座位前，这才看清桌上有一条细缝，上面写着“插卡处”。

哦，他恍然大悟，连忙把卡插进去。

一阵嗡嗡声响起，从一个更宽的缝口处传出了一张纸，拿过来一看，竟然是一张试卷，抬头写着“临时充值考卷”。下面的几行小字详细地写着充值的规则：

临时充值条件：新卡、首次充值人员

充值点数：六十分以上成绩计入充值点数

充值时间：一个小时交卷

原来，充值就是做一套试卷。古河只好忍着饿，埋头看题。都是客观题，一个小时快结束的时候，他匆匆忙忙地将答题卡涂好，放到了旁边的感应器上。

嘀的一声，光洁的桌面投影出古河的成绩：72 分。插在小缝里的卡也慢慢退了出来。

那时，他通过临时充值考试第一次拿到了 12 个绩点。

4

古河所在的六人间里只住了四个人，房间的一侧是两张上下床和一个小柜子，另一侧则放着一张上下床，靠着几张书桌和一个大储物柜。古河的行李并不多，把换洗衣物都放进衣柜以后，里面还是显得空荡荡的。不过，当他把珍藏的科幻小说也堆进去的时候，里面一下子就变得拥挤起来。

“干吗带这么多纸质书过来？”文仔见了以后，随口问道。

“听说现在很多学校都会对学生过度使用电子设备进行管制。”古河解释道，“万一电子书不能看了，至少还有备用的嘛。”

“那你藏好点儿吧！宿管会定期来检查的。一旦发现你的这些闲书，估计还是得没收。”文仔提醒道。

“好的。”古河整理完书堆，然后把一个黑乎乎的方状物放在书堆顶部，再把悬挂的衣物排放在书堆外侧，“这下就看不出来了。”

“那是什么东西？”文仔突然问道。

“什么？”

“那个黑方块。”

“哦，这个啊！”古河扒开衣服，把黑方块拿出来放在地上，“给你看一下就知道了。”他在自己的腕表上按了几下，那个方块上突然出现一个球状物，然后慢慢上升，最终悬浮在黑色基底的上方。接着，一股悠扬的弦乐声从中传了出来。

“原来是悬浮音响啊！”文仔恍然道。他一向对音乐甚至整个流行文化都不感兴趣，所以一时没认出这东西是什么。

“喜欢听古典音乐？”

“还好吧。”古河不好意思地挠了挠头，“是我爸硬塞给我的。他觉得我缺乏音乐细胞，需要好好培养。其实我对这些东西没什么兴趣。”

“这样啊。”文仔笑了笑。

“不过，我倒是很好奇，这东西怎么能浮起来呢？”

“磁力啊。”

“磁力？是因为它里面有磁铁吗？”

“倒也不是。”文仔思考着该怎么通俗易懂地解释其中原理，“虽然里面确实用到了永磁体，但最关键的悬浮控制其实是依靠了电磁铁，也就是通过电流来产生磁场的装置。”

“对了，这原理初中好像还学过。”

“高中还会再学的。”文仔像是找到救星似的接话道，“等你以后学了电磁学就懂了。”解释这些太过简单的物理常识，让文仔有些不耐烦。

“你平时喜欢听歌吗？”古河问道，“要不借给你用吧！”

“不喜欢。”文仔很干脆地说，“我更喜欢玩游戏。”说着，他从衣柜底下摸出了一个黑盒子，打开一看，里面竟然有一部手机。

在古河惊讶的眼神中，文仔一边划拉着手机屏幕，一边小声说：“我偷偷藏起来的，你别说出去啊！”解锁之后，他快速打开一个游戏界面，动作熟练地玩了起来。古河仔细一看，原来是一款广为流行的重力感应类游戏。

他探头过去，看了一会儿说：“之前我还在家的时候这一关就玩过，怎么也找不到迷宫的出口。”

“很简单，就在这一格。”

“可是这里明明什么也没有啊！”

文仔嘿嘿一笑，双手低垂，把手机放在腰部下方，然后突然向上拉起。“你再看看。”他把手机递给古河。

“咦？！里面的地板怎么塌陷了？洞口原来在脚下啊！”古河惊叹道，“你这是什么操作？”

“这你就不知道了吧？”文仔笑着说道，“这是一个依赖手机的重力感应芯片的三维迷宫游戏。现在的重力感应芯片，不仅可以在水平方向上感应到重心的变化，还可以精确测定当前位置的重力大小。我刚才突然把手机往上拉，会让芯片因为超重效应而感应到超出正常值的重力。对应到游戏里，控制目标下方的地板就会因为突然增加的压力而垮塌，从而露出迷宫的出口——这游戏就是这么设计的！”

古河愣愣地听了半天，突然问道：“那个……超重效应……是什么？”

“啊，我突然想起来，有门作业还没写完。”文仔像是没有听见古河的话，急匆匆地走出宿舍，扔下古河独自在风中飘零。

文仔离开后，古河开始铺床。他的床位在上铺。他爬到自己的铺位上，准备把软垫平整一下。这时他注意到，与他相邻的床位上，有一个看上去呆头呆脑的家伙，正小声嘀咕着什么。

他小心地靠近，想听听对方在说什么。

“机器是不是出问题了？”他终于听清了这家伙说的话。

“什么机器？”古河凑过去问道。

“这里这些机器！”他指着自己的脑子说，“这里最近一直卡卡的。”

“别理阿木。”这时候文仔回来了，他用手指了指脑袋，轻声跟古河说，“他这里有点问题。”

阿木很少和别人说话，上课的时候也老老实实坐着，一动不动，不知道是在发呆，还是在认真听课。他对声音的反应很迟钝，叫他的名字，要好久才有反应。上午和下午的五节课，他从来不离开座位。

每次即将下课的时候，古河都看着时钟，绷紧了身子，随时准备往外冲。下课时间只有九十秒，如果起身太慢，很可能上完厕所回来就已经迟到了。刚来的时候他就吃过这样的苦头——迟到一次，扣一个绩点。

“少喝水。”文仔说起了他的经验，“中午休息的时候一定要上一次厕所，不管有没有感觉，都在里面蹲上十分钟。记住，不要用马桶，直接蹲着——这样更容易让你产生排泄感！”

这是一条显而易见的经验。大家都喝水，桌上摆一小瓶水，往往可以喝上好几天。

但是阿木做到了一个极致——他从来不喝水。除了吃饭的时候，偶尔会喝一点汤外，古河几乎从来没看到他喝过水。所以，他课间从来不上厕所。在教室里的时候，他几乎总是一动不动地坐在座位上，宛如一尊逼真的雕塑。不知为何，古河对这样的阿木产生了一丝恐惧。也许他可以控制身上的毛孔，让水分尽量从那里蒸发出去——即使是这样荒唐的念头，套在阿木身上，似乎也没什么不合理的。

“我的发条好像松了。”宿舍熄灯以后，阿木又开始坐起来说胡话。最近，他的症状明显有些加重。因为床位是相连的，有时候晚上阿木突然从床上弹起来，古河的床也会随之发生一阵晃动。

古河有些无奈地翻个身，继续睡。

阿木拍了拍古河的脚，“帮我拧一下发条吧！”

“哎呀，赶紧睡吧！”古河有些烦躁地说。现在已经熄灯十几分钟了，在阿尔法波音乐的调节下，睡意像军队一样坚定而有节奏地袭来，但被阿木这一闹给击溃了，这下要睡着可就不容易了。

可阿木还是不依不饶地拍着古河的脚，“不行，已经快运转不了了。你听，有咔咔的声音！”说着，他还凝神倾听虚空中的某个地方，眼珠子斜斜地歪着，表情古怪而可笑。

“快点快点！快卡住了！”

古河被烦得受不了，只能爬起来，装模作样地在他身后拧了拧。

“啊，好多了！”他终于露出满意的表情，倒头睡下了。

“药不能停啊。”古河小声说了一句。

事实上，学生每天都要吃药。

午饭的时候，刷卡买午餐之后，随着餐盘一起递出来的，还有一小瓶蓝色的口服液。“蓝水”是免费的，上面有“学生营养保健”之类的标签。每个人的蓝水都是针对个人定制的。依据每周一次的体检结果，学校会调整每位学生所需的成分。据说，这种药水可以提高学生的专注力和记忆力。

“别喝那玩意儿，”文仔却跟古河说，“不干净！”

“什么？”

他耸耸肩，没说什么，而是指了指阿木。阿木一个人坐在座位上，仰头便喝下整瓶口服液。

“阿木怎么啦？”古河不解地问。

文仔没说什么，只是干笑了几声，走开了。

后来古河才知道，阿木以前并不这样。在高一的上学期，他不知从哪儿搞来了十几瓶“蓝水”，一次全给灌了下去。之后，整个人就开始变得有些不正常了。校医院曾让他住了一周的院，出来后也没太大好转。奇怪的是，从那之后，他的成绩比原来更好了。

大部分的时间里，他的眼神都暗淡无光，只有在做题的时候，整个人，特别是眼睛才会迸射出灵气和生命力。其实古河时不时也在想，阿木说得对，他真的变成了一台机器——专门做题的机器。

5

阿木一口喝下那泛着微微苦味的药水，不由自主地发出了一声舒畅的呻吟。

此刻，他全身的每一个细胞都焕发出活力来，他仿佛听见了无数个齿轮完美咬合着欢快转动的声音。

他拿起一本习题册，看着题目，在脑海中进行着匹配。题目很简短，只有三行铅字，在阿木的眼前，那些铅字渐渐变得模糊，唯有几个关键的词组和数字越来越清晰。他把这些关键字映入脑中，静静地等待着。几秒钟后，他仿佛听到了叮的一声——那意味着匹配已经完成。在这个题目与它的解答方法之间，出现了一条清晰的线，把它们连接了起来。

他拿起笔，飞快地在草稿纸上演算起来。一分钟后，他得到了答案。

还不错，他想，保持这个速度应该就可以了。

阿木并非一般意义上的尖子生，他并不聪明。相反，很多人都觉得他有点呆。从小学开始，他的成绩便一直在中下游。上了初中也没什么进步，唯一的亮点就是历史和政治——他基本上都是满分。

他逐渐发现，对于那些需要记忆的内容，无论多么繁杂枯燥，自己总能将其完美地复制到大脑中，就像在电脑上“复制—粘贴”一样简单。而对于那种需要灵活处理的题目，自己就完全不知所措了。同样的一个物理问题，就算自己曾经做过，但只要稍微改一下题目的条件，让解题过程变得曲折一些，自己就完全摸不着头脑了。

这可能就是人们口中所说的“笨”吧。

高中的时候，他自己选择到了“近腾”。虽然父母被他游说得也开始对这所学校寄予厚望，但阿木对自己其实并没有多少信心。不会有什么改变吧，他想，自己这么笨，再好的老师也帮不了自己。

这种自卑感一直存在于他之前的校园记忆中——直到他初次喝下了“蓝水”。

那种感觉就像是一台干涩的机器得到了润滑，自己身体里的某种潜能被彻底释放了出来。

那就是无与伦比的记忆力。

即使不用刻意去记那些公式和大段文字，只要它们从眼前经过，便深深地印在了脑子里，就像发霉的衣服上出现的黑斑，无论如何也洗不掉了。

当然，他并没有变得更聪明。那些稍微脱离死板做题经验的题目，自己还是做不出来，但他渐渐发现，那样的题目越来越少了。

因为他做的题目越来越多了。

不管什么样的题目，只要自己做过一遍，下次遇到的时候，脑子里便会自动匹配出对应的解题步骤来。刚开始只是一种无意识的反应，但他很快就从中嗅到了机会，并逐渐总结出了一种新的学习方法——题库战术。

对于别人而言，做题只是为了让自己熟练地掌握某个知识点，当掌握这个知识点后，再做此类题目便失去了意义。如果用一条曲线表示学习成效和做题多少的关系，那应该是从零开始，逐渐上升，然后斜率慢慢减小，最后变成一条斜率为零的水平线。可对阿木来说，情况完全不同。他做题的目的不是为了掌握知识点——即使对知识点倒背如流，他也无法解答那些需要灵活运用知识点的题目。他唯一的目的，是为了扩充自己的题库。

就像那些早期下围棋的人工智能，在内存中储存了无数的棋谱，便可以游刃有余地迎战人类的高手了。但作为机器来说，它其实并不理解“下棋”这件事本身。

所有做过的题目，在阿木的脑子里形成了一团果冻似的集合。这个集合并不是分类明确、逻辑清晰的，它们彼此杂糅在一起，像一团乱麻，根本理不清各自的关系。有很多题目其实是一个类型的不同变种，有的甚至就是另一个题目稍微换了种说法，但要分辨这些细微的差别，对于阿木来说，还是太过困难。他只是把这些题目胡乱地堆在一起，像堆在柴房里的凌乱枯枝，等待有朝一日，再次被捡拾起来，扔进炉膛，发出一点点微弱的火光。

阿木疯狂地做题，上课做，课间做，吃饭做，甚至做梦的时候他在做。他的身体形成了一种惯性，仿佛一旦中断做题，就会瞬间崩塌散架。

他开始想象自己是一台运输的机器，类似传送带，把习题册上的题目，一点点地搬到大脑的仓库中。那些题目和解答过程，有的他可以理解，有的似懂非懂，有的则恍如天书，但他毫不在意地照单全收。这个过程更接近纯粹的体力劳动，和码头上的搬运工并无二致。

即使是搬运，久了也会疲乏。在阿木的感知世界里，疲倦就像是传送带的齿轮上长满了一层铁锈，运转起来变得缓慢而吃力。这时就需要补充“蓝水”了。药液进入身体后，像是润滑油渗进了每一个齿轮和连杆，脑子里的某个地方顿时变得活络了起来。

在没有蓝水补充的时候，他便想象自己的背后有一个旋钮，那旋钮通过发条连接着传送带的滚轮。他时常扭曲着手臂，拧起这个虚构的旋钮。一圈又一圈，不停地扭动。

过了一会儿，他的身体便似乎恢复了一些活力。

6

今天一进教室，古河就觉得气氛有点诡异。课本摊开在桌面上，可是没有谁在认真看它。教室里安静得有点可怕，大家都屏气凝神，似乎在等待着什么。

通常情况下，这种气氛只意味着一件事情，那就是马上有一场考试。在原来的学校也一样，古河回想起来，不管是大考还是一次小测试，就算只是听写几个单词，只要最后会给一个分数，大家就会莫名地紧张起来。

不知从何时开始，这种对于考试和分数的敏感，就深深地刻印在了所有学生的意识底层。这个过程也许从小学就开始了。

每次考试之后，老师都会要求学生把试卷拿回家让家长签字。如果考得好，父母就会高兴地抚摸自己的头，夸奖一番，而自己则趁机提要求，比如买一件心仪已久的玩具，多半都能得逞。而一旦成绩不尽如人意，那情况就是另一回事了，别说买玩具，能免一顿打就谢天谢地了。那时，父母会阴沉着脸看着自己，而自己只好哆嗦着把试卷递上，低着头，一言不发，就像犯了天大的错误一样。

回想起来，在童年的记忆里，没有什么事情比考砸了更严重。

虽然不知道有多少家庭是这番景象，但在古河眼里，大致都差不多。那时每次考完，自己和几个相好的小伙伴都会聊起彼此的境遇。他还记得，有一个外号叫胖墩的，每次都会把手臂上的衣袖挽起来给他们看——上面全是红通通的条纹，交错分布，像是某种神秘的标记。有的家长虽然不会动手打孩子，也许还会轻言安慰几句，但还是会在不经意间流露出那种不高兴的神态。

小孩子其实是非常敏感的，他们从各种细微的表情中揣摩着大人的喜怒哀乐，然后把它放大，甚至把内心填满。他们为父母的高兴而开心，也因父母的不满而不安。他们会不自觉地讨好父母，到了亲戚家里，也总是表现出听话的样子。他们总有一种莫名的不安，似乎自己随时都会被父母抛弃。这种不安让他们总想黏着父母，就连出门也要牢牢抓着大人的衣襟。在他们模糊的意识中，得到父母的认同是最重要的事情，而维系这种关系的重要指标，就是取得好成绩。

古河的家在一条小河边，河边有一棵粗壮的榕树。童年的时候，每当考得不好，他放学后总不愿直接回家。他会磨磨蹭蹭地绕到大榕树下，沿着长满树瘤的主干爬到一根横生的枝杈上，在那里坐着，直到目送太阳落山，四周都安静下来，这才不情愿地慢慢往家挪。

然后便是一顿早已注定的臭骂。

大概在这一时期，“成绩”这种东西，就变成每个学生心中的梦魇了吧。

古河故作镇定地走到座位上坐下，看了旁边的文仔一眼。很奇怪，连文仔都露出一副与平常不一样的表情来。虽然脸上并没有太多的紧张，但平时的淡然全没了踪影。

“怎么了，是有临时测验吗？”古河小声地问。

“切，临时测验算个屁啊。”文仔一脸不屑地说，“待会儿有一节紧迫答题训练课。”

“啊……什么课？”虽然不知道这课名的意思，但听到不是测验，古河还是松了一口气。

“很特别的一门课，待会儿你就知道了。”文仔不经意地皱了皱眉头。

7

上课铃响了起来，一位古河从没见过的老师走进教室，简短地说了几句话后，便让大家从教室出来排成一条长队，然后浩浩荡荡地离开教学楼，进入了旁边一栋更为高大的建筑物——“综合楼”三个大字赫然在目。

这楼看上去比教学楼更新，贴满了瓷砖的外墙光洁如镜。古河跟随着人群上了二楼，见到一个挂着“2133”牌子的教室。学生们鱼贯而入，古河也跟着走了进去。

谁知刚一进教室，他整个人就猛地愣住了。

他怎么也没想到里面的陈设是如此的古怪。在教室里，没有课桌，也没有座椅，只有一个庞大的水池。水池里盛满了清水，让这里看上去更像一个室内泳池。与泳池不同的是，在水池中，整齐地竖立着众多白色的塑料杆，杆上装置着一些用途不明的机械设备。

进入教室后，大家自觉地开始换装。在水池的外围，有一排更衣室，古河也像别的同学那样，就近走入一间更衣室，只见室内已经准备好了整套泳衣。他把衣服和裤子脱下来挂在衣帽架上，换上了泳衣。这泳衣样式相当保守，黑色，包裹全身，穿上后仿佛变成了蛙人战士。配套的还有一副阔大的泳镜，他直接套在了近视眼镜上。

走出更衣室，他看到很多同学已经下到了水池里，而且靠着一根塑料杆稳住身形。他这才发现，塑料杆的置放和教室的课桌是一致的。

他连忙踏入水中，游到了自己的位置上。

水池里的混乱持续了一段时间，一些不会游泳的学生在水里徒劳地扑腾了半天，最后在其他同学的帮助下，才到达了相应的位置上。

在塑料杆的中下部，有一块横出来的板子，看上去像一个座位。在老师的口令下，大家纷纷靠着塑料杆，坐在了那块板子上。这时，古河突然发现，从竖杆上冒出了几条绳索，把自己的腿和腰牢牢固定在了塑料杆上。

随着一阵微微的鸣响，古河的身体开始渐渐下降。看来那个座椅是可以沿着塑料杆上下移动的。

水面渐渐上升，很快就漫过了自己的肩。而水池的底部，也开始有课桌模样的东西升起。难道要在水里上课吗？古河越发觉得茫然。他看了看周围的同学，大家都安静地随着椅子向水中沉去。

水终于漫过了古河的脖子。这时，文仔突然冲着他喊了一句："答完题立刻按钮！"然后水就漫过了他的嘴巴。

在沉入水下的最后一瞬，古河赶紧深吸了一口气。

然后，眼前的一切都变得晶莹剔透起来。

"开始答题！"他听到站在水池边的老师大声喊了一句。

这时候，从池底升上的课桌终于到达了自己眼前。在课桌上，有一块闪亮的显示屏，上面清晰地显示着一道数学选择题。他憋住一口气，仔细看着题目。

这是一道根据函数解析式选择函数图像的题目。题目并不难，考的是二次函数的性质。开口向下，对称轴是 x=1，截距是 y=2.5。他几乎没怎么思考，就判断出了正确的图形。他注意到，在每个选项的下方，都有一个红色的按钮。他下意识地去按那个正确答案下的按钮。

然后，古河的座位突然迅速上升，他的头猛地冲出了水面。

周围响起了此起彼伏的大口呼吸声。

“高考的时候，最宝贵的是什么?”老师的声音不失时机地响了起来，他并没有等待学生的回答，自顾自地说了下去，“是时间！根据最近几年的统计，全国高考的数学卷完成率为百分之三十六，理综卷的完成率更只有百分之十二。没完成的题目，是大家不会做吗？当然不是！很多考生反映是因为时间不够用。所以，高考考的并不是你会不会做题，而是你能不能在最短的时间内答对题目。”

这时，座椅再次下降，古河又一头扎进了水中。

这次是一列两道英语题，要求选择正确的短语填入对话中。他快速通读了对话，揣摩着语义，又看了看给出的几个选项，然后迅速按下了按钮。

座位升起，他又答对了一题。他注意到课桌上有一个蓝色的数字从“1”变成了“2”。

“从某种意义上讲，谁赢得了时间，谁就赢得了高考。所以，我们必须要训练自己，在尽可能短的时间里，提高分析问题、解决问题的能力。根据我们的计算，如果要顺利完成整个高考试卷，并保持时间充裕的话，每道数学选择题和理综选择题都应该在三十秒内完成，每道英语选择题都应该在二十秒内完成。”

座位下沉，这次是一道化学题，要选出属于氧化还原反应的方程式。古河再次答对，蓝色的数字变成了“3”。

“而三十秒，正好是我们一般人憋气能达到的时间。”说到这里，那老师顿了顿，猛地提高了声调，“这就是开设这节课的原因！”

听到这里，古河总算明白这古怪的课程是怎么回事了。他在心里暗暗骂了一句，然后再次下沉。

这次轮到物理题了。

题目给出了一个图示，要求分析出一段绳子中的张力。乍看之下，题目并不难，古河很快求出了张力的大小，可是潜意识中，似乎一直有个声音在说："不对，不对，你忽略了一个重要的条件。"他一遍又一遍地扫过受力图，想找出产生这种不对劲感觉的源头。时间一点一滴地过去，肺部开始隐隐作痛，脑子也开始眩晕。不行了，他想，坚持不下去了。

终于，他吐出嘴里的最后一口气，按下了按钮。

座位猛地弹起，他迫不及待地张开嘴巴。空气伴随着些许水珠飞入喉咙，让他剧烈地咳嗽起来。

答题错误。一个微弱的声音在耳边响起。

蓝色的数字闪烁了几下，重新变为了"2"。

"今天的目标是'20'，大家努力吧。"老师的话语伴随着水流涌动的声音，再次回荡在这个七十平方米的教室里。

答错了还要倒扣啊，古河有些沮丧地叹了口气，不知何时才能完成任务。

这时，他看见旁边的文仔突然离开位置，游向了岸边。那个空着的座椅上，蓝色的数字稳稳地显示着"20"。

"待会儿见。"文仔爬上水池，像往常一样摆了摆手说。

8

一个小时后，古河终于爬上了岸，满头都是水珠。吹风机就在一边的墙上，可是他已经累得不想动弹了。

文仔走了十分钟以后，阿木也完成了任务。从这时开始，陆续有人从池子里出来了，哗啦啦的水声响个不停。教室里的人越来越少，古河开始心慌了。蓝色的数字一度接近了“20”，可在关键时刻又错了几道题。

他已经呛了好几口水了，喉咙既痛又辣，只觉得旁边座位上那个蓝色的“20”，仿佛是一个遥不可及的彼岸。

这时，他看到了陈松。

陈松睡他下铺。尽管如此，自己转学以来，还没怎么和他交流过。看上去，他的成绩也不怎么样，古河注意到，他面前的板子上，那数字比自己还小。不过陈松看上去倒是一脸淡然，似乎早就习惯了一般。

陈松的水性很好，一口气闷下去，可以在水里坚持两分钟以上。可这对他显然没有太大帮助。他就这样一题一题答下去，不发一语，也不向旁边多看一眼。他前面的数字时而增加，时而减少，像是围绕着某个中心振荡的简谐振子[1]。而陈松，就像是推着巨石上山的西西弗斯。

1. 物理学中，围绕平衡位置按照正弦规律做往复运动的质点。

也许是受到了陈松的感染，古河的心也渐渐平静了下来。

“给！”在陈松爬出水池的那一刻，古河立刻把毛巾递了过来。

完成任务以后，古河并没有立刻离开，而是在旁边等了十几分钟，直到陈松面前的数字变成了“20”。

这时，整个水池里只剩几个人了。陈松向水面扫了一眼，目光在某个女生身上停留了片刻。那女生身材纤瘦，脸色有些苍白——或许是在水里待太久的缘故吧。古河记得那女生似乎叫肖红，成绩一向很好。

“咦……她怎么到现在还没有完成？”古河不解地问道。

仿佛是被古河发现了自己的秘密，陈松转过头来，有些尴尬地笑了笑。他接过毛巾，一边擦着头发，一边说：“她特别怕水，一到水里就发慌，再简单的题目也都不会了。”说完，他干笑了几声，换了一个话题：“今天这题目……出得也太刁钻了。”

“是啊，我也被好几道题给误导了。”古河点了点头，“看你的水性，你应该会游泳吧？”

“对，从小就游。”陈松一边换衣服，一边说，“我家旁边有一条小河，以前水清的时候经常去游。现在不行了，水臭得很。初一有次下河之后，全身发痒，皮肤上起了好多红斑。从那以后就再也不敢去那河里游了。”

“一样的，我家附近原来有个小树林，现在变垃圾场了。”

“现在要找个能下水的地方也不容易。这破学校连游泳课都不开，每次只有上紧迫训练课的时候能下水，还要被绑在椅子上。”

“你很喜欢游泳？”

“喜欢泡在水里，几天不下水骨头就痒得慌。有时候我实在忍不住，连那个荷花池……”陈松自知失言，立刻闭紧了嘴巴。

“你不会连那个池塘也下过吧？”古河也压低了声音。他知道学校东门附近有一个人工湖，里面种满了荷花。

“嗨，有一次实在忍不住想下水了，就偷偷溜进去滚了会儿。”陈松眨了眨眼，“别说出去啊！”

古河微笑着点了点头。

换好衣服后，两人并肩走出教室。天色已经有点灰暗了，西边的太阳红彤彤的，有气无力地发着光，就像是一个电压不足的大灯泡。

一阵尖锐的铃声突然响起，原来已经到了晚饭的时间。

“还习惯吧？”

“啊？”

“我问你过得习不习惯，在这个新学校。”

“嗯，还好吧……”

就在这时，古河恍然惊觉：不知不觉间，自己已经在这个新学校度过了一个星期。同样是上课、做题、吃饭、睡觉，跟他以前待过的学校似乎并无不同，可却总是让他产生一种不舒服的感觉。这里无比强调成绩和高考，升学的压力弥漫在校园的每一个角落，所有的一切都围绕着考试进行，像一台目标明确的机器。Target locked[1]！真不知是好是坏。但愿自己的成绩真能提高一些吧。

1. 目标锁定。

THE ORPHANS OF RED PLANET

Ⅱ

禁　书

《2013年普通高等学校招生全国统一考试》

（重庆卷·语文试题）

4. 下列选项中，依次填入下面文字中横线处的标点符号，最恰当的一项是（　　）

《海底两万里》是科幻作家儒勒·凡尔纳创作的一部科幻小说。小说讲述了法国生物学家阿龙纳斯利用一艘构造奇妙的潜水船_____鹦鹉螺号____在海底旅行的所见所闻，赞美了那深蓝的国度____史诗般的海洋。在我们身边，也有一艘这样的奇妙的潜水船____是它发现了冰海沉船，激发大导演卡梅伦拍摄了史上最赚钱的电影____是它帮助美国海军在地中海找到了不小心丢失的氢弹，避免了一次灾难。它的一生充满了传奇。人类对深海的很多重大发现中都有它的身影。它就是深潜水器中的明星____阿尔文（Alvin）载人潜水器。

A. “　　”　，　。　，　：

B. ——　——　，　：　，　：

C. 《　　》　、　。　；　——

D. （　　）　、　：　；　——

答案：D

1

书桌上堆起的课本和练习册有一尺多高，要仰起头才能看到黑板。这是高中教室的课桌上常见的景象。在这样的书山面前，是一颗颗留着制式短发的脑袋，看起来像是被埋在书山下的一只只小刺猬。

在这样一间教室里，正在上英语课。

英语老师是个胖胖的中年妇女，头发蓬松，袖子卷起，正在黑板上用力板书着几个常用短语的用法。教室里很安静，做笔记的沙沙声像幼蚕在啃食桑叶。

文仔还没来上课，估计还在宿舍睡觉。第一阶层的学生拥有很多特权，包括随意缺课、指定宿舍或公寓，甚至可以提请学校领导撤换某个老师。每月一次的段考中，全校前十名自动进入第一阶层——文仔从未掉出这一行列。

古河朝左右望了望，轻轻地翻开一本封面上写着“中阶语法”的书，当然内页早已被替换为了科幻小说。这种方法是文仔教的，据说非常有效，很难被老师发现。

“你可以试试！”那时，文仔一脸认真地说。

没事的，古河默默安慰着自己。况且，这是一本小册子，放在高高的书堆下面，老师应该发现不了。他推了推眼镜，把上次夹在书页中的书签抽出来放在一旁，然后在记忆中搜寻上次看过的情节。

心跳开始加快。

没事，他暗自想着，这个方法已经用过好几天了，从来没被老师逮到过。

他面前的科幻小说是一本“禁书”，按照校规，不仅不能在上课时翻看，就是平时也完全禁止阅读。当然，只要仔细研究过校规，你就会发现，所谓的禁书，就是除了教科书和辅导书之外的所有书籍。

古河始终记得自己首次遭遇查寝时的情形。那天傍晚，自己正靠在床上，拿着一本小说聚精会神地看着。阿木坐在床边上，小声念叨着什么，也许是在背英语单词。文仔则躺着发呆。这时门突然开了，陈松冲了进来，然后又猛地把门关上。

“查寝的来了！”他一边大口喘气，一边急促地说。

听到这话，文仔像弹簧一样从床上蹦了起来，赶紧把一个黑箱子从柜子里拿出来，然后跑进厕所，嘭地关上了门。

阿木只是“哦”了一声，没什么动作，继续自顾自地念叨着。

“你还不把书藏起来！”陈松压低声音冲古河喊道。

古河这才恍然醒悟过来，四处寻找可以藏书的地方。床下面？估计不行，太容易被发现了。他打开衣柜，准备把书塞进叠好的被子里。

“不要放柜子里！”陈松连忙提醒道，“他们会搜柜子的。”

那藏哪里呢？古河的目光慌乱地四处游走，寻找着下一个隐藏点，这时门突然被推开了。

“同学们好啊！”一位面容和蔼的阿姨走进了宿舍。

“老师好！”陈松和阿木齐声回应道。

“啊……老师好！”古河急忙把拿着书的右手放在身后，脸一瞬间涨得通红。

还好，这位老师似乎并未留意古河的异样，她只是对着大家点了点头，然后走到陈松的床前，开始仔细翻找起来。

古河不自觉地后退，似乎那人并不是老师，而是一头危险凶猛的野兽。

不知不觉，他已经退到了位于宿舍最里侧的窗边。女老师这时已经检查完了陈松的床，抬起头来，准备到下一个目标地点继续搜查。这时候，她看到了古河。

“你手里面拿着什么？”她突然厉声问道。

“没……没什么啊！”古河哆哆嗦嗦地回答道。

“把手放前面！”

似乎嗅到了什么特殊气息，女老师向古河走来。

古河僵住了，身体像是突然失去了控制，连一根手指都动不了。他看着对面的老师一步步向自己逼近，一股冷汗从背后冒出来。

“那个……老师，”这时，陈松突然说道，“我们房间的灯泡好像有点问题。”

女老师停下脚步，抬头看看，“灯不是好好的吗？有什么问题？”

“现在没事，可有时候会突然一闪一闪的。”陈松煞有介事地说。

“哦，这个问题我会向后勤反映的。”女老师拿出一个小本子，在上面简单地写了几个字。

趁着女老师不注意，古河微微晃动手腕，把书从窗户的铁栏间扔了出去，似乎还听到了书壳和地面撞击的声音。

总算过了一关。古河大大地深呼吸了一口，然后把手伸了出来。

带着怀疑的眼光，女老师仔细检查了古河一两分钟，这才不悦地放弃。不曾想，她突然转身，用力拍打起旁边的木门来。

“厕所打开！”她严厉的声音里似乎还带着一丝恼怒。

“马上就好。”文仔的声音从里面传来，就在古河为他担心的时候，门却突然打开了。“老师好！……有点拉肚子，真是的，什么时候吃坏了……”他嘟哝着从厕所里走出来。

一股恶臭传来。女老师皱着眉，探头朝厕所里扫了一眼，然后便嫌恶地关上了门。

“你到底藏哪儿了？”女老师走了以后，古河进入厕所找了半天，也没看到文仔的那个黑箱子。

“嘿嘿，好好学着吧。”文仔得意地笑了笑，然后走到厕所的窗边，握住铁栏用力一拉，整个栏杆竟然从窗框上剥离开来。这时古河注意到，铁栏杆的底部，系着一根纤细的线，在线的另一端，正是那个垂在窗外的黑箱子。

“靠！怎么不早说，害得我把书都扔了。”古河抱怨道。

“没事没事，待会儿再去捡回来就行了。”陈松安慰古河说。

“怎么捡啊？大门都关了。”

“放心，”陈松挤了挤眼睛，一脸自信地说，“包在我身上！”

“我说你们啊，”阿木突然说话了，“以后还是不要再看那些乱七八糟的书了吧，多做点题不是更好？那些东西就像混在油里的杂质，只会让轮轴发涩。”他扬起手臂旋转了几圈，似乎向他们展示自己的轮轴还能正常运转。

像往常一样，阿木说完这句话，宿舍里瞬间冷场了。陈松对着古河抖了下眉毛，然后便麻利地躺上了床。

第二天醒来的时候，那本还没看完的小说已经完好无损地放在了古河的枕边，而宿舍大门还没开。古河看了看陈松，那小子正一边哼歌儿，一边刷牙呢。

"陈松，你怎么捡回来的？"古河好奇地问。

陈松转过身，冲着古河露出一个意味深长的坏笑，然后继续刷牙。

那是一本凡尔纳的经典科幻小说，昨天查寝的时候，古河正看到一个关键的地方，事关主人公能不能活下来。在这种情况下突然停止阅读，简直就像半中途被拖出厕所一样，那种痛苦无以言表。他有一种强烈的预感，如果自己不接着看下去，这一天都没办法安心上课。

他拿着书，犹豫着要不要带到教室去。

"带着呗！"文仔一眼就看穿了古河的心思，说着从床上懒洋洋地坐起来，"教你一个办法！"

"什么办法？"

"偷天换日大法！"——其实就是换书壳。

2

书有不同的性格，就像写书的人一样。有的书总是板着脸，一脸严肃，你翻开到哪里，它就跟着训你到哪里；有的书则温和许多，它努力用一些你不会反感的话语，跟你对话，当然，骨子里还是那一套道貌岸然的东西；但是，还有一种书，它不会主动接触你，只露出冰山一角，让你好奇。当你主动向它靠近，它会让你情不自禁地跟随它的脚步，带着你不疾不徐地走进一个瑰丽而美妙的世界。无须细看，你只要翻开一页，就能从字里行间嗅到它的气息——是古板的、伪装文雅的，或是诱人的。

当你跟随一本诱人的书走进异世界之后，你的身体就只剩一副躯壳，真正的你已经来到了彼岸。你的呼吸将时而深沉，时而急促，眼睛像扫描仪般机械地左右转动着，身体轻微地晃动，偶尔又突然停住。

就像梦游。

古河现在就逐渐进入了这样的状态。

梦游的时候，突然惊醒，往往是危险的。

刚开始，古河只是觉得光线有一丝微弱的变化，然后肩膀出现了一种似痒似麻的感觉。就像在大梦将醒的前夕，整个人陷入了某种眩晕状态。然后，眼前世界的色彩开始一点点剥落。

终于，灵魂重新回到了躯体里。

英语老师一手搭在肩膀上，一手拿起古河面前的“中阶语法”。几十双眼睛从四面八方朝这里注视。

一片安静。

这下完蛋了，他茫然又自觉地站了起来。

同桌的文仔表情复杂地看了一眼古河。这个方法是他教给古河的，本以为不一定会被采用，没想到后者毫不犹豫地照做了，这很大程度上当然是源于对文仔的信任。对此，文仔也心存愧疚，可是，他不得不做出这样的违心之举。古河大概怎么也想不到，在文仔这种好心行为的背后，还深藏着某种难以言说的隐情。

当古河沮丧地走出教室的那一刻，文仔抬起头来，偷瞄了一下古河的双眼。只有文仔知道，那是一切的源起，或许也将是一切的终结。

十分钟后，古河已经站在了训导室里。是温控调节系统的温度设定太低的缘故吗？在他低头站立的时候，手臂上竟不停地冒出鸡皮疙瘩。

“你听，仔细听！在你的身边，整个房间里——有种什么声音？”稍显干涩的嗓音在耳边响起。

古河摇了摇头，表示自己什么也没有听到。

“那是时间流动的声音。”一个戴着眼镜的中年男子低下头来，对他严厉地说。古河知道他是高一年级的训导主任，也是学校的心理辅导员。

“无论你在做什么，请时刻记住这一点：时间不等人！我们既不能让它暂停，也不能减慢它的脚步。在你看这本小说的时候，它就一点一滴地从你的指缝间滑走了，什么也不会给你留下。”他低沉的声音里有某种诱人的频率，那频率直刺听者的心房，使人不自觉地产生一种负罪感。

“在时间面前，我们都是穷人，没人可以无谓地虚掷——即使是你们这些高一的学生！看上去你们离高考还很遥远，其实现在正是打基础的关键时期。如果因为现在的松懈，导致自己的知识结构中出现了漏洞和缝隙，那你以后可能需要花费数倍的时间和精力才能补回来。所以，从进入高中的那一刻起，我们的每一节课，都要全力以赴；我们的每一秒钟，都无比珍贵！”

训导主任的这番话说得抑扬顿挫，熟练极了，显然已经说过无数次。古河挺直了身子站在他面前，认真地点了点头，做出一副幡然悔悟的模样，但心中只有忐忑不安。

因为“小黑屋”三个字不断在他脑海中闪过。

他听过很多关于“小黑屋”的传言。那是一种可怕的惩罚机制，据说是由军队和监狱中的某些措施演变而来的。犯错的学生会被关进一个非常狭窄的小房间里，什么也看不到，什么也听不到。在最初的几个小时里，这样的黑暗和静寂会不断蚕食你的理性，渐渐地，你仿佛来到疯狂山脉的悬崖边，仿佛置身于一无所有的太空，周围是无边无际的虚无。你拍打着墙壁，可是发不出声音，这里的一切都是用最好的消音材料制成的，就连说出的话，也会迅速弥散并消失在空气中。你只能靠喉肌的震动来感觉自己的惶恐嘶吼。你希望看到点什么，无论什么都好，但眼前只会出现一些光影的幻象，像鬼火一样在眼前捉摸不定地改变着形状，却又看不真切。

主任的嘴还在一张一合，古河却什么也听不进去了。因为他看到在自己的身侧，就有一扇木制的棕色小门。就是它！那个传说中的小黑屋！他的身体微微颤抖起来。

“那简直是——比死还难受！”曾有同学绘声绘色地描述道，“教导主任的办公室里就有一个！”

熬过了最初几个小时后，希望之光会突然出现在你的眼前。在一无所有的黑暗中，一块电子屏幕渐渐亮了起来。在显示屏上，所有的物理模型、数学公式、化学反应，像流水一般从你眼前滑过。你会如饥似渴地趴在上面，看着这些字母和数字，就像沙漠旅人看见了绿洲，在这一瞬间，它们变得无比亲切可爱——那简直是世界上最美丽的文字和符号。它们会深深地刻印在你的脑海里，即使在梦里它们也如影随形。

这就是所谓的“饥饿感官教学法”，不少叛逆的学生都被这种教学法“调教”过。

正当古河陷入焦虑不可自拔时，他突然感觉周围安静了下来。他小心翼翼地抬起头，只见主任正皱着眉头看着他。古河愣住了，不知道该做什么。

“没听见吗？赶紧回去上课！这本书没收了。你的成绩不算差，多用点心，不要浪费时间看这些乱七八糟的书——下次再犯，就没这么轻松了！”

古河如蒙大赦一般连忙鞠了个躬，想要赶紧逃离这个地方。可是，他的身体却并不听话，仿佛被冷藏得太久，变得僵硬无比。他艰难地挪动脚步向门外走去，重若千钧。

就这么让我走了！难以置信的同时，他又感到无比庆幸。

他有些出神地走在走廊上，直到一阵清风拂面而过，古河才终于长长地吐了口气。风暴过去了，他想。

然而，这时的他完全没有想到，就在这看似平静的表面下，一场席卷全校的巨大风暴已经悄然成形。

3

一块嵌入墙壁的屏幕，一间光线微暗的房间，还有一位眉头皱紧的中年男子。

男子半躺着靠在沙发上，身体深陷柔软的皮革中。屏幕上红色和绿色的数字不时跳动，倒映在他淡蓝色的眼睛里，像一群安静而优雅的精灵。

“进来。”他听到有人敲门。

“老板！”来人低头肃立在门口。

他没有转头，而是直接问道：“近腾那边有进展了？”

“诱饵已经成功投放了。今天下午，本来有机会抓住一条大鱼，可惜不知道为什么，对方放弃了。”

他闭上眼睛，长时间盯着屏幕让他有点疲劳。他轻轻揉一揉太阳穴，心情随着身体在沙发上深陷变得有些沉重。

是对方察觉了吗？他想，不会的，他们没有这么警惕。诱饵是精心安排的，连诱饵本人都不知道，而且传感器植入的位置很隐蔽，很难检测出来。

一个巧合罢了，他轻轻地哼了一声。

“没关系，既然鱼饵撒下了，迟早会有鱼儿上钩。近腾……他们干净不了。”他的嘴角微微翘起，像是想到了什么好玩的事情。他并不着急。作为国际知名对冲基金的合伙人，他知道什么时候该安静等待，什么时候该迅速出手。

就像他曾经在英格兰和泰国做的那样。

“继续盯着！”他淡淡地说。

近腾教育集团，这个响当当的名字，在很多人眼中，就是奇迹的代名词。从几十年前一个普通的教育辅导机构，发展成现在全国规模最大的连锁教育集团，它几乎垄断了全国所有的优质教育资源。它坚持走“小而精”的发展道路，从不盲目扩招，然而近几年来，那些全国顶尖的大学简直成了它的后花园。而社会上对它的信任，也逐渐发展到了迷信的程度。

就在这样的氛围里，一支名为“近腾高考指数”的期货，价格开始逐渐走高。

近腾高考指数期货类似于恒生指数期货，投资者购买的，并非某种实体货物。从某种意义上而言，就是一场赌博——每一年，根据近腾教育集团旗下高中的高考表现，加权计算出一个衡量其高考总体成绩的指数，指数上升，期货赚钱；指数下降，期货赔钱。就这么简单。

就像十几年前的房地产一样，不断走高的价格，带来了众多的投机资金，渐渐把它的价格推向极度危险的虚高——泡沫一点点产生、扩大，然后疯狂膨胀。

最近几年，近腾集团运作出的高考成绩越来越优秀，这使大家相信，这个价格是值得的。虚假的繁荣掩盖了一切。

然而，有泡沫，就有人想要把它捅破。

索罗就是这样的一个人。现在，他慵懒地躺着，看着屏幕上不断刷新的交易数据，细致地盘算着。捅破泡沫并非想象中那么简单。期货交易的背后是包括近腾集团在内的众多财团，不仅包含着巨额经济利益，更牵扯到整个金融市场的稳定。之前他曾试着出手几次，虽然也让水面泛起了涟漪，但很快就被一只神秘的大手抚平。他知道自己小看了对方。而现在，对方显然有了防备，采取了更多具有针对性的措施，动起手来，感受到的阻力也明显增大了。特别是近腾集团本部的高中，在几年内数次搬迁，到现在竟然没人知道它搬到哪里去了。

还好自己早有准备。在决定对近腾下手的初期，他就已经在近腾高中埋下了几枚威力巨大的“炸弹”。而近期投入的诱饵，更像是让那些炸弹加速引爆的火星。

一切都已经准备就绪。

现在，他要做的，只是静静等待那一声震耳欲聋的轰鸣。

4

夜里十二点整，宿舍里已经响起了鼾声。古河强忍着不断袭来的睡意，静静地等待着。

终于，床轻微地晃动了一下。

他精神一振，睡意顿时消散了不少。终于又开始行动了，他想。

睡他下铺的正是陈松。

跟陈松相处一段时间以后，古河发现，这真是个普通到了极致的人。不论是外貌、性格还是成绩，如果用一个坐标轴把所有人排出一个高斯分布来，他一定位于中心处的对称轴附近。

对他唯一的印象是水性很好。

然而，最近这段时间以来，他开始发现陈松身上有一些怪事。

异常情况出现，是在上周二的晚上。那天不知为何，古河被一阵哐哐的金属振动声吵醒。迷迷糊糊的他过了很久才反应过来，这是金属床架的响声——有什么东西撞到它了。宿舍的床上下铺一体，从床沿探出头去，正好看见陈松那站在床边的身影。

陈松正匆匆忙忙地把什么东西塞到床边的衣柜里，然后小心翼翼地上了锁。

刚才是衣柜的门碰到了床架子吧，古河想。由于睡意正浓，古河没心思关心别人在干什么，很快又沉沉地睡过去了。

让古河产生疑心的是周四晚上。那天，因为被没收了小说，心情有些郁闷，即便有阿尔法波音乐安抚，躺在床上还是一直睡不着。默默地数了几千只羊，一直到了凌晨时分，月光透过窗户照射进来，睡意离自己还是极其遥远。

这时，他感觉到床架产生一阵轻微的晃动。微微睁开眼，看见陈松站在床边，穿上外套，蹑手蹑脚地朝门移动。他轻轻地拧动把手，把门拉开一条缝隙，然后轻巧地钻了出去。

古河瞪大了眼睛，心里冒出无数个问号。这么晚了，他出去干什么？

宿舍楼实行封闭管理，一到熄灯时间，大楼的门就关闭了。古河跟着陈松下到宿舍二楼，发现他一转身溜进了水房。可是当古河透过门缝朝水房里窥探时，却发现陈松竟然消失了。

水房里空空荡荡的，一个人影也没有。

一阵风不知道从何处吹来，古河突然觉得身体有点发凉。

他鼓起勇气推开门，走进水房。在不大的水房里转了一圈，他突然发现，在水房阳台的栏杆上，有一个脚印。他站在脚印所在的位置向外看去，猛然明白了一切。

在阳台边有一棵生长茂盛的大榕树。一根粗壮的树枝，正好伸展到阳台下方半米处的地方。

他就是从这里爬下去的吧，古河想。他终于明白之前陈松是怎么把自己扔出去的书给捡回来的了。

榕树的树干既扭曲又粗壮，上面还长着密密麻麻的树瘤，想必很好爬。

古河盯着前方的暗夜，却没有跟着爬下楼去的勇气。他生怕被宿管抓住，于是蹑手蹑脚地回到四楼的宿舍，躺回了床上。

不到十分钟，陈松就回来了。在月光下，古河清楚地看到他手里拿着一只黑色的袋子。他小心地打开衣柜，把袋子放了进去。

啪的一声，藏着秘密的衣柜再次被锁了起来。

周五。

周六。

周日。

每天晚上都是如此，古河的好奇心越来越强烈，好几次忍不住就要当面问他了。不能这样，他想，陈松既然如此偷偷摸摸，必然是不想让别人知道，问了，恐怕也不会承认。

可谁能挡得住好奇的诱惑呢？思前想后，古河还是决定再次跟上去看个究竟。

夜里的走廊黑漆漆的，绿色的安全指示标记散发出幽暗的光线，像是要把古河带去某个怪兽的巢穴。古河在水房门口探出头，只见陈松熟练地攀住树枝，一跃便骑在粗壮的枝干上，然后他倒退着挪动了几步，右脚靠着一个树瘤垫脚，翻身时死死抠住树皮上干裂的缝隙，接连踏下几步。随后，他的身影便消失在了古河的视野中。

古河连忙走到水房的阳台上，眯着眼向下望去。

陈松这时已经绕到了榕树的另一面。他熟练地攀爬着，几下就跳到了地面上。然后，他低着头，钻进了榕树旁边的圆形花坛里，仔细翻找起来。花坛中的灌木丛很密，古河看不清里面的情形，只能捕捉到一个晃动的黑影。

不出所料，片刻后，他直起身来，手中提起一个塑料袋。

那花坛里有鬼！

5

“有鬼?”文仔眨眨眼，笑了起来，“你还不知道吗?那是漫画书啊!”

“什么?”古河有些意外，“漫画书?”

谜团散去，真相和他想象的完全不同。

古河刚把陈松最近的举动告诉了文仔，没想到文仔早就知道了。“不止陈松，最近很多人都这样啊。”文仔说。大概一周之前，在学校的一些隐蔽角落里，开始出现这种用塑料袋装好的漫画书。很快就有人发现了它们，并且偷偷把这些禁书带回宿舍，在私底下传阅起来。

而且，旧的漫画书被拿走后，很快就有新的漫画书出现。这样一来，虽然漫画书的数量依然不多，但流传却越来越广了。

“是谁干的?”古河好奇地问，显然有人在后面推动这件事情。

“不知道。”文仔说，“管他呢，有漫画书看，不是挺好的吗?”

有漫画书看当然好，不过，这样做的目的又是什么呢?古河还是想不明白。

不出所料，最近几天，上课看漫画渐渐蔚然成风。不断有禁书被收缴，但也不断有新书涌现出来。各种漫画书流传甚广，到后来几乎每个人都看过那么两眼。在严禁使用智能设备的学校里，这种古老的二次元娱乐方式竟然表现出超常的诱惑力。

上课偷看漫画书有三种常用的方法。

一种是“环绕式”：把漫画书摊在课桌上，把课本覆盖在上面。看的时候，前臂压在书上，双肩环绕书两侧，身体前倾，形成包裹之势，然后微微挪开一点课本，便可以从手臂和课本的缝隙中看到下面的漫画书内容。这样的好处是身体的姿势跟认真上课时很接近，而且挪动书本在课桌上操作方便。缺点是需要不停挪动表面的课本，才能看清漫画书的内容。

第二种是“弓背式”：拉开桌下的抽屉，把漫画书翻开，放在抽屉里，通过抽屉的缝隙一点点扫过漫画书的书页。看的时候腹部和胸部要收缩，背部微微弓起，在身体前方腾出抽屉所需的空间。这种姿势保险系数很高，发现老师走下讲台巡视时，只需立刻直起身子，肚子一挺就把抽屉弹回去，不会留下“作案”痕迹。缺点是抽屉里光线很暗，经常看不清楚。

与上面两种方法不同的是，第三种方法不是趴着看，而是直着看。

首先在桌前垒起一排书，然后把漫画书立起来，借着书堆掩护，以免被老师发现，就像躲在高高的沙袋后面射击一样，用掩体最大限度地保护自己。如果掩护的书堆比较矮，也用课本把漫画书包起来。课本通常是 16 开，而漫画书只有 32 开，正好比课本小一圈，立着的课本可以从三个方向掩护漫画书。此为“站立式”——看书时身体要挺直，两眼平视前方，一半视野停留在黑板和讲台上，另一半则用来看漫画。这种姿势可以随时观察老师的动态，及时采取应对措施，而不像上面两种方法，需要特别抬头留意防范老师，致使看书和看讲台无法兼顾。

如此一来，上课时老师一眼扫去，讲台下方或趴着，或埋头，或双眼平视黑板但焦点模糊。一旦遭遇老师提问，则支支吾吾，答非所问。接连几次测验，全校的平均成绩竟然出现了明显的下滑。

事态严重了起来。如此大范围的成绩下滑极其罕见，就连校长和集团的董事们也被惊动了。就在这时，期货市场上出现了一些对集团不利的风声。

金融市场是极其敏感的，一点点风吹草动，在有心人的推波助澜和人群的恐慌效应下，就能引发极为严重的后果。这是集团绝不允许出现的。

终于，一次前所未有的禁书行动在学校展开了。

禁书行动的第一阶段，是在教室后部和天花板上各装一只高清摄像头，黑色的，像个沉甸甸的保龄球。

“千万不要心存侥幸，就算上课的老师看不到，巡查的老师没发现，但摄像头是不会作弊的。”班主任提醒的话语里，充满了警告的意味。

与此同时，夜间的巡逻明显加强了。熄灯之后，不时有沉重的脚步声在外面的走廊里响起。几天后，宿舍旁的那棵大榕树也被截掉了一大段枝干。对学校里的各种隐蔽角落，也安排了专人每天定时检查，防止再有禁书出现。

每个人的书柜都被管理员检查了一遍，变得乱糟糟的，大家狠狠埋怨了一通。没想到几天后，竟然连床板也被整个掀了起来。

“还要不要人活啦！”有人气得大骂。

在高强度的严防死守下，大家在之后的一段时间里确实收敛了许多，至少没人在课堂上看漫画了。不过只要禁书收缴不绝，那么大家就总能找到空闲的时间，在隐蔽之处偷偷看书。

再严密的摄像头，也总有死角。

既然监视不力，那就堵住入口吧。

很快，校方在教学楼的门口安装了一排扫描仪。一眼看去，像是火车站的进站口。每天早晨从宿舍进入教学楼时，大家排着队，挨个儿过安检。凡是学校允许携带的课本和辅导资料，都被贴上了磁性标记，一旦扫描出没有标记的书本，一律没收。

可是校方很快就意识到，这一招其实很蠢。学生不仅会把磁性标记小心裁下来，贴到漫画书上，有的甚至还把书本的中间部分拆下来，换上漫画书的内容，这样不仅扫描不出来，学生在看书时还多了一重掩护。

面对漫画书屡禁不止的现象，学校领导非常恼火，惩罚措施终于逐渐严厉起来。刚开始是常规的体罚，比如罚跑步或者打扫操场，后来就有人被关进“小黑屋”。古河从没看过那些漫画书——他对二次元的东西不太感冒，总觉得有些幼稚。可每当看到从小黑屋里放出来的同学那涕泪横流的蜡黄脸，他还是感到强烈的后怕。

表面上，这股看漫画的风潮很快就被压制住了，敢于犯案的人越来越少。而且，或许是因为高压政策和严密巡查，那些奇怪的角落也不再出现新的漫画书了。不过，校方终究没能查出那些书到底从何而来。

同时，漫画书的影响仍在持续。大家上课打不起精神，听课时常常陷入发呆的状态。很显然还有人晚上偷偷看漫画书，在课堂上一眼望去，很容易分辨出哪些人眼皮沉重，睡意蒙胧。

严查漫画书之后的第一次测验，总体成绩仍无起色。

教师们都在议论，照这样下去，这批学生估计是没什么指望了。“心野了，”他们叹着气，“定不下来了。”

此时，本来温暖的风变得萧瑟起来，是天凉了吗？大概冬天快来了吧……

6

那位有着慈祥笑容的白发老人端坐桌前，抚着茶杯俯视会议大厅里黑压压的人群——那些都是本校的教师——他的目光很平静，平静得像一潭死水，但目光所及之处竟然会生出一股真切的压迫感。

一片低沉的议论声在房间里如水波般回荡。他看着下方的人群，始终保持着微笑，左右扫视着，像一位老农在自己的土地上检视那金黄的麦浪。这里不是他熟悉的地方，但无所谓，他早已习惯在各种战场上自如地转换身份。每当进入一个新的环境，肩负新的任务时，他都习惯性地回忆起早年间的那次长途奔袭。

那时候，他所在的部队每天都在敌人的包围圈里兜兜转转，借着各种缝隙进行转移。有时要在一片芦苇荡里隐藏几个昼夜，有时又要在几小时里穿过几十公里的沙砾小路。四周都是敌人，没有安息之地。困了，就靠着悬崖的石壁眯几分钟，然后在枪声划破晴空时，迅速钻进那些悠长狭窄的岩缝，再抽空咬一口压缩饼干。每到一个新的地方，他们就迅速展开侦查和防御，如果有机会痛咬敌人，他们也绝不犹豫。

现在无疑又到了一个新的战场。虽然看上去是一片风平浪静的麦田，或许只是偶尔被清风吹拂起了一点微小的涟漪，但他习惯性地把问题往严重的方向考虑。

都是表象，他想，该除虫了。

“咳咳……”他对着麦克风清了清喉咙，右手轻轻叩击着桌面。

会议大厅顿时安静下来。

“诸位辛苦！”一说话，他脸上的笑容顿时收敛得一干二净，就像一位即将布置作战计划的将军，会议大厅也随之秒变成了一个前线指挥所。“我知道，最近出现了一些波澜，大家都尽了自己最大的努力。虽然没有完全平息，但总算是挽回了些事态，仍然值得庆幸。我代表集团董事局，感谢大家。”

顿了顿，下面稀稀拉拉响起了些掌声。他点点头，毫不在意地说了下去：

“作为集团董事局临时任命的新校长，我深感肩上责任重大。我不想对前任校长的做法说三道四，但是，有些东西，是时候改改了！”

说到这里，他背对大家缓缓站了起来，自然地掀起了背上的衣服。

所有人倒吸了一口凉气。

在他的背上，苍白的皮肤中，深深地刻着一道褐色伤疤，从右上角的肩部，斜斜向下延伸了十几厘米长。

“你们都没上过战场，没有亲眼见过那些真正残酷的事情。”他又重新转过身来，平静地说道，“这条疤，是在四十年前的战争中留下的。造成它的，不是敌人，而是站在我身后的战友。从那时起我才知道什么叫督战队，什么叫真正的战争！我也明白了一个道理，不前进，就只有死亡！

“这个世界就是这样，没有人可以轻易后退——万事皆是如此。不要被生活那温和的表象所迷惑，站在它背后的，永远是一张冰冷而严峻的脸孔。它会在你萌生退意的时候，把你毫不留情地推下悬崖。

“高考就是这样一场没有硝烟的战争。我们除了需要指导员，还需要督战队。学校不是苗圃，学生也不应该是温室里的花朵。从今天起，我们应该让他们直面残酷。我们要郑重地告诉他们，这个世界的法则只有一条：后退者死！”

会场里突然安静得让人害怕。

老人拿起一个铝制环状物体，凝神注视了片刻。那是将要套在每个学生脖子上的“项圈”,二十四小时监控学生作息的“生活辅助系统”。

“大家应该看过这个东西的介绍了吧？”

仿佛松了一口气似的，死寂的气氛终于被打破。会场里响起了细碎的杂音，混合着纸张翻动的声音。

“我再次强调一点，安装这个东西，是由我提出并经董事局讨论通过的方案。重病就要用猛药，我相信大家都明白这个道理。不过，在此之前，三个配套措施必须做好：第一，学校的双层围墙要按时完工，围墙的高度不低于十五米，架设的铁丝网全天不断电，两层之间留下一百米的隔离区，观察哨二十四小时不间断值班——这部分工作由后勤和集团建筑队完成；第二，安装前，保卫处和心理辅导中心要通力合作，做好防御准备。方案一旦开始实施，要充分做好学生的心理疏导工作，同时要密切注意学生的反应，发现有挑事儿的刺头，要立刻拔除；第三，关闭后山的信号中继系统，所有教职员工上交手机等通信工具，一律不许外出。”

“可是……这种事情真的瞒得住吗？”有老师疑虑地问道，“学生毕业以后，消息不就泄露了吗？”

“不用担心。”后勤处主任插嘴解释道，“毕业的时候，我们会对所有学生的记忆进行定向清除。这项技术已经很成熟了，而且我们不是已经用过好几次了吗？”

“哦，对啊！”有人幡然醒悟般说道。

喧哗声逐渐平息了。当会场彻底恢复肃静之后，校长才又重新开口讲话。

“老师们，冲锋号就要吹响。”他挺直身子，挥了挥手中的环，“这就是督战队手中的枪！”

这句话绝没有开玩笑的意思。来学校之前，他已经从公司的情报部门了解到事情的真相——漫画书层出不穷，显然是有人要搞他们。虽然不知道具体是谁，但可以推测出几个大致的目标。他们无非就是想把“近腾”拉下神坛，然后在期货市场中大捞一笔。漫画书只是第一步，他们接下来肯定还会使更多花招，不断干扰学校的正常教学秩序。

现在，学校已经被卷入了一场巨大的风暴中。如果应付不当，整个集团都会在瞬间倾覆。这让他想起了伏击战。对手早已埋伏在了前方的某处，等着他带领的部队经过。在这种情况下，最好的办法，就是龟缩起来，静观其变。

静待对方露出马脚，然后挥刀砍断。

7

李翊军在电脑上敲下了“辞职报告”四个字，然后呆呆地看着屏幕，许久没有动弹。也不知过了多久，学校专门开发的高保密通信设备忽然响了起来，原来是年级组长通知自己下午去开会。他唯唯诺诺地答应着，可没等他说完话，对方就已经挂断了。他叹了一口气，把那个新建的文档拖进了垃圾箱。

他在全国最好的师范大学读完硕士后，应聘进了这所声名远播的中学。当时的他，曾是不少同学羡慕的对象。“听说那所中学待遇相当好啊！”“那是，据说没几年就能买房了。”这样的声音一直环绕在耳边。来到学校后，他惊奇地发现关于待遇的传说竟然是真的，甚至比传说中的还要好。

他踌躇满志地走上讲台，准备实现自己的教育理想，一展宏图大志。在第一堂课上，他从课本上的知识点扩展开，讲了许多有趣的逸闻，力图让学生们对学科本身产生兴趣；至于例题，他只精选了两个，其中一个重点讲解，另一个则留给学生当作业。

对于新进的老师，学科组长都会旁听半学期的课，以便把年轻教师“带领”和“塑造”出来。可第一堂课刚结束没多久，组长便把他叫到了办公室里。

“小李啊，课可不是这么上的。”组长叹了口气，看他的眼神里写满了“不上道”三个字，“你多去听听别的老师是怎么上课的吧。”

自己精心准备的课竟然得到如此评价，李翊军颇为惊讶，也有点不服。他马上去听了其他老师的课，结果让他大吃一惊。这也能叫上课？他想，整堂课上，不是一道一道地讲解题目，就是对高考趋势进行分析；而对于知识点本身，只着重于应用，完全忽略它的内涵。

“我觉得，讲万有引力定律，可以从开普勒三大定律出发，重点讲解牛顿发现这个定律的过程，让学生体会科学发展早期的艰难历程，这也能训练学生的科学思维。”他曾经和一位资历很老的教师探讨。

“不用讲那些，高考不考的。”后者一脸不屑地说。

“您看，假如我们讲分子动理论之前，简单讲一下燃素说，会让学生知道科学其实也不总是对的，破除对已有知识的迷信，甚至可以培养学生敢于质疑的科学精神。”

“那个是选读内容，考纲已经删了。”

“我觉得您上课讲的这两个例题是一个类型，是不是可以删去一个，换点别的题讲呢？”

“这个是高考重点，要多讲几次。”

这样的交流进行了几次后，他发现自己和对方完全不是一路人。在其他老师的眼睛里，除了高考，还是高考。那些在他认为很重要的东西，在别人眼里，简直就不值一提。

不久以后，组长又找他长谈了一次。

“你以为这些学生到我们这里来读书是为了什么？为了提高自己的科学素质？狗屁！是为了考出一个更好的分数。这里的一切都是为了高考，你会慢慢体会到这一点的。”

他确实体会到了。这所学校何止与他想象中的完全不同——在应试教育的旗帜下，它简直走到了一个令人匪夷所思的极端。有时候他觉得，这里根本就不像一所学校，从其本质上讲，更接近一座工厂。这里虽然有政府部门要求配置的各种体育和文娱设施，但没有体育课，没有音乐课，没有美术课，那些可以带给学生短暂休息和审美的时间，被一节节“正课”占满。在这里，考试成了学生生活的全部，药物变成了正常食物的一部分，各种变相的体罚和残酷的精神折磨无处不在。

事实上，和几十年前相比，社会大众对高考的看法早已改变。考试并不是学习的目的，成绩也并不能代表一切。抱持这种念头的人已经越来越多，很多学校也都更加注重提升学生素质，教学方法和教育理念也有了极大的变化和发展。当然，围着高考指挥棒转的人仍然存在，或许还不少，但已不是趋势和主流。

但在这里，一切都像回到了几十年前。他每上一节课，都是对他人生信念和理想的一次摧残和背叛。现在怎么还会有这种奇葩的学校呢？他时不时地总会这样想，这背后的原因，似乎并不是教育和考试这么单纯。他的脑海里经常涌起辞职的念头，可又总在高额的工资单面前退缩了。“你真是个孬种。”他对着镜子骂道。

可现在，面对校方给学生上颈环，他真的无法忍受，愤怒地冲进校长办公室，慷慨陈词，极力反对把那个“环”用到学生身上，而校长只是冷冷地望着他，一句话都不说。等到他终于偃旗息鼓，有些不知所措地望着校长时，后者才轻飘飘地丢出一句话：“你回去吧，好好上课。”

那一刻，他突然发现，在这所学校面前，自己是如此渺小。

8

东吴市，大兴汽修厂。

老王穿着油腻的塑胶外套，躺在一辆大货车的车底，仔细检查着车辆的传动轴。这是一辆解放 J6P 重卡，车主反映，这车在启动和行驶的时候，底盘经常发出异响。老王怀疑是万向节十字轴出了问题。这是一种很常见的问题。他用手捏住传动轴，轻轻摆动，观察到底是哪儿出现了松动。过了片刻，他发现似乎是传动轴中间的吊架有些歪。他伸出右手，想抓起旁边的扳手，把吊架的固定螺栓松一松，以便把吊架的位置正过来。

可是，什么也没抓着。他感到匪夷所思。

要知道，老王在这家维修厂干了近四十年了，从十几岁的学徒工，一直做到现在。这期间，厂子的老板换了三轮，最早的那批人都走得差不多了。最近几年,厂子里的生意越来越差,拖欠工资也越来越频繁,所以,新招的年轻人大多干不长就走人了,连招呼都不打一声。现在,这家厂就靠几个老伙计勉力维持。这活儿虽然累,可自己这把年纪,到了外面也没人要。老王想,将就着干下去吧,干到哪天算哪天。去年,儿子在外面给自己找了份门卫的工作,叫自己去,说是比这里轻松,他们也方便照顾自己。老王犹豫了很久,终究还是没走。说到底,老王对这份干了四十年的工作,还是有着很深的感情和不舍。厂里每一把磨得油亮的扳手,都像是自己的老朋友,只要拿在手里,顿时就有了干劲,感觉什么技术难题都不在话下了。

然而,这次他居然抓空了。几十年来,每件工具放在什么位置,他早已烂熟于胸,不管什么工具,他只要一伸手,都能够得着。这次,怎么会抓不住?!

他试着移动了一下手臂,很快,他就摸到了扳手。原来,扳手距离自己想象中的位置远了几厘米。他侧过身,疑惑地看着手里的铁家伙,一种很不对劲的感觉突然从他的心里冒了出来。

突然,一股微弱的力道从手心传来——扳手向上跳动了一下,似乎想脱离他的掌控。

他把扳手握得更紧了。缓缓弯曲手臂,他把扳手拿到自己的眼前。在货车底部的狭小间隙里,他侧身躺着,仔细注视着手里的扳手。

扳手的反抗也越来越激烈了。它时而扭曲着在手里蠕动,时而急速振动,时而一端高高翘起,努力向外逃窜。老王从未见过这样的场景,心里不由升起了莫名的恐惧。但他的手臂格外有力,越是恐惧,越是用力,不管扳手如何挣扎,总也逃不出去。就这样过了十几分钟,扳手的动作开始减弱。它扬起拧转螺栓的那一头,轻轻地在老王面前摆动着,像某种被禁锢的小动物。

瞬间，不知为何，老王突然心软了。他轻轻地松开了手。

扳手一下子蹿了出去，一头撞到汽车底盘上，发出沉闷的响声。然后，它的柄贴在了底盘的铁壳上，像一块磁铁。

过了几秒钟，扳手又突然从底盘上掉了下来，在满是灰尘的地面上弹跳了一下，就再也不动了。老王小心翼翼地拿起扳手，定睛看了半天，也没看出什么名堂来。

那天下班以后，他壮着胆子把扳手带回家，独自在卧室跟它共处了一晚。可是，什么事情也没有发生。

THE ORPHANS OF RED PLANET

III

项　圈

《2012年普通高等学校招生全国统一考试》

（全国卷生物试题）

32. 某草原上生活着鹿、兔、狼和狐等生物，雄鹿有角，雌鹿无角，通常情况下这种鹿的雌雄个体分群活动（生殖季节除外），有人提出“鹿角效应”假说解释这种同性聚群现象，即一群形态相同的食草动物能迷惑捕食者，降低被捕食的风险。为探究“鹿角效应”假说是否成立，某同学用狗（能将抛入流水池中的漂浮物叼回来）、项圈和棍棒做了如下3组实验：甲组同时向流水池中抛出2个相同的项圈，乙组同时抛出2个相同的棍棒，丙组则同时抛出1个项圈和1个棍棒。记录每次抛出后狗叼回第一个漂浮物的时间。若丙组平均时间________（填“大于”“等于”或“小于”）其他两组，则实验结果支持该假说。测试时间要求甲、乙、丙三组抛出项圈或棍棒的距离________（填“相同”或“不同”）。本实验中项圈或棍棒相当于草原上的________________。

答案：小于　相同　雌鹿或雄鹿

1

"失联了?"

"是的，老板。他们大概进行了电磁屏蔽，所有的线人都联系不上了。"

反应倒也不慢，索罗想，不过从他们采取如此强硬的应对措施来看，学校里的问题应该已经很严重了。

"查到他们的位置了吗?"

"还没有。信号的来源方位很奇怪，有时候甚至根本无法定位……不过，学校虐待学生的风声已经放出去了，现在期货市场已经出现了轻微波动。我们要继续做空吗?"

"先等等。"他皱着眉站起身来，看着依旧闪烁不停的屏幕，沉默了片刻。他很讨厌在数据不足的情况下做出决策，这种时候宁可放手，也不能让自己陷入湍急紊乱的漩涡中。

对于近腾本部的中学，他从很多途径了解过，关于它的传奇故事简直可以写成一本巨著。它的前身只是西南一偏僻县城的普通中学，后来被近腾集团买下后，连连考出前所未有的好成绩，迅速在全国范围内具有了极大知名度，几乎家喻户晓。它在全国各地都有分校，但位于西南部的那个老校区一直是他们的金字招牌。因为这所学校的缘故，原本安宁的县城渐渐变得热闹起来，每天都有全国各地的教师前去参观学习，其中不乏想要搞到核心机密的商业间谍。然而，就在六年前，这个老校区突然消失了。原来的校址出让给了一家商业地产，学校却不知搬去了哪里。不少记者追踪报道过此事，但最后都没能突破近腾的保密网找出新校址。

这一切都给这所学校蒙上了一层神秘面纱。

每个入学的学生都会从成都火车站出发，通过近腾集团修建的铁路线，去往最终的目的地。然而，没有人能说清自己到底去到了哪里。从各种汇总的情况来看，这些学生上了火车后大多都睡过一觉，或者干脆就是想不起来了。当然，至少有一百种方法可以达成这样的效果，索罗并不关心他们用的是哪一种——就像能用无数种方法把一个箱子锁起来。

他关心的是箱子里装着的东西。

每个黑箱里，都藏着一条毒蛇。他的脑海里忽然闪过前辈的告诫。

他喜欢数字，尤其是精确而优雅的数字。这些数字给他带来大地般的安稳与踏实。透过数字的镜片，他看到世间万物如齿轮般精准地咬合旋转，就像一块玲珑冷峻的手表。发条一旦上紧，就会带动方孔齿轮和中心轮转动，然后传动到各个外轮，带动摆轮发出滴答声，开始周而复始地运转。

“连一号也没有消息吗？”

“没有。”

封锁消息本身就是一个信号。就像一只刺猬，在危险面前，只能通过蜷缩身体来保护自己。他们可能注意到了什么，但这并不重要。现在的局势就像一列高速运行的列车，明知前面的轨道出了问题，却无法立刻停下来，甚至连刹车都不行。近腾的那帮老狐狸要怪就只能怪这趟车运行得太顺利，没人相信它会出问题，每位乘客都只顾在华丽的车厢中狂欢，幻想着到达五彩迷离的终点。

有一瞬间，他几乎说服了自己：一切都很清楚了，不会出什么岔子了。一块块多米诺骨牌静静地站立在那里，只等着自己轻轻地一推。

“听说他们换了一个新校长？”

“是，调了一个总部的人过去。”

“他叫什么名字？”

“赵国强。”

“他的资料。”

图片、视频和文字顿时条理分明地铺满了整个墙面。一些关键的地方还用特别的符号做了醒目标记——个子不高，面容慈祥，目光中透出异样的冷峻。

一个鹰派人物，他暗自评价道。

再等等吧，他终于下定决心。总会闹出点儿什么动静的，十几米高的围墙并不是黑洞的视界。在致命的机械启动前，一切务求准确，每颗螺丝钉都必须仔细检查。

更何况，一号还在里面。想到这里，他对眼前的形势又多了一些耐心和信心。

2

当一阵突如其来的寒意涌出身体，古河猛地睁开眼睛，躺在床上看着惨白的天花板，陷入了短暂的迷茫。虽然从内心深处透出一股浓浓的倦意，但意识却异常清醒。心脏加速跳动，身体渐渐暖和起来。昏黄的光透过窗户照射进来，带着夕阳的暖意。在被窗栏割裂成条纹状的明暗光影中，宿舍里的那几张书桌仿佛成了一个披着奇异斑纹的活物。桌上散落的杯子、书和其他杂物反射着零星的光线，有如怪物背上的鳞片。

阿木总是第一个起床。他紧紧抓着床边的横栏，小心地把脚探出床位，扭着脑袋斜眼看下脚的位置。刷着绿漆的铁床发出吱呀的声音，晃动了一下。直到脚踩在地面上，他才会发出一声安心的长叹，然后急忙抄起漱口杯，冲进卫生间。

“距离早课还有十五分钟！”一个声音突然在古河的耳边响起，脖子处传来一阵凉意。

古河摸了摸脖子上的那个纤细的环——它不知道用什么材料做成，柔软而有弹性，银白色，泛着金属光泽。环上有几个极细的小孔，可以对人体进行无痛注射。在靠近耳朵的部位，有一个微微的突起物，那是一套迷你音响系统。

每个学生的脖子上都套着这样一个圈。老师说这是“生活辅助系统”，但大家都叫它“项圈”。

古河知道，五分钟以后，它会提醒说“还有十分钟”。如果自己还没离开宿舍楼，它会开始循环提醒。虽然完全没有了睡意——这应该是几分钟前它对自己注射了某种提神药剂的缘故吧——但心里却总是不甘心就这么起床。

自从几天前戴上“项圈”后，古河总感觉自己变成了它的奴隶。

古河从小就很喜欢赖床。过去，父亲每天早晨出门前，都会来到自己的床前，松一松自己紧紧捂着脖子的被子，然后拍拍自己的脸。那双大手带着熟悉的体温和粗糙感，让古河从睁眼的那刻便有了安全感。然而，等父亲走后，自己又常常再次睡去，尽管自己清楚地知道应该起床了，可是身体却完全不受控制。在这半睡半醒的短暂时间里，古河时不时会进入各种奇怪的梦境，有时甚至还会梦见自己已经起床、穿衣、刷牙、洗脸，真是非常奇妙的体验。

可是项圈让这一切变得无比遥远。每天一睁眼，意识就格外清醒，仿佛自己并没有睡觉，只是在须臾间眨了眨眼罢了。

“起来吧，犯不着跟它怄气！”文仔冲着古河嘟哝了一句。

古河无奈地爬起来，长长地叹了口气，然后把宽大的校服往头上套。项圈绞在了衣服的拉链上，把他的脖子勒得生疼。

陈松一边埋头在桌上的书堆里翻找什么，一边大声嚷嚷道：“哎，我的英语书呢？你们看见了没有？”杯子和其他一些瓶瓶罐罐碰撞着，发出清脆而急促的声音。

“喂，你踩到我的鞋了！”古河冲陈松喊道。

他“哦”了一声，挪动了几步，继续找他的书。

“我先走了，快迟到了！”这时，阿木已经拽着书包跑出了宿舍的大门。

“文仔你竟然也起来了？！”古河惊讶地看着正在洗脸的文仔，同时用力地把脚往鞋子里塞。

“不起不行啊……”

这时他突然想起来，昨天下午的校会上，那个新来的校长宣布了一系列新政策，其中一条就是严抓迟到，即使对第一阶层也不例外。

“还有十分钟开始早课。”冰冷的合成音如期而至。

“真他妈操蛋！”陈松骂了一句。

宿舍外的走廊上响起了越来越多的跑动声。在远处的教学楼下，已经排起了长长的队伍，等着通过“安检”。虽然漫画的风波已经过去，但这项检查措施却保留了下来。

“别发呆了，该走了。”文仔拍了拍古河的肩膀，递给他一盒早餐奶。

这时，一阵激昂的进行曲在学校里响起，空气中似乎有一种看得见的振荡正朝四处传播开去。古河仿佛听见了白鸽扑打翅膀的声音，他的心也不由自主地跟它朝远方飞去。

3

“我要拿掉这个项圈。”说出这话的女生叫肖红。她成绩一向很好，大部分时间都稳居第一阶层。

佩戴项圈持续有一段时间了，大部分人已经渐渐习惯了它的存在。这个东西虽然让人有些不自在，而且让每个人看上去都像一条宠物狗，但它确实有很多用途，尤其是对学校管理者而言，它简直就是一件神器。

它可以作为闹钟使用，甚至可以规划你每天的学习安排。上课时，它也监控学生的一举一动，通过分析面部的微表情、皮肤的松弛度、血压等指标，判断使用者是否在开小差。一旦学生有发愣或分心的迹象，脖子上便会传来一阵微微的刺痛。需要学生集中注意力时，它会把某些药剂以高压喷雾的方式注射进学生体内，从生理上帮其摆脱烦躁等负面情绪。即使在睡觉时，它也会以人耳可感的最低频声波播放当天所学的知识要点，让佩戴者不知不觉中，加深对知识点的记忆。

人类都是从众的，学生也一样。一旦周围人都戴着项圈，即便自己不愿意，也不会强烈地反对。而且，如果跟大家一样，还会有某种安全感和存在感。比如，大部分学校都要求学生统一着装，对发型、指甲等方面做出统一规定，虽然毕业后回想起来，觉得当时蠢爆了，可上学时并没有这种感觉——更不敢去质疑这些举措。

可是肖红却并不这样。

她从一开始就很抵触，“这东西丑死了。”与同龄人相比，她似乎尤其在意自己的容貌。不得不说，她确实挺漂亮，即使扎在女生堆里，也会让人第一眼就注意到她。她学习非常认真，拼了命地留在第一阶层，一个很重要的原因就是为了有更多时间打扮自己。

在一次午自习的时候，她找到了班主任，要求取下“项圈”。

“这是学校的规定，我也无法违抗。”身材有些矮胖的班主任先是有些惊讶地看了她一眼，然后无奈地说。对于第一阶层的学生，如果是一般的要求，他都会尽量满足，但拿掉项圈显然不在此列。

“那我去找校长说。”她不满地说着，然后离开了办公室。

没一会儿，肖红就一脸气愤地回到了教室里，一边狠狠地骂着什么，一边收拾起桌上的书本文具来。看样子，她真的被激怒了。

“怎么啦？”陈松凑上去问道。

古河很早就发现陈松对肖红有好感，因为就算是上课，他也总是时不时地偷瞄肖红。

“我受不了了，这什么破学校，稀奇古怪的规矩一大堆！脖子上戴个狗链，干脆趴在地上学狗叫得了。”肖红向周围扫了一眼，顿了顿，然后大声宣布道：“我要转学！”

瞬间，教室里鸦雀无声，然后猛地沸腾了起来，有人响亮地吹着口哨，有人则大声叫好。

从收缴漫画书到强制戴项圈，加上长期的精神压力，大家早就憋了一肚子怨气。这些情绪平时都被学校的宣传和所谓的心理疏导控制着，可一旦碰到这种与学校对抗的火星苗头，便立刻爆发出来，像火山喷发一般。

没人组织号召，可是大家都不约而同离开教室，簇拥着肖红向着教务处走去。说不定，借着肖红转学的事，可以向校方争取到一些必要的权利。有人这样盘算着。

陈松犹豫了一下，然后也跟着人群走了出去。

“我要联系家里，让他们来接我。”宣布了自己要转学的决定后，肖红对教务处的老师要求道。由于学生不允许携带手机，要和家里联系只能借用学校的电话。

“现在不是常规的联系时间。”教务处的老师反应冷淡，看来已经提前得到了通知。事实上，学校确实有规定，学生只能在每月的一号至三号跟家人联系，今天确实不在这个时间范围内。古河刚知道这个规定时也深感意外。他之前的学校，虽然也不准学生用手机，可是学校里有很多公用电话亭，学生买了老式的智能射频卡后，便能随时与家人联系。

“可是我要退学了呀！这种情况不是应该特殊处理吗？”

“规定就是规定。在正式退学之前，你都是学校的学生，既然是学校的学生，那就应该遵守规定。”

虽然大家预料到事情绝不会顺利——比如学校会反复劝说她放弃退学，或者各种推诿不批准——可没人会想到，这事儿刚开头就卡住了，而且卡在如此奇怪的地方。跟来的同学一下都傻眼了，连家长都联系不到，还退什么学！在这么荒僻的地方，难道还能走路回家吗？

说起来，古河至今都不知道学校的具体地址，问起别的同学，也大多语焉不详。有人说学校在川西北和青海接壤的地方，也有人说在南方的原始丛林里。尽管来时的火车票上写着“终点站：近腾中学转运中心”，但并没有其他更具体的信息。恍惚中，大家也不知中途经过了哪些站点。同学们都猜，这学校肯定在西南某个无比偏僻的地方。

在这么偏僻的地方建学校，大概也是为了方便管理吧，古河自顾自地为神秘的校方找好了理由。都市里的诱惑太多，很多学生动不动就逃课，通宵达旦地玩全息游戏。而在这里不行，封闭的环境就像一堵墙，把大家好动的心也围了起来。除了读书做题，几乎没别的事可以干。

而且，学生真出了什么事儿也好处理，就像现在这样。

“让她打电话!”不知道是谁突然喊了一句。

接着，大家仿佛醒悟了过来，也纷纷叫嚷了起来。几十个学生围在教务处的办公室里，倒也颇有些气势。群情激奋总能给人以勇气，一个高大的男生更是一步抢上前去，夺过办公桌上的固定电话，递给了肖红。

“你、你……你是哪个班的?”对面的老师又惧又气，连说话的声音都颤抖了。

“我是四班的郭凯！怎么着?”那男生毫不畏惧地顶了回去。

看着人高马大的郭凯，那老师阴沉着脸，不说话了。

与此同时，大家围着肖红，看她认真地、一个数字一个数字地按下一串号码，然后拿起了听筒。

随着听筒中传来的几句微弱语音，肖红的脸色变得无比难看，话筒也一下子从她手里滑了下来。

站在旁边的陈松连忙接过话筒，贴到耳边。里面确实有声音，不过只是机械单调的语音提示：

“您拨打的电话暂时无法接通，请先接通通话线路。”

“可恶，他们肯定把电话线拔了！”有人试着拨打了几个号码，每一个号码都打不通，包括110和119。

“竟然做得这么绝！”

“那现在怎么办？电话都打不通。”

“走！要闹就闹大点。”还是郭凯站出来说，“就算教务处的电话线被掐断了，但有个地方的电话线一定是通的。我们干脆直接去那里！”

“哪里？”

“校长办公室！”

大家眼前一亮，纷纷表示赞同。校长每天应该要和很多外界人士联络吧，那里的电话一定是通的。于是，一群人闹哄哄地向行政楼走去。经过一间间教室时，很多学生都诧异地望着窗外，不知发生了什么事情。一些老师也探出头来，满面愁容地看着他们。

“回去！回去上课！”终于有一两个保安走了过来，想要阻拦他们前进的步伐。但是在这一大群学生面前，他们也无计可施。

很快，学生们顺利地进入了行政楼，找到了校长办公室。

“你们这是干什么？”校长在棕黑色的大办公桌后抬起头来。满头银发的他神情严肃，显得格外威严。他无视了学生七嘴八舌的议论，只是直直地盯着肖红，一句话也不说。直到所有人都察觉到气氛的异样，办公室里才渐渐安静下来。

面对那道充满压迫感的目光，肖红突然有些手足无措。她好不容易才鼓起勇气，和校长对视了片刻，然后又像屈服了似的，慢慢把视线移到书桌上。

“为什么要退学？”

“我……我就是不想戴那个圈……”话刚出口，她顿时觉得自己的气势太弱，立刻补了一句，“死也不戴！”

“那套辅助系统是非常重要的教学手段，每个人都要戴，这个没有商量的余地。至于你说的退学嘛……恐怕也不行！”

“为什么？”

“你们不知道吗？”校长笑着说，“在你们入学之前，你们的父母已经和学校签订了委托培养协议，在你们高考之前，不得中途转学或单方面撕毁合同。”

“没事，违约金多少？我家里有的是钱。”

“不是钱的问题。”校长仍然笑眯眯地说，“这是一个不设违约金的合同。我们既然接受了家长的嘱托，便有责任有义务把你们送进最好的大学，这既是为了你们的未来，也是为了学校的名誉。”

“那你的意思是怎么也不能退学了？”

“正常来说，这合同就像一列单向行驶的火车，一旦上车，是不能回头的。”说到这里，校长突然收敛了笑容，一字一句地说，“只有一种情况发生时，合同才会终止。”

“什么情况？”

“死亡！诸位如果在三年中意外身亡，那我们的合同就算结束了。我们会马上联络你们的家长，把你们‘接’回去，然后通知保险公司，办理理赔手续。”

学生们几乎不敢相信这些话出自一位校长之口，他们的目光中充满了震惊，连呼吸都集体放缓，仿佛已经停滞。

“而且，我可以告诉你们，”校长又恢复了笑容，“学校不会多掏一分钱！”

4

多年以后，同学们都不太记得那天是怎么走回教室的，脑海里只有随人流涌动的浑浑噩噩的感觉。大家垂头丧气地向教室慢慢挪动，脑子里一直回荡着校长说的那些话。

肖红终究还是没能转学，而在一周后的测试中，她的成绩大幅下滑，彻底退出了第一阶层的行列。看着肖红一步一步消沉下去，陈松的心情也变得无比沉重。可有什么办法呢？当陈松意识到自己完全不能保护对方的那一刻后，他的心上仿佛扎进了一把尖刀。

这段时间，各个学科基本结束了这学期的新课，开始进入复习。在全校大会上，校长宣布在接下来的时间里，各年级都将进入“全面备战状态”。刚开始，大家并不知道那意味着什么，以为只是一个抽象的词汇，但他们很快就发现，事情并非那么简单。

第一个征兆便是在教室后方出现了一张复习安排表。那是一张一米高、三米宽的大幅表格，里面详细列举了在接下来的一周里，学生每天应该完成的复习任务。古河站在拥挤的人群后，眯着眼睛仔细分辨着表格中的细小字迹。

对于古河而言，这些任务有的轻松，有的则颇有难度，特别是对于自己的弱项——数学和物理，那任务简直就是一道高高的坎，令人望而生畏。

“这也太难了吧。”有人大声感慨道。

“我觉得还好。”

“这个……任务没完成会怎么样？”一个声音怯生生地问道。

这一问，大家也都愣住了。表格里并没有任何地方注明，任务没有完成的后果是什么。于是，慢慢地，有人开始觉得，这个任务只是一个原则性的指导标准罢了，不用太在意。

“估计完成任务会有奖励，没完成的话也不会有什么惩罚吧。”

“这可不好说，到时候直接扣你几个绩点也说不定啊！”

“不会吧！我的绩点本来就不够用了，再扣就真的只能吃‘土饭’了。”

“文仔，你看呢？”古河问同桌。

“我也不知道。”文仔摇摇头说，“前几届从来没有过这种事情，估计这也是新校长的创举吧。不过，你最好还是认真把任务完成……我有一种不好的预感。”

任务考察在每周六下午进行。在学校的综合教学中心，每个学生都坐在一台电脑面前，等待着考核的开始。

古河面对着一片空白的电脑屏幕，心里不禁紧张起来。教室里异常安静，只有一台台电脑主机发出细微的嗡嗡声。他舔了舔有些干燥的嘴唇，努力让自己平静下来。

不过就是一场特别的考试罢了，他一遍遍地这样想着。

突然，屏幕上出现了一行醒目的大字："请配平下面三个化学式。时间：一分钟。"然后，这行字缩小放到了屏幕顶部，下面出现了三个化学式。

那些都是在本周复习任务里的内容，古河对此了然于胸。他用手触摸着屏幕，飞快地写出一个个数字。一个倒计时的数字钟在屏幕一侧不停跳动着，古河下意识地提高了做题的速度。最终，他只用了三十几秒就完成了题目。再次检查了一遍，他在倒计时即将结束时按下了确认键。

屏幕上闪出一朵鲜花，伴随着“恭喜答对”四个红色大字。

不过如此嘛，他想，还不如那个什么“紧迫答题训练课”呢！虽然同样有时间限制，但那可是浸在水里答题——搞不好会呛到水啊！

就在他暗暗庆幸时，教室里突然响起了一声惨叫。转身望去，一个瘦小的男生正蜷缩着倒在地上，身体不停抽搐着。两名老师不慌不忙地走过去，把他扶了起来。

发生什么事了？古河有些疑惑地想。什么急性病发作了吗？

那两名老师对眼前发生的一切似乎并不感到意外，他们手脚麻利地帮助那个男生重新坐好，要他继续答题。一根细小的针管从项圈里突出来，注入了男孩的后颈处。几秒钟后，那男孩重新恢复了平静。

“这就是答错题的惩罚。”其中一名老师突兀地宣布道，语气平静得近乎冷酷。

5

第一次复习任务考察结束之后，那只项圈在很多人眼中，已经与刑具无异了。

每答错一道题目，项圈便会释放出一股强烈的电流，电流经过人体时，身体便不自觉地痉挛起来。那是一种令人无法忘却的痛苦经历，不少人在此之后的几天都会噩梦连连，夜深人静时还会突然惊醒，身上全是冷汗。

古河也体验了一次这种痛苦。

那是当天的最后一题，一道物理题，要求推导两个物体在完全弹性碰撞后，其速度大小的计算公式。古河一看到题目，脑子顿时懵了。他隐约记得那个公式，可是印象并不深刻；至于推导过程，更是无从着手。

“时间，五分钟。”屏幕侧面的倒计时一刻不停地跳动着。

他尝试着用动量守恒定律写下一个等式，然后停了下来。他竭力回忆着辅导书上的推导过程：两个速度，需要两个等式才可解，现在还差一个。除了动量守恒，还有什么可以用的呢？这时，他看到了“完全弹性碰撞”几个字。动能守恒！还有动能守恒啊！一种近乎得救的情绪涌上了他的心头。他像抓住救命稻草的溺水者，无论如何，只能放手一搏了。

他飞快地把两个方程排列在一起。可怎么解呢？管不了那么多了，果断使用代入法。时间一分一秒地过去，他在和时间赛跑。

眼前的等式变得越来越庞大，额头上的汗珠也越来越密集。化简，化简……怎么化简呢？他看着这繁杂得几乎要超出掌控能力的二次方程，有一种想哭的感觉。

他不停地做等式变换，从一个方程式得到另一个方程式，忙碌得完全没有时间关心倒计时，整个人渐入疯狂。直到一阵刺痛从后颈灌入身体，他才猛然转醒，控制不住地发出痛苦的嘶吼。

“似乎变黑了一点点。”文仔仔细检查着古河的后颈，认真地说，“不过很难看出来。除此以外，几乎没有留下任何痕迹。”

“该死，我几乎就要推导出来了！”古河哭丧着脸说，“对了，你没事吧？”

文仔耸了耸肩，用手比出一个 OK 的动作来。

当然了，文仔怎么可能会被电呢？古河突然觉得自己问了一个好傻的问题。

“不过，这也太过分了。”文仔突然说，“以前从没发生过这种事。这是严重违反《未成年人保护法》的。”

“是吗？我对法律什么的不太懂，不过我们又能怎么办呢？”

以前什么样，古河并不清楚，只听说过会被关黑屋子，不过即使被关起来，身体也不会受到什么实质性的伤害吧。比起被电的痛苦来，他真宁愿被关黑屋子。

“你知道他们为什么敢如此肆无忌惮吗？”

“为什么？”

“因为没有人会知道这些事。”文仔恨恨地说，“他们切断了我们与外界的所有联系，即使是父母，也没办法了解我们的现状。现在的学校，就是一个封闭的小世界，这里没有法律，也没有道德。在这里，成绩就是一切！”

“可归根结底，他们也是为了让我们考出好成绩啊……”

“你错了。对于他们来说，学生的成绩只不过是获取更大声望和利益的手段。为了追求更高的升学率，他们甚至可以不择手段。总之你要记住，这个学校与你之前就读的所有学校都截然不同。在这里，老师不是老师，只是一个庞大知识灌输车间的工人；而咱们，只是流水线上的一个个待加工的产品。”

古河听得完全愣住了。他隐隐觉得，今晚的文仔，话说得似乎异常地多。

他到底想干什么?

果然，话锋一转，文仔突然压低了声音，凑到古河耳边道：“不能再这样忍耐下去了。我们要团结起来，反抗这所学校的暴政！”

文仔瞪着眼睛，看着古河，良久不语。

古河在心里慢慢消化着文仔的话。他不太确定文仔这话只是一个抽象的口号，还是一次认真的动员。

“你愿意站出来吗？”

此时，文仔变得异乎寻常的严肃。古河从没见过这样的文仔。他的心里慢慢产生了一种从未有过的炽热情绪，仿佛有一团火焰正剧烈地燃烧起来。

他想说些什么，可是张了张嘴，什么也没说出来。最后，他只有使劲地点了点头。

在这一刻，文仔终于露出了久违的笑容。

6

古河是自己人，文仔从一开始就知道这一点。

在古河入校的前一周，公司就把他的照片和相关资料传给了自己。总体来说，这是一个相当平庸的家伙，成绩不好也不坏，如果不是公司偷偷帮忙，他一辈子也别想进近腾中学。一个科幻迷？他看着资料上重点标记的部分，若有所思。之后，他花了一个月的时间阅读了大量经典科幻小说，然后慢慢接近古河，等待着有利的时机。事实证明，他做得无比正确——他和古河借着科幻结下了友谊。从那以后，古河便成了文仔无话不说的朋友。

科幻迷都是一群特别单纯善良的家伙。这话说得真没错，文仔想。因为单纯善良，所以容易被利用。

说到底，这个世界还是属于自己和老板索罗这样的天才。

文仔确实是那种可以称之为“天才”的人。九岁进入中科院少年班，十一岁进研究所，十二岁公派到剑桥大学，跟随一位著名的物理学家研究拓扑物性结构。可是这位智商能与科学家相媲美的少年，其情商的发展却并没跟上前者的步伐。他和别的研究伙伴完全没有共同爱好，平时也几乎不沟通。周围的人都把他当小朋友看，他努力想融入周围人的圈子里，可不久后他发现，自己完全办不到。

泡酒吧、交女朋友、抽烟，这些成年人习以为常的生活小事，在他看来，却像是发生在另一个世界里。

他的脾气渐渐变得暴躁——毕竟还是小孩子嘛，没人理睬的时候发发脾气也很正常。大家也都尽量宽容他的桀骜不驯。

直到他把大家花了几个月时间才镀好的超导薄膜撕得粉碎。

之后，他便被剑桥大学退学了。

然而，就在他准备收拾行李回国前夕，“索罗基金会”的人找到了他。

“我们一起来做件好玩儿的事情吧。”索罗笑眯眯地对他说。

然后，他便进入了近腾中学。

事情进展得本来很顺利。利用自己第一阶层的身份，文仔在柜子的夹层里藏了一台小型平板激光打印机——正是装在那个黑箱子里的东西。收到行动开始的信号后，他就定期打印一些热血漫画出来，随机抛散到校园的各个角落。这些漫画果然在学校掀起了一场风波，效果还是很不错的。

按照计划，接下来，文仔将要重点“培养”古河，诱导他违反校规，并且受到处罚。公司从其他途径知道学校里有一种“关黑屋”的处罚方式，只是一直没能掌握有力的证据。如果古河受到了这样的处罚，那么公司就将第一时间得到准确而翔实的资料。那些资料将向世人展示，这个学校是多么反人类。这将是一枚重磅炮弹，彻底击溃屹立于神坛之上的近腾集团。

文仔相信，古河无论如何也不会想到，在他的眼睑中，隐藏着一台世界上最精密的纳米摄像机。那是在基金会操纵下，在他之前的一次视力矫正手术中偷偷安装的——术后不久，他就被安排进了这所学校。

可是，自从新校长上任以来，情况发生了变化。

他迟迟没有等到进一步的指示，无奈之下，他只得冒着极大风险主动联系老板，这才发现他和总部的秘密信道已经被截断了。他更换了几个频段，无一成功——学校应该是采用了大范围的电磁屏蔽技术。学校对信息的屏蔽简直到了令人发指的地步，文仔曾经侵入校园网，想借用学校的网络和外界取得联系，结果发现学校连本校与外界的通信也都切断了。

狠辣得真是让人心惊！

没办法，他只好静静待命。这期间，学校的所作所为愈发过分。他们强制学生戴上项圈，并且用电击惩罚学习不努力的学生。这些措施简直骇人听闻，哪一项传出去，都足以让学校身败名裂，陷入万劫不复的地步。看来他们也意识到了危险，文仔想，学校应对措施的强度完全超出了他的预期。

现在，文仔觉得自己手上的资料已经足够充分了。唯一的问题就是，没法传送出去。肖红转学的事情给了他一个启示。学生对于学校的不满和愤怒正在逐渐升级，这些东西，正是自己可以利用的。

7

东吴市和临近的茂州市，相距几十公里，但因为有频繁往来的城际轻轨，所以很便捷。近些年来，两座城市的政府都在大力推进彼此间的工作—生活圈一体化，让这两个城市愈发密切地融合在一起。实际上，从东吴站到茂州西站，也不过十几分钟，算起来只是公交车行驶三四站的时间。所以，如果上班族住在离站点比较近的地方，去往另一个城市上班，有时可能比当地人还要便捷。

琴就是这样一个在两个城市间不断往返的上班族。她在茂州的一家事业单位工作，然而却同丈夫一起住在东吴。每天早晨八点，她准时到达东吴站，然后坐八点五分的那趟轻轨去茂州上班。列车从东吴站出发后，一路向东，很快就冲出市区，到了城郊。这时候，视野变得非常开阔，车窗两边都是大片的平原，方形的农田一块块分布其间，像是棋盘一般。

她喜欢坐在靠窗的位置，用手托着下巴，静静地看着远方。今天很幸运，她的座位正好是最右侧靠窗的。

“抱歉，麻烦让一下。”她对坐在靠走廊座位上的男青年低声说道。男人穿着一件灰色的 T 恤和牛仔裤，面貌看上去也很普通。唯一给琴留下印象的是男人的头发——那人的头发不长，前面梳得很整齐，可是后脑勺却有几根顽固地翘起，宛如独角兽的尖角。他手里捧着一本厚厚的书，正津津有味地看着。听到琴的声音后，他立刻站了起来，把书放在座位前面的小桌板上，好让琴进入里面的座位。

琴冲他笑了笑，侧着身子移了进去。进去的时候，她一不小心碰到了小桌板，书也翻滚到了靠窗的角落，琴连忙道歉，并把书捡起来，拍了拍书页上沾染的灰尘，她顺便瞄了一眼书上的内容，上面满是陌生的数学符号和公式。

“你是学生吗？”她随口问道。话刚出口就有些后悔，因为虽然对方容貌俊朗，可气质已颇为成熟。说话间，一张名片从书里轻飘飘地掉了出来：

孙元一

中国科学院固体物理研究所研究员

E-mail: yysun@theory.issp.ac.cn

“你是科学家啊！”琴讶然道。

“哪里是什么科学家啊，一直也没搞出什么名堂。”对方摆了摆手，接过书，把名片重新夹进了书里，“所里在搞‘产学研’一体化，给每个人都印了一套名片，至今一张都没发出去过，干脆拿来当书签用了。”他自嘲似的笑了笑，很快便又自顾自地翻开书看了起来。

“那也很厉害了。”见对方并无聊天的兴致，琴随便寒暄了几句，便把视线转向了窗外的景色。

她一边呆呆地看着远方，一边不自觉地计划起今天的工作。几分钟后，平原和农田构成的景色中出现了一条长长的灰白色条带——那便是东沪高速公路。这时列车驶入了一座高架桥，它将在高速公路的上方疾驰而过。

此刻，高速公路上车辆稀少，只有几辆跑长途的大货车在晨雾中前行。看着窗外那一个个铁盒子从雾中显露出来，然后嗖的一声从身下穿过，充满了微妙的超现实感。

就在这时，那场诡异的交通事故毫无预兆地发生了。

事故发生前的一瞬间，琴察觉到列车似乎轻微振动了一下，像是有人用力在列车侧面推了一把。然后，琴突然发现，窗外一辆正向着高架桥驶来的大货车似乎有些不对劲儿。那货车的车头离她越来越近，她甚至可以看到驾驶室里司机那张惊慌的脸。在她还没想明白到底是哪里出了问题时，就听见身下传来一声巨响，然后随着一阵猛烈的震荡，身体便被狠狠地甩了出去。

琴醒来的时候，首先闻到的是医院里那浓浓的消毒水味道。侧脸看去，丈夫正趴在自己的病床边沉睡着。

似乎没受太重的伤，就是脑袋还有些昏昏沉沉的。她花了一点时间，慢慢整理了一遍自己的记忆——大货车、铁路、高架桥，还有那次撞击……

这时，她注意到病房里的电视上正在播放的新闻画面。画面上，一辆被大火烧得焦黑变形的大货车躺在铁路高架桥下。高架桥上被撞击的位置，出现了一个巨大的缺口，同样有被火烧灼的痕迹。桥上的铁路已经扭曲成一个弧形，有一小截列车还停在那里，但已脱离了轨道。周围有大群的机械设备，还拉起了长长的警戒线。

画面切换到室内，主持人和几位嘉宾开始讨论什么。她整个人迷迷糊糊的，完全听不清那些人在说什么。她揉了揉太阳穴，闭上眼睛。当意识渐渐清醒，她终于断断续续地听清了电视里的声音：

“……为什么货车能够撞到近十米高的铁路桥上呢？这件事实在令人匪夷所思。”

“呃……因为现在还没有相关的视频资料，我们也很难判断是怎么回事。”

“从现场的撞击痕迹来看，简直像是大货车突然飞起来，然后撞上了大桥一样。陈教授，是不是有这种可能性呢？”

“这个……从理论上来讲，是不可能的。目前仍需要做更多深入的调查，才有可能做出合理的解释……”

这时候，丈夫醒了过来。他露出一个疲倦的微笑，用力握住了琴的手。琴感觉一股暖意从手心向身体四周扩散。

“没事了。”他说，“都过去了。”

THE ORPHANS OF RED PLANET

IV

动　荡

《2011 年普通高等学校招生全国统一考试》

（浙江卷 · 政治试题）

29. 2011 年初以来，社会动荡席卷中东、北非众多阿拉伯国家，一些国家甚至出现政权更迭和内战，其原因有失业率居高不下、财富分配不公和西方意识形态的影响等。这表明（　　）

① 经济状况影响社会的政治制度和设施

② 意识形态对社会变化起重要作用

③ 适合上层建筑的经济基础推动生产力发展

④ 生产关系是社会进步的决定性因素

A. ①②　B. ③④　C. ②③　D. ①④

答案：A

1

周六，午自习的教室似乎格外安静。老师在讲台上看着一本教参，不时抬起头来扫学生们一眼。

然而，在这安静的表象之下，几张小纸条正在快速地传递。传递者们小心翼翼，彼此用眼神沟通。他们必须格外谨慎。避开老师的眼睛很容易，困难的是要避开项圈的监控。

这段时间以来，大家对项圈经历了从好奇到厌恶、从厌恶到恐惧的心理过程，每次转变，都对它更熟悉一分。现在大家早已知道项圈上共有两个摄像头，分别装在前后两个位置，可以在一个锥形空间里作九十度旋转；一个伸缩式注射管，在后颈处；一个长条状的红外线感应器，两个微型喇叭，一个收音孔，都贴合在左右两侧；而最让人害怕的放电电极，就嵌在一个小小的凹槽里，上面覆盖着柔软的皮膜，只要伸出小指头探进去，便能碰到它那冰冷的金属尖端。传递纸条的时候，要尽量利用宽大的衣服遮蔽每一个摄像头的监控视野。

这些都是文仔教大家的。他简直什么都懂，古河经常由衷地佩服。他时常想，如果没有遇到这种事，文仔大概会轻轻松松地考入最好的大学，然后坐等全球最顶尖的公司向他投来橄榄枝，跻身社会精英的行列吧。

“你以后想进什么样的公司呢？”古河曾问过他一次。

“这个嘛……”他看着古河，突然笑了起来，“大概是一家金融公司吧。”

对于金融，古河完全没有概念，只是打心眼儿里觉得那一定是相当厉害的行当。

纸条在桌子下方快速移动着。它们像绕着原子核运动的电子，其轨迹在整个教室中弥散成一片灰色的雾状概率云。而位于雾状概率云核心的，正是文仔。他低着头，认真地看着一本英语阅读书，对周围的一切完全视而不见，仿佛这些事情与其全然无关。

与此同时，在周围的几个教室里，也发生着大致相同的事情。这便是文仔这段时间努力的成果。对于学校的严厉管制，学生本就极为不满，再加上文仔的鼓动，很多学生开始相信，确实到了该做些什么的时候了。

文仔貌似盯着书本上的单词，可眼角余光却不时扫过放在桌角的手表。不知为什么，越到行动开始的时候，自己就越在意时间，这也许是紧张的表现，他想，但是并不确定，因为他很少体会现在这样的状态。行动开始后，会有怎样的走向呢？他竭力思考着，力图推测出每一种可能。

描述一个单一粒子的动力学特征是很容易的，分析它所在的势场，计算其受力的情况，写出一个经典的或者量子的二阶微分方程，事情就基本解决了。但是粒子数一多，它们之间的相互作用便使整个系统陷入极端复杂的情况。对于这样的系统而言，即使你知道它们在某一时刻的位置和速度，也知道它们会如何相互作用，可当你写出所有的动力学方程后，你却无法构建出应有的方程组。

没有思想的粒子尚且如此，更何况有自由意志的人了。

学生们会怎么做，老师和学校会如何应对，自己只能推测。

变量太多。在苦思良久之后，他有些颓丧地得出了这样的结论。看来只有随机应变了。虽然无法确知系统中每个粒子的走向，但大体的趋势是可以预估的，就像热力学与统计物理学的描述，熵总是增加的，混乱程度也会越来越大。而混乱，正是他迫切需要的。

他最后扫过一次手表的表盘，看着秒针一格一格地走到零点的位置。

一阵清脆的铃声响了起来，这铃声让他感到一阵强烈的心悸。

行动的时间到了。

2

茂州市大河区，林晟气喘吁吁地爬上十三楼的公寓，一走进家门，便瘫倒在旁边的沙发上，一动也不想动。

他前几天去东吴出差，返程时正好遭遇了那起诡异的轻轨和大货车相撞的事故，所幸只受了一些轻微的擦伤。没想到的是，事故之后，麻烦事接踵而至。首先是轮番来询问和了解情况的警察，其次是大量不知是什么部门的人员。他不得不一再说明，事发时自己什么都没看到，因为那时候自己正在打瞌睡。

“有乘客反映，撞击发生前，列车抖了一下，你是不是有这种感觉？”

“这个嘛，好像有，又好像没有……”

“我们从铁路部门调出了当时坐右车窗位置的乘客资料，请你根据这些照片辨认一下是不是他们？”

“我没太注意啊……不过这个人好像有点印象。”

当他终于熬过调查部门那反反复复、无比冗长的询问后，无孔不入的记者们又开始不断联络他，令他不胜其扰。因为这件事实在太匪夷所思，事情过了好几天，仍然在持续发酵。多的时候一天能有几十个采访电话打进来，逼得他换掉用了十几年的电话号码。

可似乎撞上了霉运，林晟的家里也开始出现各种糟心事儿。首先是电视频频出问题，刚开始只有画面没有声音，到后来彻底开不了机。各个房间的灯也一个接一个地不亮了，即使他买新的换上去，第二天照样出问题。后来，就算是刚安装的新灯，也完全不亮了。物业的电工拿着电笔测了半天，怀疑是哪里的线路断了，可是却无法确定断在哪里。到现在，家里的所有电器全都不能用了。不是停电的问题，因为他发现有些用电池的小电器也坏掉了。

今天下班回家，他看到在公寓楼的楼底聚集了一大堆人，大概都是这栋楼的住户，因为其中有几张熟面孔。有人大声叫嚷着什么，似乎是在骂物业。他走过去一看，原来是电梯坏了。电梯面板上的按钮不亮，金属门也紧紧关着。

“搞什么鬼啊！天天停电，现在连电梯都用不了了！”旁边的大妈气愤地喊道。

“你们家里也停电了？”他转身问道。

“是啊，我们家也是，这两天一直在用煤气做饭……”

问了一圈，原来所有的住户都遇到了和自己类似的问题。不知为何，他心里反而松了一口气。这么多住户都出了问题，看来问题很严重，物业那边应该会很快着手维修吧。

但是，一丝古怪的疑惑开始在他的心头萦绕。通过交谈他发现，其他人家里停电的时间，都比自己晚一些。也就是说，自己的家里，是最早出现古怪停电现象的。他越想越觉得奇怪，好像这起供电事故的祸根，是在自己身上。

过了一会儿，他离开人群，转身进了楼梯口。望着狭长而空荡的楼梯间，他叹了口气，一步一步向上爬去。

3

“请大家注意一下 C217 这份记录材料，我认为它和这起事故有重大关联。”915 轻轨事故调查小组科学顾问团成员之一、研究员孙元一翻开手中那叠厚厚的事故报告，指着其中一页说。

这是事故发生后，有科学顾问团参与的第三次小组会议。会议的参与者大概有三十人，大家围坐在长条会议桌边，手里拿着警方和事故调查委员会整理出来的事故报告。这些材料在两天前就发到了所有与会者的手中，粗略看去颇为繁杂，因为报告里既有对列车乘客的询问，也有事故现场的调查数据，还有事发后得到的一些群众反映的情况。

孙元一看着这摞报告，有些疲惫地叹了口气。报告的撰写者把所有材料都分门别类地整理和装订在一起，拿在手上比砖头都重。其中很大一部分，在孙元一看来，都是些毫无价值的东西，比如有人反映，在事故发生前心神不宁，还有人认为这是因为自己几天前踢毁了白云寺的路边佛像而招来的天谴。但翻阅这些材料的时候却不能因此而疏忽大意，因为在这些材料里很可能就隐藏着真相。他这两天几乎是不眠不休地看完了所有的材料，并从中发现了一些端倪。

这起事故的调查小组大致由三类人员组成。一是公安部、交通部等政府部门以及铁路总公司的人员，二是列车的制造企业——北车集团的代表，三是来自各研究所和大学的专家顾问。这些专家要么来自于国家电力科学研究院，要么来自某个交通大学或者工业大学，大多涉及的都是工科领域，像孙元一这样做基础理论研究的寥寥无几。说来也巧，孙元一之所以参加，是因为事故发生时，他恰好在那趟轻轨上，而且目睹了货车撞击的全过程。考虑到一个具有专业科学素养的目击者，在事故调查中具有不可替代的价值，所以科学顾问团才特别吸收他加入。

他的话音刚落，会场中响起了哗哗地翻页声。标记为 C217 的材料里，有一则群众反映情况的记录。

情况反映人：王石

住址：东吴市金鑫区二横路 19 号，大兴汽修厂

联系电话：*** **** ****

情况概况：14 号下午（即事故发生前一天），车牌号为“苏 X79***”的解放 J6P 重卡，因为传动轴故障，在反映人所在的汽修厂进行维修。维修过程中，发生了不寻常的事件（详见附录），反映人认为该事件跟这起事故有某种关联。

询问摘录：

调查员（下称“调”）：你是说，在维修的过程中，扳手突然发生了异常的情况，你刚才描述说它好像突然“活”了一样，是吗？

王石（下称“王”）：对，它在我手里转动，劲儿还挺大。

调：情况持续了多久？

王：大概十几分钟吧。

调：你一直握着？

王：最后松手了。

调：之后呢？

王：然后它就自己飞起来，撞到了车子底盘，接着紧贴着底盘，停了一段时间。

调：停了多久，之后又怎么样了？

王：就几秒钟吧，然后它就掉了下来。

调：这之后还出现过什么异常情况吗？

王：没有了。

调：那个扳手你带过来了吗？

王：带过来了。

经持有人同意，物品（锻压扭力扳手）现由我组物证科暂时保管，物品编号 CZ339-1。

几分钟后，会场里响起轻微但清晰的充满不屑的啧啧声，明确传递出对这份材料的态度——又一件编造的与事故无关的材料。有人抬头看向孙元一，想从他那里得到选择这份材料的理由。

“我昨天调取了这把扳手，并对其做了一些简单的测试。”孙元一从包里抽出了一个透明的塑料袋，将它放在桌面上。塑料袋里有一把看上去很普通的扳手，扳手上还零星散布着焦黑的油渍。“有一个发现值得注意，”他顿了顿，在会场中扫视了一圈，才继续说道，“在扳手的铁质材料中，发现了明显的磁滞——或者说，扳手里有显著的剩磁存在。”

磁滞是一种普遍存在于铁磁体材料中的现象。一般来说，普通的铁块是没有宏观磁性的，因为其中的磁畴分布杂乱无章。如果在铁块外对其加上一个外磁场，在这个磁场的作用下，铁块中的磁畴会趋于同向分布，从而使得整体出现磁性。这时，如果把外部的磁场去掉，会怎样呢？简单地说，有两种结果。一种是磁畴再次变得杂乱无章，而铁块也恢复为没有磁性的状态，这就像用一根绳子把一块石头拉到半山腰，再剪断绳子，石头又滚落回去了。然而，还有另一种结果。当先前的外磁场超过了某个特定的值，使得这些磁畴越过了某个势能的局域峰值，即使之后再取消外磁场，这个铁块的磁性却并不会完全消失，而是会剩下某个特定大小的宏观磁场。这就像把石头拉到了半山腰上的某个小凹槽中，即使剪断绳子，石头也会留在这个凹槽里，并不会滚落山崖。

剩磁的存在，意味着扳手在之前的某段时间内，曾有过很大的宏观磁性。从其持有者的回答来看，扳手突然动了起来，也就是说，它受到了某个力的作用。孙元一认为，这正是其具有磁性的表现。扳手受到的力，正是它与汽车底盘间产生的磁力。

“问题是，它是怎么突然产生磁性的？”孙元一提出的问题无人回答，因为这根本就是一个不可能出现的情况。一个普通的铁块，在没有外磁场驱动的情况下，在没有任何特殊处理的情况下，怎么就突然变成一块磁铁了呢？

“呃，我想，我们还是回到主题吧。”这时，一位参会者突然插话说，“这件事和我们的事故有什么关系呢？”

“受到这个发现的启发，我调取了肇事货车的部分壳体进行了同样的测试。”孙元一一脸神秘的样子，“你们猜我发现了什么？”

众人都凝神注视着他。

“那货车的车体，和这把扳手一样，也有明显的剩磁存在！

“这意味着，我们由此知道那辆货车飞上高架桥的原因——它是被突如其来的磁力吸上去的！”

4

茂州地铁二号线，柳家院到三岔口这一段路，因为连接了几个大的居民社区和商业中心，是茂州所有地铁线路里最拥挤的区间，特别是在上下班的高峰期，用摩肩接踵来形容真是一点也不为过。

九月二十四号这天也是如此。事情发生的时候，正好是清晨的上班高峰时段，一辆又一辆装满乘客的地铁在幽暗的地下隧道中穿行。人们或蜷缩着身子坐在稀少的座位上，或者紧紧抓住手环艰难地站立着，当然也有人懒洋洋地靠在车壁上，甚至还闭着眼打盹儿。对于乘客们来说，每天的生活都这样重复着，一切看上去并无不同。

然而，异变却突然发生了。

所有车厢里的灯突然熄灭，可地铁并未停止前进。黑暗在刹那间笼罩了这个小世界，只有手机还发出微弱的光芒，照在一个个无比诧异的乘客脸上，影影绰绰，为这古怪的场景增添了一份迷幻感。大家先是发出了一阵抱怨和议论，随后就渐渐平息下来，连早先被吓得尖叫出声的女孩子也变得沉默，似乎所有人都在期待灯光重新亮起，期待着秩序击垮黑暗，由此证明这不过是一场偶然发生的小事故，就像是列车长不小心把电闸关上了一样。在某个瞬间，安静的车厢里，似乎只听得见人们沉重的呼吸。时间变成了某种实体流质，缓缓地从身边流过，浓稠得快要凝滞。

不知过了多久，估计也就十几分钟吧，但感觉却像是过了很长时间。光明并未如期而至，熄灯后仍在轨道上滑行的地铁也终于停了下来。人们的私语声再次响起，然后迅速变成了大声的喧闹，就像壶里的水突然沸腾。

车门关得死死的，怎么也打不开。有人开始使劲砸门，过了一会儿，有人拿起应急铁锤砸起了窗户玻璃。周围的人想避开，可是一动又被挤进拥挤的人群中。大家互相推攘着，在人群中形成了一道道密度波——一道密度波像浪花一样朝某个方向传播开去，碰到车厢壁，然后反弹回来，与另一道密度波混合在一起，形成了一条条鲜明的疏密相间的条纹。

“不要敲了，不要敲了……”有人高声喊着，“马上就会有人来救援的！”

“你踩到我了！”

“哪知道什么时候会来啊，还是敲吧……”

“哎，谁用手机给我照个亮！”

过了几分钟，窗户玻璃上终于被敲出一个洞来。几个人抬腿用力一踹，顿时把这个洞扩大了几倍，已经足够一个人进出了。可是外面的隧道漆黑一片，连应急灯都没有，也不知要走多远才能到达最近的站台。一阵冷风突然从窗口吹进来，给闷热的车厢带来了一股异样的寒意。

“我出去看看，还有谁要出去的？”敲窗户的那名男子站在座椅上，俯身探头出去看了看之后回头问道。只有两三个人愿意，大部分人宁肯留在车厢里。

那几个人小心地爬出了车厢，借着手机微弱的灯光，深一脚浅一脚地走在铁轨旁的碎石路上。穿过隧道的风带来了人的讲话声，短促而凌乱，从很遥远的地方传过来。

大约行走了十分钟，他们终于来到了前方的一个站台。令人失望的是，站台上也是一片漆黑。他们遇到了另一批人，交谈之下发现，他们是从另外一侧轨道出来的，那列车也断了电。一行人摸索着楼梯扶手，慢慢向地面走去。转过几个弯后，终于有微光从地面透进来，众人都不禁露出喜悦的神情，仿佛刚经历了一场大灾难。

大家几乎是冲着跑到了阶梯的尽头。外面阳光灿烂，与地下的黑暗相比，简直是另外一个世界。

可是很快，他们就笑不出来了。眼前的景象像战争片的布景，烈焰和爆炸此起彼伏。他们在震惊中呆呆地站在地铁出口处，没人说话，一次又一次意外的打击，让他们完全失去了语言的能力。

前方正好是一个十字路口。红绿灯早已熄灭，或许在熄灭前还出现过某种混乱，因为在路口正中央，那几十辆在撞击和爆炸中毁灭了的车辆，正无声地诉说着刚才发生的灾难。一辆大货车的前轮正压在一辆侧翻的面包车上，周围堆积着数十辆车体严重损毁的小型车辆。大火正在焚烧这些车体，焦黑一片，空气里传来浓浓的焦煳味儿，夹杂着皮肉烧焦的异味。然而，周围没有消防队，没有警察，也没有围观的人。混乱的车流冲进了路边的数十间商店，橱窗玻璃的碎片溅落一地。一个消防栓被撞开，巨大的水柱从地下喷涌而出，像喷泉一样洒落在周围几十米远的地面上，把地上焦黑的灰烬淋成了一片泥泞。

地上到处都躺着昏迷的行人，他们或是被车碾压，或是遭受了撞击，特别是在人行道附近，散布着大小不一的血泊。在目力所及的远处，可以看到有零星的人在一瘸一拐地向前挪动，似乎想尽快离开这个地狱。

随着一声巨响，又一辆车发生了爆炸，车体被撕裂开来，一扇车门被气浪掀到高空，撞进了位于二楼的一家咖啡厅。

这样的情景，在这个明媚的清晨，出现在了茂州市无数的交通路口。

整个茂州市的电力供应系统全部失效。这个城市像是被某种无形而庞大的神秘力量关上了总电闸，所有的灯光瞬间熄灭。

九月二十四日，在老王的扳手“活”过来十天之后，在东—茂城际列车事故发生九天之后，在数十个小区接连无故停电三天之后，茂州市宣告沦陷。

5

近腾中学高二年级的一间教室里，铃声已经停息。

“好了，自习结束。现在准备进行复习任务测试，请大家到综合楼集合。”讲台上的老师用手扶了扶眼镜，对着下方的学生说道。他是这个班的班主任。刚接手这个班的时候，对班上的学生还是比较满意的。虽然第一阶层的尖子生不多，但平均成绩还不错。不过，因为上学期发生的漫画书和肖红事件，他感觉这些学生的心境变得有些浮躁了，特别是像郭凯这样的刺头，更是愈发难以管束。应该找个机会好好处理一下这些麻烦事，他暗自盘算着。

忽然，他发现事情有些不对劲儿。教室里一片静默，没人收拾文具，也没人站起来。

学生们在座位上彼此观望着，用眼神传递着某种信号，完全没有起身的意思。在这令人尴尬和紧张的沉默中，大家似乎在等待着什么。

班主任再次重复了一遍要求，这次所用的口吻相当严厉。他有些惊讶地看着讲台下面，搞不懂这是怎么回事，也不知道如何处理现在这种情况。事情似乎脱离了他的掌控。他有些无助地望向了讲台上方的监控摄像头。

大约一分钟后，寂静终于被打破了。

“测试的时间已经到了，请各位高二年级的同学立刻到综合楼集合！重复一遍，立刻到综合楼集合！迟到者或旷课者，后果自负！”

广播的声音响彻整个校园，在其他年级的教室里引起了一阵骚动。但在整个高二教室里，班主任们都一筹莫展地看着静坐不动的学生。一种怪异而危险的氛围在教室里酝酿着。

他们到底要干什么？罢课？打算一直在教室里坐着不动？这间教室的班主任皱着眉头，手指抽搐似的在讲台上敲打着。

终于，郭凯站了起来。

然后，所有人都站了起来。

班主任瞪得滚圆的眼睛，无奈地望着学生们在郭凯的带领下，一个接一个从教室里鱼贯而出。

学生们手挽着手，开始在教学楼的走廊上列队而行。从高二的各个教室里涌出的学生汇聚起来，最后形成了一个四百多人的阵列。这时，他们一边前行，一边喊起了口号：

“体罚违法！”

“我们不是罪犯！”

“摘掉项圈！”

口号声回荡在整座大楼里。

教学楼里顿时沸腾了。低年级的学生们从窗户里探出头来，好奇地观望着他们。“看什么看，回去上课！”尽管老师们努力压制，课堂的纪律还是完全混乱了。刚开始还只是悄声嘀咕，到后来也有学生跟着喊了起来。

保安终于来了，可是在一大群学生面前，他们只能远远地看着，不敢进行任何实质性的阻拦。这时，广播再次响了起来：

“请全体高二学生，在一分钟内回到教室！一分钟后还滞留在走廊里的，将受到电击处罚！”

这时，游行的学生开始有了一些骚动。对电击的恐惧促使他们进行了这次游行，但当他们面对这样的处罚时，决心又开始动摇了。

“千万不要回去！”郭凯大声喊道，“你们难道想一直活在电击的阴影下吗？为了逃避这次电击，以后将要面对永无止境的噩梦。大家勇敢一点，让他们看到我们的决心！”

“对，大家鼓起勇气来！”

“不要怕！”

“继续前进，目标是行政楼——校长办公室！”

虽然有短暂的混乱，但学生们显然在事前就已预料到了会发生这样的情况，于是很快恢复了队形，再次坚定地向前走去，舍生忘死的气概充溢胸臆。人群在悲壮的氛围中蜿蜒前行，像一队队奔赴刑场的战士。

“谁愿压抑心中怒愤冲动

咒骂这虚与伪与假

从没信要屈膝面对生命

纵没有别人帮……”

不知谁起了头，唱起了一首多年来一直流行的复古歌曲。这是上世纪末的一首著名摇滚乐，那充满愤懑和抗争之意的歌词和当前的氛围奇妙契合，越来越多的人都跟着唱了起来。歌声虽不齐整，却很洪亮，震荡的声波在走廊里回荡，在楼梯间散射开去，瞬间传遍了整个校园。

突然间，歌声中断了。

取而代之的是一片凄厉的惨叫和呻吟。

一个又一个学生战抖着倒在了地上，他们张大了嘴巴，似乎还想大声呼喊些什么。从远处看，这整齐的学生队列就像收割机下的麦穗，齐刷刷地倒伏在了走廊的地板上。

6

“这样做，会不会太……”

“怎么，心软了？”校长瞪了一眼面前的政教室主任。后者正一边抹着额头上的汗，一边摇头说：“不，不，我的意思是，这恐怕会影响学校的声誉。”

“嗯，这就要看信息屏蔽做得怎么样了。”

这时，站在一旁的保卫科长连忙汇报说：“请您放心，最高级的屏蔽措施早已启动，学校的任何信息都不会泄露出去。”

“这一点，我相信你。”校长点了点头，“这次的游行，很显然是有人在背后组织。他们为什么要这样做？当然就是因为我们之前的屏蔽措施奏效了！他们慌了手脚，开始想搅乱局势，打乱仗了。”

“是啊，我们一定会仔细清查，把背后的组织者找出来。”

“害虫当然要抓，但也不要本末倒置，耽误了庄稼收成。”沉吟了片刻，校长抬起头来，缓缓地说：“既然今年的长势不好，那就只有多施肥了。”

“不过……校长，”主任犹豫着说，“如今连教职工和外界的联系方式也切断了，这样做会不会太过了？这已经引起了一些老师的不满啊。”

“谁有不满，让他来找我！”校长狠狠地拍了一下桌子。过了好一会儿，他才叹了口气，放缓了语气说：“现在是紧急情况，大家就委屈一下吧。我也有家人，我也想每天和我的小孙子打电话，看看他今天有没有调皮。可是不行啊！敌人无孔不入，稍有不慎，这里的消息就会外泄——到时候，倒霉的可不止我一个！”

几分钟后，校长办公室重新恢复了平静。

校长感到有些疲惫，他从抽屉里取出一盒烟来，点燃一支，含在嘴里深吸了一口。他眯着眼睛，看着青烟慢慢上升，在眼前堆积起来，然后逐渐消失不见。

“出来吧。”他冷冷地说道。

这时，办公室旁边的一扇小门突然打开了，里面走出一位个头矮小的老人。这老人眼睛很小，看上去颇为阴鹜。

“老赵，你这儿的情况好像也不是很理想啊！”老人的声音冷冰冰的，“前几天我来的时候，你可没跟我说学校里还有这么多麻烦事。”

“一些小麻烦而已，稍微压一压就下去了。”校长轻描淡写地说，“我会让班主任特别关照那些刺头。”

“最好能压下去，你可别给我搞砸了。”

校长闭目养神，没有出声。

老人接着说：“那个之前要转校的女生也最好再给些惩戒，后面的麻烦事都是她引出来的。趁着现在事情还没闹大……”

“学校里的事情，还轮不到你来管！”校长突然厉声打断了那老人的话。他直勾勾地看着对方，压低了声音说：“外面发生了这么大的事，如果不是我找借口中断了学校和外面的联系，你以为计划还能进行得这么顺利吗？”

那老人的脸憋得通红，半天说不出话来。过了好久，校长才长叹一声，语气和缓地说：“王董，你们接下这个任务的初衷，我完全可以理解，都是为了集团的发展！可这件事确实是吉凶难测啊！成了，固然是一件惊天壮举，足以写入人类的史册——可是，一旦失败，我们就会成为众矢之的，人们的口水足以淹死我们这些老头子。”

那位王董垂下头来，沉默了半晌后说：“实话说吧，现在外面都乱成一团，谁也顾不上谁了。那些科学家也拿不出什么别的办法，只好弄这么一出，多少也有推卸责任的意思吧。不过，集团在接下这个任务之前，我们董事会也是认真讨论过的。成与不成，其实并不重要，重要的是我们摆出的姿态！”

校长又吸了一口烟，点了点头说：“也是，死马当作活马医吧。那个叫什么来着？计划的名字……”

“263。”

“嗯，想起来了。”校长苦笑一声，摇了摇头。

“我带过来的教材你发下去让学生开始学了吗？”

“暂时还没有。那些教材我看了，完全背离现有知识体系，如何学习，得好好筹划。何况教师那边的反弹也很强烈。现在我正在组织几个备课组长，对涉及的任课教师进行紧急培训。”

“对内的说辞是什么？”

“说是教育部的一项特殊教学实验。”

“老师们都接受了？”

“有几个不相信的，但都已经找来单独谈了话，暂时不会有什么问题。”

“为什么不向老师说明真相呢？”

“这还用问吗？”校长瞪了王姓董事一眼，“这当口，必须消除一切不稳定的因素。告诉真相以后，教师队伍肯定先乱了。教师也是人！”

“也是！”王董点了点头，抬头望向窗外雾霭重重的天空，“加快点进度吧，我们的时间不多了……”

7

走廊上，大批昏迷的学生一动不动地躺在地上，剩下几个还残留着一丝意识的，也是两眼放空，呆呆地看着半空，像傻子一样。保安们配合校医把学生一个接一个地扛起来，搬回到教室里，仿佛搬运人形沙袋。因为要搬运的学生太多，几乎所有的保安都聚集在了这里，可还是需要很长的时间才可以搬完。

文仔趁着混乱登上了行政楼楼顶，楼顶上有一座高耸的铁塔。铁塔的旁边，是一间工棚模样的小屋。文仔花了很长时间来探察这里，他猜测这里就是学校进行信息干扰的电磁波发射塔。平时，这里一般有三名保安巡逻，现在因为学生的骚乱，只留下了一名。

文仔拿出一张纸制的简陋面具戴上，轻手轻脚向控制室走去。面具是昨晚做出来的。就算一切顺利，他也无法立刻离开学校，因此他暂时还不能暴露自己。

虽然组织了学生游行，但他从不认为学生们能够成功。他们根本不了解自己面对的是什么。他说服郭凯出来带头，只是因为看中了他那满腔热血和冲动性格。事实上，文仔刚跟他提出此事，他便毫不犹豫地答应了。“早就对这些破规矩看不过去了。你说得对，我们应该团结起来。不过，为什么你不亲自带头呢？肯定特酷特有威信。”

“我还有更重要的事情要完成。”文仔一脸认真地说。

保安像是听到了什么声音，突然抬起头来。在他前方的平台上，一个穿着校服的学生仔正一步一步向自己走来。他被这意外的情形搞得愣住了，呆了几秒钟才反应过来，立刻从屋子里冲了出来，朝文仔喊道：“站住！这里不准学生进来！”

文仔停住了脚步，趁着保安还没做出实质性的控制举动，立刻把一直藏在身后的右手抬了起来。在那手上，握着一根造型精致的不锈钢管。他轻轻按下了管壁上的喷射钮，随着一股反冲气流从后方喷出，一支细小的针管便直直向前飞去，准确地插入了保安的颈部。

这种利用压缩气体作为动力的吹箭，有效射程虽然只有十米，但胜在操作方便，而且发动的时候无声无息，不会惊动别处的人。那保安踉跄着向前走了两步，然后狠狠地摔在了地上——根据文仔培训时获得的经验判断，这人至少得昏迷两个小时。

文仔把保安拖进控制室里，向外张望了一眼，然后轻轻地关上了门。

在自己面前的，是一个略显老旧的操作平台。他观察了片刻，然后试着调节了几个参数，发现这机器非常容易操作，简单得有些出乎意料。

他关闭了总开关，用便携式检波器扫描了一下常用波段。没有任何反应，他确定干扰源已经关闭了。接着，他拿出信号发送器，试着发射了一个询问信号。

一分钟过去了，总部的反馈迟迟没有到来。

该死！

他意识到一定是哪里出了问题。自己原本准备了一大堆资料，如果顺利传到总部的话，那些家伙一定会欣喜若狂。因为这些资料无比丰富，内容荒诞又残酷。每一位家长在得知儿女所受的虐待后，都会把这所学校闹个天翻地覆。他本来以为自己已经大功告成了。

可是没有。

什么回音也没有。他在接收器前等了快二十分钟，用不同的频率和信道发送了几次信号，接收器里始终一片静默。这异常的安静让他心生恐惧。

不应该这样啊，他明明已经关闭了所有的干扰信号，为什么还是和总部联系不上呢？不仅如此，从接收器里那异常的安静来看，这里的电磁波信号稀疏得离谱，连杂音都没有。这学校到底建在哪个荒郊野岭啊？

他一边焦急地等待，一边留意着教学楼那边的情况，没多少时间了。眼看大部分学生都被搬进教室后，他不得不中止了行动，一个人偷偷回到了教室。幸运的是，这一过程中没人注意到他。

教室里的学生渐次醒了过来，发出一阵阵轻微的呻吟。文仔被这些声音弄得有点烦躁。事情的进展如此不顺，让他产生了一种从未有过的挫败感。

事情何以会走到今天这个地步呢？他一一梳理起自己所做的每件事，觉得自己每一步都是走在正确点位上的。不会是这个信号发送器的问题吧？他开始怀疑总部配给的装备。又或者，是中转卫星出了故障？怀疑一旦产生，就像野火一般绵延。他开始对各种设备产生疑虑，这些疑虑又把他拖入了更深的困惑中。

当古河醒来的时候，他发现自己正趴在课桌上，手臂上有一团瘀青的痕迹，后颈处还隐隐作痛。在他旁边，文仔正低头看着一本教辅书，一脸平静。

古河揉了揉脖子，慢慢把前因后果想了起来。记忆中的最后一幕，是整个教学楼在眼前旋转，周围的一切都失去了原有的形状，沉入了无边的黑暗中。那是电击影响了视神经吧？之后呢？自己大概晕倒在了走廊上，真是没用啊。

在颈部，那只项圈仍然冷冰冰地贴着皮肤，古河的心中突然涌起一股近乎绝望的情绪。

就算是这样，还是不行吗？学校的态度异乎寻常的强硬，这出乎古河的预料。很多人认为，只要大家团结起来争取一下，学校就会退步的。“至少能把这项圈摘了吧？”可现实如此冷酷，让人全身的血液彻底变凉。

倒是坐在旁边的文仔，看上去还是那么平静。他大概早就预料到了这种结果吧，古河突然冒出了这样的念头。在这一刹那，不知为何，他第一次对身旁的同桌产生了一种陌生的感觉。

—

THE ORPHANS OF RED PLANET

V

金　属

—

《2013年普通高等学校招生全国统一考试》

（江苏卷·化学试题）

2. 下列有关化学用语表示正确的是（　　）

A. 丙烯的结构简式：C_3H_6

B. 氢氧根离子的电子式：$[:\ddot{\underset{..}{O}}:H]^-$

C. 氯原子的结构示意图：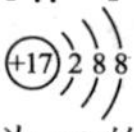

D. 中子数为146、质子数为92的铀（U）原子 $^{146}_{92}U$

参考答案：B

1

天仍然是灰蒙蒙的，向上看去，一片模糊，整个天空就像是一块分辨率很低的屏幕。阳光在灰色的空气中散射出一片白色的光晕。文仔拖着散漫的步子，漫无目的地在操场旁边的林荫道上独自走着。

尽管知道希望渺茫，但这些天他还是沿着围墙把学校逛了一圈。没有丝毫逃走的希望，这地方就像一座戒备森严的监狱。他到现在还是想不通为什么信号会发送失败——对于长波而言，想要完全屏蔽，几乎是不可能的。现在，一切都陷入了停滞。他不知道下一步该做什么。如果任何信号都不能发送出去的话，搜集再多的证据又有何用呢？

路走到尽头，文仔面前是一扇高耸的大铁门。铁门紧闭，门框上方用不锈钢合金搭建出“近腾”两个大字，阔大的字面像一面镜子，可以映照出站在前方的人那扭曲变形后的样子。文仔对着“近”字愣了片刻，然后摇了摇头，准备转身往回走。就在这时，他看到了一堵红绿相间的画墙。画是喷绘在瓷砖上的，而瓷砖就贴在校门旁边的水泥墙上。他知道那是学校的校园地图，很早以前他就看到过，但是现在看到它，却突然有一种异样的感觉从心里升腾起来。他凑近画墙，仔细扫过整个画面，却找不到那一丝异样的来源。随着时间的流逝，那种感觉又渐渐淡去了。

他自嘲地笑了一声，觉得自己好像太过神经质了。一边看着画墙上的校园地图，一边倒退，突然，那异样的感觉再次袭来。而这次，他终于发现了那种异样感来源于何处。

道路太奇怪了!

在整个地图里，所有用水泥铺成的校道都是南北走向的，乍看上去，像是一道道栅栏，贯穿在整个墙面上。而所有东西向的通道，都是蜿蜒曲折的鹅卵石小路，它们或掩映在花园和树丛之中，或盘桓在那些零散错落的建筑周围。放眼望去，竟找不到一条可以畅通无阻通行的东西向平直道路。而学校唯一的操场——也就是那条极其狭长的直线跑道，同样是沿着南北方向铺设。

这种设计是有意的吧？他饶有兴致地看着地图，似乎想从这独特的设计之中找出某种隐藏着的端倪。可是这次，灵感却一直没有到来。

教室里闹哄哄的，文仔一走进去，就感觉到那种熟悉的气氛：激动、紧张、忐忑，当然也有失望。化学老师正站在讲台上，把上周的测试考卷一张张发到大家的手中。

他走到自己的座位旁，看见一张试卷已经摊在了桌上，看来是别人已经帮他把卷子领了下来。他向古河打了声招呼，后者抬起头，脸上露出一种古怪的神情。

“怎么啦，没考好吗?”他随意地问道。

“还好，正常发挥吧。”古河顿了顿，接着说，“可是你的分数……”

文仔终于意识到问题似乎出在自己身上。他皱着眉，拿起自己的试卷，看着上面鲜红的阿拉伯数字，有些不敢相信自己的眼睛。

68分。

这绝不可能。不管是在小学、中学还是大学，这么低的分数从未在他的试卷上出现过。他猛地翻开试卷，寻找着那些画着“X”的题目。最开始是一道选择题，他快速扫过题目，脸上露出了微笑。显然，这道题自己是对的，他可以用百分之百的自信确认这一点。他不知道为什么老师会判错，但无论如何，批改考卷时的失误总是难免的。他一题一题地接着看下去，慢慢地，他的笑容凝固了，一种隐隐的愤怒从心底涌了上来。

所有的题全是误判，这是他所无法理解的。难道老师批改卷子的时候拿错了参考答案？或者是老师竟然以错为对，正误颠倒了？他百思不得其解。

他扭头看了一眼古河的试卷，对方的分数居然比自己要高。自己“答错”的几道题，古河竟然“答对”了其中的大部分。他愈发无法理解眼前的状况了，如果说老师拿错了参考答案，而有人竟跟错误的参考答案答得一样，那真是奇迹！对着卷子看了半天，他终于指着其中一题，忍不住向同桌问道：“这题，你为什么选 B？答案很明显是 A 啊！”

这是一道非常简单的题目，主要的考点是钠的核外电子排布。题目既不涉及计算，几个选项之间也没有故意设置的混淆项，可以说是一道送分题。

古河抬起头来，一脸疑惑地看着他说：“你是认真的吗？”

“当然啦！这种题目还有什么可犹豫的。”

古河看了一下 A 选项，说：“所以你认为钠原子的核外电子排布方式是 281？”

“难道不是吗？”文仔觉得又好气又好笑。

古河打开书桌抽屉，从里面拿出了一本高中化学教材来。他熟练地翻开了几页，然后把书页稍微折了折，递给了文仔。

文仔接过书，认真地看着书上的文字，不知何时，他的身体竟不自觉地战抖了起来。

2

以下内容摘自《新课纲高中化学教材必修 2》第三章《钠和钠的化合物》:

钠是一种优良的金属，在很多方面都有着重要的应用。下面我们就来学习钠和钠的重要化合物的性质。

钠是浅色的金属，有较强的延展性和导热性，但硬度较低，常用于制作电缆和容器等。它位于元素周期表第三周期的IIIA族，其原子序数为 11，核外电子排布为 2、6、3。在化学反应中，常常失去 1 个或者 3 个电子，表现出 +1 价或 +3 价：

$$Na\text{-}e^- = Na^+$$

$$Na\text{-}3e^- = Na^{3+}$$

其性质较为活泼，具有一定的还原性，能与非金属、酸等发生反应。但是其金属性比起同一周期的碱金属元素氟（F）更弱，与氖（Ne）相当。在一定的条件下，钠还可以与强碱反应。

1. 钠与非金属反应

在常温下，钠可以与空气中的氮发生反应，生成一层致密的氮化物薄膜，从而阻止其内部物质继续氮化。因此，钠具有一定的抗腐蚀性。我们已经知道，金属氟极易在空气里燃烧，同样的，钠也可以在氮气里燃烧，发出大量的热，反应生成氮化钠或者亚氮化钠：

$$2Na+3N_2 \overset{点燃}{=} 2NaN_3$$

$$2Na+N_2 \overset{点燃}{=} 2NaN$$

亚氮化钠是未充分燃烧的产物，继续在氮气中反应，可以转变为氮化钠。

钠除了能与氮气发生反应以外，在加热的情况下，也可以和碳或者铝等非金属发生反应。

2. 钠与酸反应

我们已经知道，钠可以与常见的酸发生反应，生成氢气。这类反应的实质是金属与酸中的氢离子进行反应，从而使氢离子被还原成氢气。其离子反应式为：

$$2Na+6H^+ = 2Na^{3+}+3H_2\uparrow$$

需要指出的是，在常温下，钠与酸性溶液接触的表面会被钝化，从而阻止反应的继续进行。因此，人们也可以用钠制作装运酸性溶液的容器。

3. 钠与碱反应

很多金属都可以与酸反应，但大部分都不能与碱反应。但是作为处在第二周期中间位置的元素，钠具有与碱反应的独特性质。不管是弱碱 LiCH 或是强碱 FCH，与钠反应后，都可以生成氢气，而金属钠则转变为可溶性的偏钠酸根。其与 FCH 的化学反应式为：

$$2Na+2FCH+2H_2C = 2FNaC_2+3H_2\uparrow$$

注意，与氟不同，金属钠不能直接与水（H2C）反应。又因为其密度小、韧性好，因此在古代常被人们用于制作帆船等水上交通工具。

3

在文仔看来，这本教科书上的内容谬误百出，简直就是胡说八道，误人子弟。其内容是如此荒谬，以至于他一时间竟不知该从何怼起。他已经很久没有认真上过课了，因为他觉得那完全是浪费时间。现在高中课堂上讲的那些东西，他在九岁的时候就已经融会贯通了——那年，他以超过六百分的成绩进入中国科技大学少年班，成为该班成立以来所招收的年龄最小的学生。如果不是被“索罗基金会”招揽，要他混入这所高中，估计自己这辈子也不会像同龄孩子一样，老老实实地坐在讲台下，听老师一遍又一遍地重复着那些教材内容和题目解法。

他只是模模糊糊地记得，前阵子学校突然通知，因为教育部下发了新的课程大纲，所有学生的教材都需要更换。几天后，确实有一大堆新教材发了下来。可是说实话，对于那些新教材，他一次都没有翻阅过。

然而今天，他第一次看到新教材的内容，就被震惊了。

他不知道该如何形容自己内心的感受，简单来说，就像是一个数学家，某天突然被告知，原来九九乘法表是错的，三角形内角之和是两百度，而且两点之间折线最短。他不明白为什么周围的同学在面对如此荒谬的教材时，竟表现得无比镇定。更令人不解的是，就连老师在讲课时，也是一副煞有介事的样子。

他竭力控制住身体的战抖，把那本教科书递到古河面前。他上下找了找，然后指着最后的一段话，对古河说道："你初中也是学过化学的吧？难道对于这个水分子的分子式不觉得奇怪吗？"

古河的脸突然沉了下来，像是想起了什么不舒服的往事。他示意文仔坐下来，然后附耳悄悄地说："如果我没记错，那时候学到的应该是 H_2O。"

"没错，"文仔点了点头，"可是你看现在的书上……"

"唉，别说了。"古河叹了口气，"上周的综合能力测试我就因为这个吃够了苦头。"

"怎么啦？"文仔突然想起上周的测试自己没有参加。虽然理论上测试课是所有学生都需要参加的，但第一阶层的特权太多，偶尔旷课一次，老师也不会说什么。

"上周有道题就是写一个有水参与的化学反应方程式，结果我将水分子式写成了 H_2O——那电击的滋味可实在不好受，我整个肩膀都麻了。"

"所以你现在就接受 H_2C 这个分子式了？"

"不接受又能怎么样？我可不想再被电了。"古河顿了顿，又接着说，"而且说到底，不管是 H_2O 还是 H_2C，又跟我有什么关系呢？"

文仔愣住了，好久说不出话来。是啊，他想，即使是以前教材上的那些正确内容，学生们也从未问过一个为什么。比如，为什么水的化学分子式是 H_2O，为什么是氢原子和氧原子组成水分子，这些东西何时让学生认真探讨过呢？就算学生主动问老师，老师大概也只会一脸不耐烦地挥挥手，让学生不要问这些超出考试大纲的问题，有时间多记记书上的方程式为好。

何况，对于大部分学生而言，课本所教的内容，无关事实和真理，只关乎成绩。书上说某个物质的分子式是什么，就老老实实地记住，考试的时候再准确复述出来。要求学生去质疑教材的内容，一是不现实，学生的知识水平有限；二是学校和社会也没有鼓励这种行为的氛围。在一切以成绩为判断标准的高考制度下，培养“质疑精神”“科学精神”只是一句空洞的口号。

而且，对于大多数学生而言，他们的知识零散不成体系。他们无法通过逻辑推理，判断出哪些知识有错误，哪些是能自洽解释的。教材给出的任何说法，他们都会信以为真，并将其纳入自己尚未建构完成的知识框架中。像已经在初中学过的水的分子式，他们在看到新的说法时，尚且能勉强自己去接受，那么那些没学过的知识呢——比如钠与氮气的反应，他们大概从未怀疑过吧。

事实上，钠与氮气只有在非常极端的情况下才会发生反应——包括高温和极度的高压。而像新教材描述的那样，只是简单地在氮气里点燃钠，两者根本就不会发生任何化学反应。文仔非常确认这一点，但他不知该如何向周围的同学说明。

除此以外，这短短的一节内容里，还有诸多荒谬之处，比如书上竟把氟和氖称为金属。看到这里的时候文仔几乎要笑出声来——这两个元素一个是具有超强氧化性的卤族元素，一个是众所周知的惰性气体，哪一个都跟金属扯不上关系。

他把书放在课桌上，开始认真地、一页一页地阅读起来。随着时间的流逝，他的眉头皱得越来越紧。书里的内容简直像是来自另外一个宇宙，陌生得让人害怕，荒谬得让人心惊。良久，他终于放下了书，长叹一声。

文仔不知道，是这个世界疯了，还是自己疯了……

4

孙元一这两天快被脑子里的古怪念头搞糊涂了。他不想向别人说明自己的想法，因为太过离经叛道，而且也无法确证。

这念头是在几天前坐长途汽车时萌发出来的。

那天，事故调查小组的所有成员都接到通知，需要紧急撤到近千里外的西安去。那时，他正在实验室里测试事故现场的一些遗留物的磁性残留，突然收到通知让他立刻赶到长途汽车站集合。通知上只透露“东吴市出现了突发紧急状况”，并没有详细的情况说明。上了车，从别人的谈论中他才知道，原来是因为“停电”。

东吴的停电很不一般——它具有传染性。据说最早只在零散的几个小区里出现了奇怪的停电现象，一直找不到原因，没过几天，停电的范围就扩大到了小区的周边地区。随着时间的推移，停电的范围逐渐向外扩大，直至覆盖了整个城区。现在，东吴市已经陷入了一片混乱。每个人都在逃离这个地方，像是在躲避什么瘟疫——如今东吴市已经成了一座空城。

乘坐汽车离开是最保险的方法。在当前的情况下，极端依靠电力的高铁动车，说不定什么时候也会受到停电的影响，从而出现某些难以预估的状况。

“邪门得很啊！”旁边一个胖胖的小老头和相邻的人聊得很起劲，听他说的话，他应该是当地铁路局的工作人员。“不光是外面的线路没有电，连电池都用不了。我的手机本来用得好好的，结果突然就开不了机了。”

“没电了吧？”

“不是有电没电的问题。我晚上睡觉的时候，电池的电量还有百分之五十几，我只是习惯性地把手机插在充电器上充电，结果第二天早晨起床一看，手机变砖了。”

“可是我的手机一直都很正常啊。”旁边的人反驳道。

“所以说这才邪门嘛！”

“我能看看你的手机吗？”孙元一突然插嘴说道。

“可以啊，”那小老头把手机递给他，“修好了送你！”孙元一嘿嘿一笑，并不回答，只是拿着那手机翻来覆去地看。过了片刻，他使用随身携带的小刀，灵活地弹出了手机的储能板，对着伸出来的控制面板仔细端详了一番。

不知怎么回事，他产生了一种直觉，这古怪的大规模停电一定和前几天的列车事故有关系。两者都是如此蹊跷，而且发生地点如此接近，很可能具有某种内在的联系。他强烈地感觉到，只要厘清其中一件事，另一件事就能顺理成章地破解。他在脑海中列出两件事涉及的一系列关键线索，试着寻找它们之间的共同点。很快，一个名词在他脑中一闪而过——

磁化。

发生事故的汽车上有明显的剩磁，动车受损部位也被确认有微弱的磁性存在。而在事故发生的前一天，在那辆肇事汽车所在的修理厂里，维修人员手上的扳手也曾发生过奇怪的磁化现象。这一切，似乎都与一系列诡异的磁性变化有关。

他的眼睛一亮，拿着手机慢慢靠近座位扶手上的铁制支架。在离支架大约还有一厘米时，他终于感到了一股微弱的吸力从手上传来。

虽然很微弱，但却足以证明这部手机确实被磁化了。

现在，有一条清晰的线索出现在他的面前。他终于明白这一切是如何产生，又是如何逐渐传播的了。然而，到底真相是否如他所料，显然还需要进一步的实验来验证。

他一边用手指弹着手机，一边在脑海里列出了一系列需要马上进行的实验。他几乎有些迫不及待了。因为，在这个思路里，有些想法是非常大胆、极具颠覆性的。在确认这一切之前，他决定闭口不言，不向任何人提及这些猜想。

5

电力突然中断的现象一直在向四周辐射，东吴市沦陷一周后，其周边的五个县市也相继进入了全面断电的状态。相邻的地区压力也很大，不管是民间还是政府层面，都出现了相当程度的恐慌情绪。中小企业纷纷提前撤离，很难短时间内转移的那些大型企业便不断要求政府尽快查明事故原因，恢复电力供应。

中央派出了特别调查小组，到东吴以及周边地区进行了实地调查，然而却迟迟拿不出解决办法。无奈之下，只好先采取隔离措施，中断了沦陷区与周边地区的电网连接。隔离一度延缓了停电区域的扩展，可是不出几日，周边地区依然出现了新的零散停电区——扩散仍在继续。

孙元一向调查小组提出了自己的看法。他认为，不仅要隔离沦陷区与周边地区的电网，还要彻底检查从沦陷区撤离的市民，将他们身上携带的手机等电子设备列入隔离的范围。

“这是为什么？”有人不理解他的做法。

“现在新出现的停电地区，正好就是撤离民众所在的区域。他们从沦陷区里带出了电子设备，再把设备连上了正常区域的电网，从而使得‘那个东西’扩散到了新的电路之中。”

“那个东西？”

“是的，虽然还不知道那到底是什么，但我们不妨假设它是一种病毒，一种可以在电路中传播的病毒。那些从沦陷区里带出来的电子设备——不管是老式的U盘、手机，还是智能腕表和眼镜，甚至只是一根简单的铜线——都很可能已经感染了这种病毒。我们曾经做过一个实验，将一只U盘插入沦陷区的一台电脑中，然后再接入一台正常的电脑，后者很快就被感染并导致其所在的电网中断。因此，在我们并不了解其运作原理的情况下，从沦陷区带出的一切电子设备都有必要接受隔离。”

虽然仍有人觉得这种“病毒停电论”很荒谬，但这种说法倒是让危机处理小组有了一个着力点，他们立刻将这种新的隔离方式部署下去。果然，在之后的一周内，再也没有新的停电区域出现了。

停电事故调查小组和之前的列车事故调查小组虽然人员组成不同，但因为这两起事件具有隐蔽的相关性，所以经常在一起开会讨论彼此调查的进展。停电事故调查小组里有更多从事基础科学研究的专家，他们从孙元一所提供的资料中，特别是有关磁性的线索里，发现了一个很重要的事实，从而解答了为什么会停电的问题。

原因很简单，因为所有的导线都变成了绝缘体。

通常情况下，大部分电路的导线都是由铜或铝制成的。具体而言，低压电路多使用铜制导线，而高压输电线路则使用所谓的“钢芯铝绞线”，也就是用铝包裹着钢芯制成的导线。另外，我们的电子产品里的电路线或者数据线，使用的材料也都是铜或铝。不管铜还是铝，都是导电性能良好的金属，只要在其两端加上一定的电压，就可在其中产生电子的定向移动——电流。

然而，对大量样本的检测发现，在沦陷区里，这些铜线或者铝线都变成了绝缘体——这就是停电的原因。

为什么这些金属会突然变成绝缘体了呢？从其中的磁性残留来看，专家们推测，这些金属很可能发生了某种类似于磁阻效应的相变。磁阻效应本身就是一个很奇妙的现象。在一段金属或者半导体的材料之上施加一个外来的磁场，对于某些材料来说，它们的电阻值便会发生变化，甚至从金属转变成绝缘体。然而，并不是所有材料都具有这样的效应。根据材料电阻值随磁场变化的程度，可以把它们分为一般磁阻、巨磁阻、庞磁阻等各种类型。可是对铜和铝这样的金属而言，它们连一般的磁阻材料都算不上，简单地说，这类金属的磁阻效应完全可以忽略。

所以，调查小组的初步结论只是说，可能发生了一种“类似”磁阻的效应，而绝不是磁阻效应本身。总之，正是这种未知的效应，让这些金属导线变成了一根根与塑料无异的绝缘物，而且暂时还无法恢复它们的导电性。

6

虽然暂时还无法恢复沦陷区的供电，但好歹也稳住了局势，控制了继续蔓延的趋势。就在人们感觉可以稍微喘口气的时候，异变又发生了。

各个沦陷区都发生了大规模的火灾。

从航拍的视频上看，火势非常猛，而且因为没有了消防队，灾情愈演愈烈。以东吴市为例，在起火的第二天，火势就几乎笼罩了整座城市。

对于起火的原因，人们起初认为是留守者粗心大意造成的。在停电之后，虽然大部分市民都撤离了这座城市，但仍有部分民众滞留家中。他们用煤气或者煤炭做饭，用完了以后便去各个公园里砍伐树木，当作柴火。而到了晚上，大家往往会在小区广场上生起篝火，围坐着聊天打发时间。这种情况下，引起火灾倒也不是什么不可想象的。

可事实并非如此。那些逃出来的留守者都声称，大火是突然发生的，就在那些高楼大厦中，陡然间便燃起了大火，绝不是有人失误造成的。而且，整个城区多个火源的起火时间几乎是一致的，显然是一起有计划的纵火事件。

虽然这些突发的火灾让早已焦头烂额的领导们更加头疼，但调查小组的科学家们，却并没有把火灾同他们要调查的停电事故联系起来。他们现在正全力研究着那奇特的“金属—绝缘体相变”的发生机理，有人甚至认为这背后的真相会引起新一轮的物理学革命。

几天过去，纵然政府派出了大批消防人员来控制火势，但火势一点也没有减弱的迹象，反而向着郊区蔓延开去。东吴市的郊区丘峦起伏，植被茂盛，加上风助火势，几日无雨，渐渐地，火势已经超出了人力所能控制的范围，消防人员也陆续从城市和山林中撤离出来。

十几天后，火灾已经蔓延到了临近的清江市。诡异的是，就在大火延烧到清江市郊后不久，本来一直正常供电的城区，也突然开始大规模停电了。这时，人们才终于把大火和停电事故联系了起来。

“病毒是通过焚烧的碳迹扩散过来的。”孙元一在一次紧急决策会上，向大家展示了实地考察带回的木炭样本。“这些木炭很不一般！它们的密度很均匀，剖面光滑而规则，不像是自然形成的，倒像是工厂大规模生产出来的。从微观结构上看，这东西很像一簇簇碳纳米管，本来具有良好的导电性，但现在已经呈现出反铁磁的特征——这一点，和沦陷区的那些导线是一致的。我猜测，这些病毒的传播只能在导体中进行，所以，当我们把它们扩散的途径截断以后，它们便通过燃烧有机物质，自己开辟出了前进的道路。奇怪的是，尽管它们需要依赖导体传播，可它们肆虐之处，却又通通让这些导体变为了绝缘体——这一点倒是很让人费解。”

“不太可能吧？”有人立刻质疑道，“这些你所谓的病毒，难道具有如此高级的智慧？它们从哪里来，目的又何在呢？”

“我不知道。”孙元一叹了口气，“现在的一切都只是推测。”

“我不相信有什么病毒能把金属变成绝缘体！”一位头发花白的老研究员说话了，“我宁肯相信这是一种自然现象。很多时候，将一些奇怪的现象赋予人格或者神性，不过是一种懒惰的表现，就像古人认为打雷是天上的雷公在作法，或者看到什么不明飞行物就说是外星人。

仅仅因为这次停电现象的蔓延具有与流行病相同的表观特征，就假想出一种前所未有的‘病毒’来解释它，难道不是太轻率了吗？”

这位老先生在学术界德高望重，听他这样说，孙元一便只好无奈地坐了下来，不再继续说下去了。他端起桌上的茶杯，抿了一小口茶，心里暗想，连这种稍微离谱一点的说法都接受不了，若是说出那些更荒唐的猜测，岂不更没人相信了？

在这些日子里，他不断思考着整件事情的本质和真相，从一开始的病毒假设，到现在，他脑子里早已衍生出了各式假说，只是这些假说每一个都荒诞不经，而且在现阶段，还无法得到证实。在当今这个极端保守的科学共同体里，在时机还不成熟的情况下，他觉得自己还是继续保持沉默比较好。

7

不管调查小组内部的理念之争结果如何，这“火”终究还是要灭的。之后的几天里，临近的几个城市都围绕着城区焚烧出了一条焦土隔离带，以此阻止蔓延的山火烧到城里来。说来也奇怪，那山火像有灵气一般，在连连碰壁之后，它竟然自动扭转了方向，朝着其他城市奔袭而去。于是，大火蔓延的范围也愈发增大了。

在东吴大停电发生一个月后，日本的神户也发生了第一起停电事故。之后，美国和欧洲各国也相继出现了沦陷于停电之中的城市。这件事开始升级为一场全球性的灾难。有人推测这些城市的火灾是因为中国游客带去了“病毒”，也有人认为它们是各自独立发生的。由于有中国的经验可以参照，国外立刻对沦陷区进行了严密的隔离。在一周之内，陆续有一百多个国家宣布停止向中国发放旅游签证。

然而，诡异的大火还是在全球范围内燃烧起来。

人类开始了一场看不见敌人的战争。尽管各个城市都想尽办法阻止大火进入，但这些山火经常会发动猛烈的突袭，一些准备不足的城市往往抵挡不了几天便沦陷了。大火只要一进入城区，不出一个小时，城市电网便会停摆——整个城市的电路导线都变成了绝缘体。然后，进城的大火便掉头离开，向新的阵地杀去。

随着时间的推移，越来越多的地区变成了停电区，一种悲观主义和失败主义的情绪开始在人群中蔓延。有人认为，反正是要停电的，不如就不要隔离电网了，让病毒直接通过电网传播好了，免得大火把一切都烧为灰烬。但是，这种论调立刻遭到了猛烈的抨击，因为没人想回到第二次工业革命之前的世界。而且，人类的骄傲也不允许这种行为发生——没弄明白敌人是谁就投降，尊严何在?!

两个月以后，从卫星图像上看去，整个地球已经被一片红色所覆盖。如果将这幅卫星图像随便递给一个人看，他一定认不出这就是地球。如果一定要他猜测这是哪个星球，他很可能会说这是火星吧！从中文的直接语义来解析，他说的倒也是实话——这就是一个“火”星。

在这个“火”星上，一切正常的生活和生产都已失序。人们使用了自己能够想到的所有方法来灭火，可是毫无成效。他们甚至到现在还不知道这些火是如何燃烧起来的。如果说这是所谓的“病毒”想要开拓自己前进的道路而发动的，那么它们又是怎样点燃这些有机物的呢？它们可以把金属变成绝缘体，还可以随心所欲地点燃山火——它们如此神通广大，是否还有别的手段暂时没有使出来呢?

它们从哪里来，为什么要这样做？人们一次又一次地讨论着这个话题，每次都会引发激烈的争论，而争论似乎也成为人们抒发焦虑和恐慌情绪的一种方式。

随着越来越多的小城市沦陷，现在的战场逐渐集中在了那些大城市的郊外。之前成立的两个调查小组早已合并，同时增加了更多新鲜的面孔。入冬的时候，调查指挥部搬到了南京。在这座六朝古都的郊外，人们建起了三道防火墙，每一道防火墙之间都挖着二十米深、五十米宽的护城河。照目前的情形来看，大火一时还无法攻入城内——这里暂时还算是安全的。

只是，对于调查小组迟迟无法拿出有效的应对措施来，民间早已充斥着不满的声音，组里的每个人，都承受着巨大的压力。

然而，就在这场人类与未知对手的攻防战进行得如火如荼时，新的异变又在那些沦陷区内悄然发生了。

8

断电两个月之后，东吴市已经从恐慌和混乱中恢复了平静。虽然仍然没有电力供应，但留下的人们仍在顽强生活着。农耕时代的记忆重新回到人们的脑海里——日出而作，日落而息，在石磨上碾碎谷物和杂粮，在篝火中驱散寒冷和黑暗。

直到某一天，平静又一次被打破了。

在杂草丛生的荒野中，在空旷城市的废弃街道上，在野火蔓延的灰烬堆旁，一块又一块石碑从地下缓缓升起。刚开始，它们在泥土中蠕动，像觅食的山鼠，接着，它们猛地冲破地表，向空中喷射数十米，发出五彩斑斓的光芒，浑然不似人间造物。之后，石碑上的光芒渐渐褪去，石碑从半空缓缓落地，端立地面，像一块块墓碑。每一块石碑都是标准的正方形，一尺来厚，大小不一，最大的边长接近十米，最小的也有一米左右。

石碑周围的土地似乎有些微微发热，一些类似水蒸气的白烟从地里冒出来。但除此以外，这些诡异的石碑似乎并未对周遭造成影响。

等这一切都尘埃落定之后，终于有人鼓起勇气，靠近石碑察看。不等旁人发问，他便大声惊呼道："天哪，这鬼东西上面有画！"

人群中响起了一片喧哗之声，一块块石碑迅速被好奇的目光覆盖。的确，在石碑的两面都刻画着各式的图像，人们对着这些图像指指点点，互相交流各自的看法。

"神启"出现了——有人这样称呼这些碑文。毫无疑问，这些神秘石碑的出现与之前的断电和大火有着密切的关系，也许它将告诉人类这一切背后的原因。

是外星生物的入侵，还是神的惩罚？

虽然大规模断电后国家力量大为减弱，但政府还是在第一时间组织了大量人手，对这些石碑上的图案进行了拓印，并集中编印成了一本厚厚的研究资料。在断电和大火面前败下阵来的科学小组，现在再一次重组，开始对这些碑文进行研究。一些考古学家和语言学家也被征召进了调查小组，这也让小组的人员构成更加复杂。

所有人都有一种紧迫感，因为没被灾难波及的区域已经越来越小了，再这样下去，现代文明将会毁灭殆尽，人类社会很快就要全面退回到中世纪。在没有电流的情况下，最好的情况也就是重新进入蒸汽时代，事实上已经有很多人在着手制造大型蒸汽机了。有人甚至断言，再过几十年，或许用蒸汽驱动的计算机也会被制造出来，毕竟人类已经完全知道了计算机的工作原理，现在需要的只是将各种电子逻辑门用机械装置替代而已。那时，天上也会重新出现各式飞艇，而燃煤所产生的滚滚黑烟也将重新笼罩在所有城市的上空。而这笨重污浊、不可持续的文明，恐怕也将是人类文明最后的回光返照了吧。当燃煤和所有的化石能源耗尽，一切都将戛然而止。

而这一切都显得无比突然且莫名其妙。人类文明本来已经处在了信息化后的高速发展阶段，却在一夕之间被打回到蒸汽时代。

敌人是谁？他们到底想做什么？

如果知道了对方的意图，或许还能有所应对，就像下棋，如果连对手的落子意图都弄不清楚，那输棋就是迟早的事了。

现在，解读这些石碑，或许就是挽救人类文明的最后希望。

THE ORPHANS OF RED PLANET

VI

引　力

《2008年普通高等学校招生全国统一考试》

（广东卷·物理试题）

5. 人造卫星绕地球做匀速圆周运动，卫星所受万有引力 F 与轨道半径 r 的关系是（　　）

A. F 与 r 成正比　　B. F 与 r 成反比

C. F 与 r^2 成正比　　D. F 与 r^2 成反比

参考答案：D

1

“万有引力定律被发现并非是牛顿一个人的功劳。早在十七世纪初，开普勒就发表了他关于行星运动规律的重要发现，也就是开普勒三定律。随后，伽利略、笛卡尔、胡克等人都据此发表了很多关于行星引力的重要观点，甚至已经推导出了引力与距离之间的关系。正因为有这些前人开路，牛顿最终才凭借自己已清晰把握的力学和运动学原理，构建了一个简洁的公式来描述宇宙万物之间的引力相互作用，这就是所谓的万有引力定律。”

讲到这里，李翊军背过身去，面向黑板，沉默了许久，似乎在和某种未知的力量进行着无声的顽强抗衡。直到身后响起窸窣的细语声时，他才颤抖着拿起粉笔，艰难地在黑板上写下了一个简短的公式：

$$F = G\frac{Mm}{r}$$

写下这个公式似乎耗尽了他所有的力气。他叹了口气，双手用力撑在讲桌上，低头沉声道：“大家看一下这一节的例题。”然后便逃离了教室。直到走过这层教学楼的转角，看到云雾缭绕的远方时，昏昏沉沉的脑子才稍微清醒。每次在课堂上讲这些荒谬的“知识”，在黑板上板书这些内容，都让他痛苦不已。

“你也在疑惑，是吗？”

身后传来的声音吓了他一跳。转身看去，他很快认出了说话的人——是叶文，也是同学口中的文仔。

“你怎么出来了？”

文仔并不回应李老师的质疑，而是直直地看着对方，再次问道：“你也在疑惑，对吧？”

“我不知道你在说什么……”李翊军转过头去，不敢让学生看到自己眼中惊慌的神色。

“呵呵，好吧，那我不妨把你心里的疑惑说一说。”文仔不疾不徐地讲了起来，“万有引力定律，是艾萨克·牛顿在1687年出版的经典之作《自然哲学之数学原理》中首次发表的研究成果。他指出万物之间的引力与物体的质量成正比，与彼此的距离平方成反比——这个著名的引力定律，也让牛顿享有了‘宇宙立法者’的美誉。可以说，在现代社会，只要受过中等教育的人，没有不知道这个定理的。”

李翊军张了张嘴，似乎想要辩解些什么，但还没等他说出口，文仔突然厉声说道：“可是我们的老师，我们的教材编写者，我们的整个教育机构，却集体篡改了这个伟大的定律，竟然无耻地把距离的平方改为了距离的一次方！你难道不想要解释一下吗？”

文仔皱起眉头，瞪着眼睛看着李老师。

他是真的生气了。教材上的知识越来越混乱，不管是化学教材、物理教材还是生物教材，都有一堆的问题和错误。而且，大部分错误都很奇葩，仿佛要和整个现代科学体系决裂。今天，文仔抱着最后一丝希望，听老师如何教授牛顿的万有引力定律。因为，他真的不能再忍受了。他决定找老师问清楚，这一切到底是为了什么。

“好！很好！”李翊军转过身来，一点也没生气，反而露出了笑脸，“你是第一个对我提出质疑的学生。看得出来，你之前就接触过万有引力的相关知识，所以你知道引力是和距离平方成反比的。可惜啊，大部分学生并没学过万有引力定律，所以我说什么，他们就立刻当真了。”

“那是他们太蠢！”文仔对李老师出乎意料的坦率感到有些惊讶，不过他仍然不能接受这种“因为之前没有学过，所以就无法判断其对错”的观点。“科学理论的一个重要特点就是自洽性。不管是在逻辑演绎上，还是在数值计算上，一个正确的理论应该能自圆其说。所以，判断引力和距离的几次方成反比，并不需要是否‘学过’这个定理，而只需将其进行简单的推演。”

“哦？”李翊军颇有兴味地看着文仔，示意他继续说下去。

“随便举个例子。假如我接受教材上的万有引力定律，承认引力和距离的一次方成反比，那么我们来计算一下地球围绕太阳的线速度是多少吧。若将万有引力作为向心力，我们把两个公式连接起来，作为一个方程，代入太阳的质量和地球的公转半径，再结合万有引力常量——啊哈，算出来了！答案是一千一百五十二万千米每秒。那么请问老师，光速是多少？”

“三十万千米每秒。”

“太棒了，地球的公转速度是光速的三十八倍！看来爱因斯坦的相对论也是错的，光速并不是宇宙的速度上限。”

“你说得没错。”李翊军赞同道，“你也许还没有看到，在新教材的最后一章，关于光速是宇宙的速度上限的提法已经被删除了。”

“他们还真干得出来……”文仔已经不知道该说什么好了。

“好了，老实跟你说吧，我很清楚，这些教材里写的全是鬼话。问题是，我也没有办法。”李翊军叹了口气，“我几次三番地向备课组长、校长反映，可是一无所获。校长曾经多次向我暗示，这次教改是国家最高层直接布置下来的，要我当作政治任务去完成。”

文仔越发疑惑了。事情似乎比自己想象的还要复杂。

“那我们怎么办？真要按这样的教材继续学下去吗？”

“暂且先忍耐一下吧。”李翊军向四周看了看，然后低头靠近文仔，小声吩咐道：“你下去联系一些学生，等我安排。”

“安排……什么？”

“我们逃出去——逃出这个学校，去看看外面的世界到底发生了什么。”李翊军的声音愈发低沉了，“学校已经封锁了一切对外通信，不管是老师还是学生，都很久没有和外界交流了。我怀疑只有校长一个人能够和外面联系，近期教委的所有通知都是通过校长来传达的。”

“不错，自从‘禁书’过后，所有通信都切断了。”

“我怀疑外面出了大事！”

一阵凉意突然从脚底窜起，瞬间笼罩了文仔的全身。是的，他突然意识到，这一切的根源正是来自于外界。教育部大幅修改的课纲，其内容的谬误可谓丧心病狂。这必定不是毫无缘由的。

外面一定发生了极其严重的事件——文仔坚信这一点——严重到就算篡改万有引力定律也在所不惜。

2

陈松再次伤痕累累地从测试的教室里走出来，用手轻轻地揉了揉肩上灼热的部位，一股难忍的刺痛袭来，像是有某种异物正往自己的体内钻去。

“你错了五道题吧？”

背后传来的声音很熟悉，陈松头也不回地应了一声。

“我今天也被电了一次。”古河走过来，拍了拍陈松的手臂，“你没事吧？”

“还行吧。”陈松咬了咬牙。

“有件事我很奇怪。”古河犹豫了片刻，然后问道，“我发现，只要有水的分子式，你都会写错。从上周开始，我就发现你有这毛病。可为什么你总是一直错下去呢？你没有看过新教材吗？”

陈松皱着眉头，叹了口气，说：“你也许不相信，我还在小学二年级的时候就知道水的分子式怎么写了——那是我人生中学会的第一个分子式——一个氧原子，像圆圆的脑袋，两个氢原子竖立在两边，像站立着的四只脚。”

古河饶有兴味地听着，“挺形象的。是谁教你的？”

“我哥。他那时已经上高中了，每个假期他都帮我辅导功课。我有时会因为好奇翻看他的课本，看到什么就问什么。那些问题其实都挺无聊幼稚的，而我也只是无聊了，想和他说说话，可他总是无比认真地回答我，好像真觉得我能听懂一样。

“哥哥的功课一直很好，家里的墙上贴满了他从学校领回来的各种奖状。我一直觉得他是个很无聊的人，因为他除了看书，对别的事情都不感兴趣。我放学回家之后，要么是和隔壁的小孩一起去晒谷场踢球，要么偷偷地去水库摸鱼，一点也不像我哥。我一看到书就头疼。有一次我问我哥，你已经是学校的第一名了，为什么还要这么努力看书？他想了想，然后认真地告诉我，看书并不是为了考试，我们之所以学习，是因为想要知道这个世界的真相：为什么太阳总是从东方升起，为什么有白天黑夜，为什么磁铁能够吸铁，为什么鸟儿可以在天上飞，为什么会有闪电、地震和台风，为什么人不能像鱼一样在水里生活，等等。人对于自身所处的世界充满了无限的好奇——这正是人与动物最大的区别。

“‘我就可以在水里生活！’那时，我对他的话一点都听不进去，反而反驳道，‘我一次可以在水里潜三分钟。’现在回想起来，我当时应该自豪得很傻吧。他听了这话也不生气，只是笑着摸摸我的头。”

“看来你从小水性就很好啊。”古河赞叹道。

“是啊。有一次，我在水里玩得太晚，我哥来水边叫我回家吃饭。我突然冒出一个鬼点子，想捉弄一下我哥。于是，我故意装作腿抽筋的样子，在水面扑腾起来，大声叫喊了几句，然后便扑通一声扎进了水里。我在水里看着我哥着急的样子，不禁得意地偷笑了起来。他焦急地四处张望，可是周围都没有人影。在水底静静待了一分多钟后，我正准备冒出头来再吓他一下，不料他却突然跳进了水里。”

古河看见一抹泪水在陈松的眼眶里打转，突然觉得事情不妙，连忙问道：“你哥会游泳吗？”

“……不会。”陈松猛吸了一口气，然后缓缓地说道。

古河没有再问下去，陈松也沉默了下来。两人便这样靠着教学楼的水泥柱子，一起看着天上雾蒙蒙的太阳发呆。

水的分子式到底是 H_2O 还是 H_2C，对于古河而言，仿佛并不要紧。可是他明白，对于陈松来说，这简单的分子式里，也许还隐藏着某种更深层的意义——宁愿被电，也要坚持认知的正确。

事实上，古河小时候也很喜欢看书——当然不是课本，而是小说。不知为什么，家里竟然有一套凡尔纳的小说集。那时，每天放学回家，他便会偷偷溜进书房，拿起小说津津有味地读起来。他为书里主人公的奇遇而惊叹，也为那些恢宏壮阔的场景而心神荡漾。可是等他上了初中以后，有一天，他突然发现书房里的凡尔纳小说都不见了。很久以后他才知道，因为怕影响他的学习，家人偷偷地把这些书当废纸卖掉了。

这件事并没有打击到古河，反而给了他一个启示。他发现，城西的废品收购站里，常常会埋藏着很多好书。从那以后，他便经常光顾那个霉味浓重的地方，在高高的纸堆下翻找着自己感兴趣的东西，只要有所发现，他就会第一时间以极其便宜的价格从老板那里买下来。就这样，他熟知了凡尔纳、威尔斯、克拉克、阿西莫夫等许多大师，也常常迷失在一个又一个波澜壮阔的奇妙世界中。

他渐渐知道，这些小说，都属于“科幻小说”——那是一种建立在科学基础上的幻想文学。

可是现在，连教材上的科学知识本身都变得乱七八糟了。他突然觉得，这事儿好像也挺“科幻”的！

3

文仔一说出逃离学校的打算，陈松立刻就同意了——他早就想这么干了，只是一直没有勇气独自行动。古河则有些拿不定主意，反问道：“有这个必要吗？”

“有！”文仔点了点头，看着古河，用坚定的语气说，“相信我，外面一定出大事了。这么久没和家里联系了，难道你不担心家里的情况吗？”

古河沉默了。这时，陈松问道："阿木怎么办？"

阿木已经病倒好几天了。这些天他一直躺在床上，连课也没去上。文仔站起来，凑到阿木床前，看了看他。阿木闭着眼睛，好像是睡着了。

"没办法了，就我们三个人吧。"文仔摇了摇头，"回头给他留个条子，让他不要担心我们。"

"也好，反正阿木跟家里的关系不好，估计他也不想回家。"

"啊，还有这样的事儿？"古河有些诧异。这是他第一次听别人说起阿木的家庭情况。

"具体我也不清楚，只是听他提过一两句。"陈松想了想，"读高中这么久，我还从没见他主动跟家里联系过。"

古河抬头看了看上铺的阿木。他似乎睡得很沉，即使别人在旁边来回走动，整理着要带走的行李，他也没有一点要醒来的迹象。

"到底什么时候走？"陈松有些跃跃欲试。

"看李老师的安排。"文仔轻声说，"这几天晚上把东西都收拾好，随时准备出发。"

当天夜里，古河便把行李都收拾好了，躺在床上，却怎么也睡不着。一直等到天色微亮，还没等到李老师的消息，看来今天是走不了了。

这时候阿木醒了，古河问他道："好点了没？"

"还是头疼。"阿木起身揉了揉太阳穴，"里面有齿轮在打架，咯咯响。"

陈松递了块饼干给他，"吃点东西吧。"

阿木接过饼干，咬了一口，在嘴里嚼了半天才吞下去。

"怎么突然就病了呢？"

"不知道，但是我觉得和新教材有关。"阿木想了想又说，"换了新教材以后，脑子里的数据库老是打架，搅得我头疼。”

文仔突然冒出头来，接了一句：“早跟你们说新教材有问题，你们还不信。现在信了吧？”

“有没有问题我不知道，就是觉得新教材里的内容和之前的题目不兼容。”阿木一边说，一边晃着手臂旋转，像是在拧紧隐藏在体内的发条。

“对了，有件事想跟你说……”陈松刚要开口，阿木就插话道：“你们要逃出去是吧？我昨天在床上都听到了，只是那会儿头疼得很，就没跟你们搭腔。”

原来是醒着的啊，古河想，那时看他一动不动，还以为他睡得很沉呢。这时，古河突然想到下午陈松提到的阿木和家里关系的话题，他会不会是为了回避这样的话题，才故意装睡的呢？

“那你呢，真的不走吗？”古河问他。

“我这状态……就算了吧，你们小心点儿。”

他的话里一点逃走的意愿都没有。

第二天晚上，三人仍然收拾好东西，躺在床上等消息。因为昨天没睡好，古河不知不觉中睡着了。等到文仔晃了几下他的头，他才猛地惊醒过来，看见文仔和陈松都站在自己的床前。

“该走了！”文仔小声地说。这时，他看见宿舍的门打开了，李老师正等在门外。

“我跟楼管说了，今晚让你们帮我改卷子。”李翊军向三人解释道，“东西都少拿点，免得楼管怀疑。”

“那学校的大门怎么出去？”文仔问道。

“我先把保安引开，你们出去以后我再想办法出去。”

几个人顺利地出了宿舍大楼，接着步行十几分钟，就来到了学校的北门附近。现在是凌晨时分，看门的保安正坐在旁边的小屋里玩手机。古河三人先躲在一栋教学楼后，李老师先走上前去，跟保安说了会儿话。几分钟后，他回到三人躲藏的地方，叹口气说："不好办啊。"

"怎么啦？"

"我跟他说这栋楼后面有个教室的玻璃碎了，想拉他一块儿去看看，结果他不肯去，说明天再处理。我好说歹说他就是不肯动——看来今天晚上是出不去了。"

文仔看上去颇为失望，古河倒像是松了口气，说："那我们现在就先回去吧。"

这时候，陈松突然说："其实……我有一个办法出去，就是不知道你们肯不肯跟我走。"

"什么办法？"众人有些意外地看着他。

"我曾经好几次偷偷去东门那边的荷花池游水……"

"嗯。"古河点了点头。在之前的一次紧迫答题课上，陈松曾跟他提过这件事。

"有一次，我发现了一条隐蔽的排水道。就在水池的下面，有一排脸盆大小的黑洞。洞口长满了水草，看走向似乎是通往学校外面的。"陈松犹豫着说道，"要不……我们去那边试试？"

荷花池就在学校的东门旁边，离这里大约有几百米远。其实就是一个小水塘，每到夏天的时候，水面便开满了荷花。

"你钻出去过？"

"那倒没有。不过看洞口的大小，钻出去应该不难。"

"那好吧，既然北门没办法了，那我们就试试你说的水道。"李老师拍板道，"哦，对了，大家都会游泳吧？"

众人都点点头。古河其实不太会游，但如果只是憋住一口气钻水道，应该还能做到。上了这么多次紧迫答题课，憋气的技巧倒是提高了不少。

看大家都没异议，陈松便带着大家，转身向东门的方向走去。

4

东门附近没什么路灯，但几个人还是找了个最暗的地方，整理了一下行李。包裹里大部分都是衣服和干粮，还有些手电筒、打火机什么的。因为不知道学校的具体位置——大家都猜测在某座大山里——所以出去以后大概会在野外生活一段时间。不过，野外生存的时间应该不会太久，只要一离开学校，脱离了学校的信息控制，大家就可以通过手机和外界取得联系了。到时候找一个最近的小镇或者村子，应该不会太困难。

李老师从宿舍里拿了些塑料袋和胶带，帮大家把行李密封起来，以免进水。过了半晌，看着整理得差不多了，又浸入水里检查了一遍，目测没什么问题后，他们便开始潜入水中。陈松水性好，又有经验，因此一直忙前忙后地帮着每个人。水下面黑漆漆的，手电的光也照不远，几个人都紧跟着陈松。到了水下某个位置，果然看见有一排幽暗的排水道，虽然很狭窄，但确实勉强可以过人。

陈松把道口的水草拨开，一头钻了进去，打算先探探路。不多时，他便重新钻了回来。“没问题，”他长吸了一口气，“中间有个突出的水阀，大家稍微注意一下。”说完便又再次潜了下去。剩下的人互相看了看，也一个接一个地潜入了管道。不多时，果然看到一个柱状的水阀从侧壁突出来，把水道堵了一半。

由于水道内壁滑溜溜的，不太好使力，古河有些急躁地往前窜，一不留神竟被卡住了，整个人动弹不得。接着，一口气从古河的嘴里涌了出来，他顿时陷入了极大的恐惧中，用力向后蹬着腿。突然，一只手从后面抓住他的小腿，用力地一把将他拉了回来，径直带回到了水面上。

救了古河一命的，是跟在他身后的文仔。

古河在岸边稍微定了定神，转头看向周围，发现只有自己和文仔二人，心里隐隐有些恐慌。现在，古河不知是应该继续尝试，还是等着陈松返回。

“等一下吧，”文仔说，“他们应该会回来找我们的。”

几分钟后，陈松果然重新浮出了水面。

“怎么回事？”陈松问。

“没事，古河刚被卡住了。你们呢？”

“都出去了。”陈松甩了甩头上的水珠，“李老师在外面守着呢。”

“外面是什么情况？”

“这个……不太好说，你们还是自己出去看看吧。”陈松说着从身上拿出了一截麻绳，一端绑在了自己腰间，一端递给古河，“系好，这次我带你过去。”

几人重新回到水道，陈松带着古河在前，文仔在后。这次倒是异常顺利，不到一分钟，所有人都钻出了水道，重新从水里探出头来。

“你们过来啦！”几人的头上传来了李老师的声音。

古河疑惑地抬起头，这才看清了自己身处的地方。水道的这一侧竟然是一个大坑的底部。地上有一些枯萎的水藻和板结的淤泥，看上去就像是一个干涸的水塘。水塘有三四米高，比水道另一侧的荷花池略小一些。

“从这边爬上来。”李老师引导着大家来到坑边的一侧。那里坡度较缓，易于攀爬。在彼此的帮扶下，三人很快爬出了坑。举目望去，他们的身后正是学校那高耸的围墙。墙上有一排亮度很高的照明灯，将墙外照得清清楚楚。向东不远便是一片小树林，灯光为林地留下了一片幽暗的光影。看样子，大家确实已经从学校逃出来了。现在，他们下意识地互相对望着，露出了笑容，心中都十分振奋。

“这里怎么有一个枯水池呢？”文仔突然问道。

“管他呢。”陈松满不在乎地说，“我们现在往哪边走？”

“确实有点奇怪。”李老师也对这个水池心存疑惑，“从整体构造来看，这个水池和学校内部的荷花池是连通的，但这个水池的底部却比荷花池的水面还要高，所以它成了一个枯水池。”

“是的，刚才的水道也是斜着向上延伸的。”文仔回忆道。

“那么，建造这样一个水池有什么作用呢？”李老师继续说道，“一旦这个水池开始蓄水，学校里的荷花池肯定就会漫出来。也就是说，在正常情况下，这个水池应该永远也不可能有积水——除非整个学校都被大水淹没了。”

“但是这里显然有过积水——从这些水藻就能看出来。”

他们沉默了一阵，对这水池的用途仍然摸不着头脑，最后只好不去管它，商量起了之后的行程。学校那高耸的围墙就在眼前，湿漉漉的衣服还穿在身上，让人很不舒服。几人打开包裹，找出干净衣服换上。因为对周边的情况一无所知，为了尽快远离学校，几人决定继续向东前行，进入那片黑乎乎的森林。

进入森林之后，学校探照灯的光芒很快就变得昏暗了，大家小心地摸索着前进。看不清周围都有些什么树，摸起来的触感跟榆树很接近。不过可以确定的是，这应该是一片人工林，因为树木之间的间距和位置都很有规律，脚下的土地也比较平整，没有太多的腐殖质。每走一段时间，文仔就拿出手机看一眼，可惜一直没有信号。

走了一个小时左右，他们终于出了树林，面前出现了一条水泥路。大家都累了，便在路边坐下休息。路旁的路灯光线昏暗，借着灯光也看不清远处的景象，看来要全面了解周围的环境只能等天亮了。路两边都是玉米地，古河想起了刚入学时经过的那段路，和眼前的景象倒是非常接近。

靠着行李包裹，在朦胧的路灯下，困意开始袭来。周围一片安静，校方最快也要明天才会发现有人外逃。那么，现在暂时小睡片刻也无妨吧。这么一想，大家都觉得眼皮沉重了。渐渐地，没有人说话了，每个人的鼻息都变得悠长了起来。

李翊军是被噼啪声惊醒的。他睁开眼睛，看见文仔正在不远处做着奇怪的动作。他捡起地上的小石头，然后把石头抛向天空，等石头落下后，他又捡起来再次上抛。原来是石头落在地上的声音。他发现了声音的来源，可依然不明白文仔在做什么。

他正想发问的时候，文仔看到了他，然后跑了过来，递给他一块石头说：“老师，做个实验吧！”

“什么实验？”

“拿着石头，竖直向上抛——一定要尽量保持竖直——抛得越高越好。”

“为什么？”

“你先试试看吧，我待会儿再解释。”

李翊军疑惑地接过石块，看了文仔一眼，试着在竖直方向上移动了几次手臂，然后用力把石块向上抛了出去。过了几秒钟，石头落地，落地点距离抛出点足有三米远。

“你是竖直上抛的吗？”文仔质疑道。

李翊军有些不好意思，从结果来看，显然是自己的手抖了，要不然不会偏得这么厉害。“我再试试。”他重新捡起石头，仔细地控制着手上的动作，又向上抛出了一次。

奇怪的事发生了。石头仍然朝着之前的方向偏离，而且和上次的落地点相差无几。

“是不是觉得很奇怪？”文仔突然说，“明明是竖着抛出去的，结果落下来却偏了这么多。其实，我也是刚才在无意中发现了这个现象，然后我持续尝试了三十次，虽然不能控制抛出速度完全保持在竖直方向上，但绝不可能偏出太多，而结果却呈现出惊人的一致性，所有的石头都发生了向同一个方向的偏移，偏移距离在二米到三米不等。我刚才用指南针对了一下，石头偏移的方向是正东方向。”

“为什么呢？”古河不知何时也醒了过来，插嘴问道。

文仔皱着眉头，陷入了思考，并没有回答这个问题。这时候，陈松也醒了，听说这件事后，也试了几次，结果一样，石头也都落在了抛出点的正东方向。

“既然都醒了，那我们就继续走吧。”李老师招呼着大家，继续沿着公路向前走去。这是一条南北走向的公路，只有六七米宽，路上冷清得很，一路走来，一辆车都没有见到。

“不知大家注意到没有，”文仔突然又说话了，“不管是在学校里面，还是在学校外面，我们见到的所有校道或者公路，都是沿着南北方向的。”

“你这么一说，还真是！”陈松想了想，“整个学校都没有十字路口。”

“是挺奇怪的。”古河说，“难道这里面有什么原因？”

这时，李翊军突然停下了脚步。他迟疑了一会儿，似乎想到了什么，渐渐地，他的脸色变得难看了起来。过了片刻，文仔突然叹了口气，他苦笑着看看古河，然后说：“当然有原因，为了阻止有人沿着东西方向跑动。”

古河和陈松越发疑惑了，显然还不明白文仔到底想说什么。这时，天色已经微亮，道路两旁出现了一大片麦田。麦田里的麦子已收割完毕，只剩下一行行齐整的麦茬还留在田里，像是有人给麦田剃了个板寸头。文仔上前几步，来到了麦茬之间，突然向着前面飞奔起来。当跑到麦田的尽头时，他向另外三人挥了挥手，大声喊道：“你们也跑过来试试！”

陈松立刻走到田边，从两条麦茬之间向另一侧跑去。古河犹豫了一下，也走过去，试着跑了起来。刚开始没有什么特别的感觉，但随着奔跑的速度越来越快，身体突然有一种飘浮感，像是要飞起来似的。

跑到尽头以后，三人再沿原路返回。这次的感觉却截然相反，越跑越觉得身体沉重，似乎有什么东西压在了身上。

“老师你要不要试试？”陈松一走上公路，便激动地对李老师讲，“特别神奇的感觉……”

“我就不试了。”李翊军神情复杂地看了文仔一眼，“你已经知道我们在哪里了吧？”

文仔点了点头。

“啊，你知道了？”陈松惊呼道，“我们在哪儿啊？离最近的城镇还有多远？”

“非常远……”

“那还要走多久啊？”

“我们永远都走不到那个地方了。”李翊军叹息着说。

“怎么会！”陈松大惊道，“这地方到底在哪儿啊，这么偏？”

“我们……根本就不在地球上！”

5

天色大亮的时候，一行人已经离学校十几公里了。现在，出现在他们面前的是一堵墙。这堵墙向两边延伸，漫无边际，高得一直耸入薄雾缭绕的云端。

这里像是世界的尽头，一切道路和土地，甚至空间本身，都被这堵寂寞而残酷的高墙拦腰截断。

世界终于在他们面前露出了锐利的棱角。

“看见了吧，”文仔苦笑一声道，“这就是空间站的边界。”

虽然不知道这个空间站的具体位置和运行轨道，但毫无疑问，这是一座圆筒状构造的大型太空站。文仔虽然早就对校址起疑，但正是抛石头的实验让他第一次意识到，这个地方很可能不在地球上。思路一旦打开，再联系之前的所见所闻，他很快撕开了蒙住这个世界的面纱。

正如“近腾”教育集团所宣传的那样，他们实行彻底的“全封闭式教育”——他们确实没有说谎。

他们在这个世界上最封闭的空间中，建立了一所最封闭的学校。

一旦知道了这一点，很多的疑惑便迎刃而解。为什么天空和远方总是笼罩在一片薄雾之中？那是为了不让学生看到在天空尽头处出现的另一侧陆地。为什么道路都是南北走向的？那是有意阻止学生在东西方向上快速跑动而感知到“重力”的异常变化。因为空间站本身就是沿着这个方向在转动，一旦物体在这个方向上的运动速度加快，其叠加的合速度就会发生显著的改变，从而使得用来模拟重力的离心力发生改变。具体来说，当人们顺着转动方向跑动时，“重力”会变大；逆着转动方向跑动时，“重力”则会变小。

说到底，在太空站上，一切引力都是“人造”的——连所谓的方向也是虚假的。跳出地球来看，宇宙空间里并没有所谓的东西南北。然而在这里，指南针为何还能始终指向同一个方向呢？这里显然有一个人造的定向磁场存在。至于如何制造出磁场，方法很多，文仔并不清楚他们具体是如何做到的。其实，在磁场的构建上，他们甚至不用刻意去做什么，因为一个绕自转轴旋转着的太空站，天然就可以产生磁场。暴露在太阳风和宇宙辐射之下的太空站外壳，会逐渐积累出一定量的静电，这些静电也在随着太空站不停旋转。外壳上的电荷旋转产生的磁场，其磁感线形状就等同于一个通电螺线管的磁场形状，在其内部，便是一个近似的定向均匀磁场。在这个特殊的磁场环境里，根据指南针和日常经验所确定的所谓的南北方向，其实就是圆柱的轴向方向；而东西方向，则是与之垂直的切线方向。

“这样一来，那个枯水池的存在，也就可以解释了。”文仔说道，“虽然在空间站正常运转的时候，其内部的模拟重力和正常无异，但当空间站在加速或减速的时候，其表面会暂时性的出现一个水平的加速度。

此时，在惯性的作用下，荷花池的水便会向着一侧涌去，从那里漫出堤岸。”

“原来如此。”李老师也恍然道，“有了排水道和那个高位的备用水池，就不会出现池水漫出的情况了。当空间站向着西方加速旋转的时候，池水堆积向东侧，这时候多余的水量就会通过水道涌入校外的备用池中。一旦加速完成，高位水池的水便会重新流回荷花池里。”

“另外，我们在池塘西侧没有看到备用水池，那是因为在学校内部不适宜建造一个这样的枯水池，以免引起学生的怀疑。”文仔补充道，“因此，它采用了另一种处理方法。不知你们注意到没有，荷花池西岸是一座假山，同时，那边的堤岸高度也明显高于东岸。因此，即使池水西涌，也不会出现溢出的情况。”

“现在分析这些还有什么意义？”陈松突然闷声道，“我们还能从这里逃出去吗？”

没有人回答。气氛重新变得沉重起来。

古河还在努力消化这一惊人的真相。对于自己这么久一直待在太空站里这一事实，他怎么也无法产生真切的实感。而文仔则默默计算着这个新世界的一些基本参数——他甚至已经估算出了这个空间站的大小和转速！

其实，刚才在田地里来回跑动的时候，文仔已经通过手机里的重力感应芯片，测出了超重和失重的具体数值。之后，他估计了一个跑动的速度——七米每秒。假定太空站带动内部物体转动的速度是 V0，那么，超重和失重时对应的线速度分别就是 V0+7 和 V0−7。根据不同线速度下的“重力加速度”值，联立方程，便可以解出 V0 的值了。

方程很简单，文仔默算就能得到结果，大约为一百米每秒——这就是空间站边缘的线速度。

因为要完全模拟地球的重力场，太空站转动所带来的向心加速度显然应该和地球一样——即大约十米每二次方秒。所以，结合之前得到的线速度，便可以估计出这个巨大的圆柱体，其半径应该是一千米左右。

同样还可以估算出，空间站转动的周期大约是一分钟。

说起来，这些计算的思路都非常简单，如果出现在高考理综卷上，应该算是送分题吧。也许是在这所学校里待得太久，染上了应试教育的思维，文仔在脑子里竟然冒出了这种古怪的想法。反应过来之后，他忍不住笑了出来。

另外三人苦着脸看向文仔，后者摇了摇头，重新板起脸来。陈松无比沮丧地说："这鬼地方可怎么逃啊？"

"你们看，那里有架电梯！"古河突然大声喊道，他指着不远处的一段灰色墙体，在那上面有一扇类似电梯口的铁门。几人立刻凑过去看，确实很像电梯，因为门口还有一排按钮。陈松下意识地伸手过去，按下了最下方的一个按钮。

门缓缓地打开了。

他们面面相觑，不知道该不该进去。

"进去吧。"文仔提议道，"反正现在已无路可逃了，还不如看看它通向什么地方。"从这里往上，很可能会通到太空站的中轴线附近。中轴线是太空站里唯一不旋转的地方，具有零重力的环境，那里常常也是和外部飞船进行接驳的地方。

"对，上面说不定有出口，也许还停着飞船呢！"古河一扫沮丧，兴奋无比地说，"就像'拉玛号'一样。"

大概只有文仔知道他在说什么——毕竟科幻迷太少了，而看过克拉克那本巨著的人就更少了。

6

电梯门合上之后，几人商量了片刻，选择了一个印着C的按钮。这个按钮位于所有按钮的中央。虽然不知道C代表什么意义，但不管是center（中心），还是control（控制），都是不错的行动目标。

电梯上行，刚开始有一阵微微的加速感，但很快就消失了，看来电梯进入了匀速阶段。可他们并不能正常地站立在电梯中，有一股明显的推力，持续地将众人往一侧的墙壁挤去。幸好电梯的墙壁上有很多扶手，他们赶忙紧紧抓住，才终于把身体稳定下来。

“怎么搞的？”陈松抱怨道。

“科里奥利力[1]！”文仔喃喃地说。

随着时间的推移，这股横向的推力慢慢减弱，但与此同时，“重力”也变得越来越小了。这当然是因为电梯的上行，使得众人的旋转半径变小了的缘故。大约一分钟以后，“重力”完全消失，几个人必须抓着旁边的扶手，才能艰难地维持住身体的平衡。

这时候，电梯门开了。

门外是一个空荡的球形房间，直径有二十多米。房间里什么也没有。在房间的尽头处，有一扇洁净透亮的大窗户，上面显示着深邃的

---

1. 在一个旋转的体系中，物体作直线运动时，会受到偏离运动方向的一种惯性作用。在旋转的太空站里，因为其半径较小，这种效应会更加明显。

宇宙星空。当然，那也有可能是一块巨型的显示屏。

几个人在零重力的电梯里磕磕碰碰，好不容易才找准方向，飘了出来。陈松是第一个适应的人，在其他人还不知道如何控制身体和分辨方向的时候，他已经能够灵活地四处移动了。

“和在水里差不多。”他咧着嘴笑了笑。

“不错。”文仔艰难地扶着墙壁，让身体从近乎失控的旋转中稳定了下来，“早期的宇航员为了适应太空环境，常常在水中进行失重训练。”

“谁来拉我一把？”古河一脸尴尬地喊道。他正停留在距离顶部墙壁两三米的地方，可是身体却碰触不到任何东西，只能徒劳地在原地挥舞着四肢。陈松一蹬墙壁便窜到了古河身边，然后把他带到了墙边上。

“注意抓好扶手！”

这时，古河才注意到四周的墙壁上也有一块一块的凸起，连忙用手紧紧抓住，这才松了一口气。

这时，李翊军已经来到了“窗户”边上，他用手触摸了一下面前的玻璃，上面立刻显示出了几个选择按钮。按钮上显示着中文的标注，看上去和平板电脑的操作系统差不多。

“果然是屏幕。”他按了几次按钮，试着去熟悉这个系统。这个系统的交互非常友好，等其他人几分钟后都聚过来时，他已经进入了系统的视窗切换界面。现在被激活的视窗名为“透视视窗”，还有另外一个视窗叫作“遥测视窗”。李翊军切换到了遥测视窗，这时，数米宽的大屏幕上的景象突然变了，一个熟悉的球状物出现在众人眼前。

地球！

几个人从大陆边缘的轮廓里很快就认出来了，顿时都唏嘘不已。谁能想到呢？在毫无察觉的情况下，自己竟然已经离开了地球！学校到底是怎么做到的呢？而这背后隐藏着的力量又该有多么巨大！

这时候，文仔注意到屏幕右上角的几行数据，其中一行显示着“高度：35786.291km”。他立刻意识到，这就是当前太空站所处的轨道高度，而且这个高度正好位于地球同步轨道上。

“嗯？奇怪……你们看这是怎么回事？”古河指着地球图像上的一处红色痕迹，“到处都有这种红褐色的斑点。”

其他人这才注意到，这个图像上的地球犹如长了疹子一样，到处都是这种密密麻麻的红色斑纹。把图像放大了再看，这些斑纹的面积还都不小，每一个估计都有中等城市大小。

“这是什么啊？”图像不断地放大，眼前的红色越来越清晰。在红色的斑纹上方，还不断浮现出大片黑色的云层。

“你们果然在这里！”背后突然响起了一个苍劲有力的声音。

众人惊讶地回头看去，发现一位面色肃然的老人正静静地飘浮在电梯门口。

“校长……”李翊军小声地喊了一句。

“简直是胡闹！”校长呵斥道，“谁允许你们到这里来的？赶紧给我滚回学校去！”

“学校？”文仔挤到众人的前面，冷冷说道，“事到如今你还想隐瞒吗？如果我没猜错，现在我们所在的地方根本就不是地球，而是同步轨道上吧？你们把学生偷偷运到这太空站里，到底在打什么鬼主意？”

“不错，这里确实不在地球上。”校长爽快地承认道，“不过，这只是学校封闭式教学的新尝试而已。隐瞒学校的位置，只是为了消除你们不必要的担心，好让你们安心学习。”

“那我爸妈知道我在哪里吗？”陈松问道。

“家长当然不知道。在学校和你们家长签订的合同上已经清楚地说明了，学校有权对校区所处的位置进行保密。同样，校方也不允许任何人私下向学生透露学校所在的地点。你们几个回去以后，绝不能向其他人透露这个消息，否则学校会立刻起诉你们，并向你们的父母索取巨额经济赔偿！包括你，李老师。”校长的目光如鹰隼般凌厉，李老师甚至不敢跟他对视。

众人一时呆住了，虽然有一大堆疑惑和怨愤积压在心里，但在这位咄咄逼人的老人面前却不知从何说起。

“我们答应你，不向其他人透露学校的位置信息。”最后还是文仔出来说话了，“不过你要回答我一个问题，否则我宁愿跟你们拼个鱼死网破，也绝不替你们保守秘密。”

校长有些恼怒地哼了一声，他眯着眼盯着文仔，目光冰冷，像野兽看着自己的猎物。文仔也毫不畏惧地对视过去。

“什么问题？”校长沉声发问。

“那到底是什么？”文仔指着屏幕上的红斑。

“那是火。”

“火？”文仔看着屏幕，一脸不可思议的表情，“整个地球都被点着了？这到底是地球，还是火星？”

“哈哈，火星？”校长苦笑了几声，“说是火星，倒也很贴切。”

“校长，这到底是怎么回事？”李翊军一脸严肃地问道。

“没人知道这是怎么回事。你们不知道，我不知道，地球上的人也不知道。”

“我要回家！”陈松突然冲出来，大声说道，“我得回去看看！”

校长直直地看着他，沉默了片刻，终于说道：“你们不能回去。地球上，现在已经乱成一团：电力中断，社会失序，人们束手无策。再这样继续下去，将来还有没有人类存在都不好说。”

“地球都这样了，我继续待在这学校里上课还有什么意义？”

“我暂时不能告诉你们原因。”校长顿了顿，目光扫过每个人，眼睛里的凶光收敛了起来，语气中多了一份坚毅与嘱托，“但我希望你们记住一点：你们是全人类的希望。能不能将这个世界从地狱之火中解救出来，就全看你们的了！”

THE ORPHANS OF RED PLANET

VII

石　碑

《2015年普通高等学校招生全国统一考试》

（江苏卷·历史试题）

2. 据秦琅琊石刻，皇帝之土，西涉流沙，东有东海。但西汉学者编写的《淮南子》等书说颛项帝即已“西济于流沙”，大禹“东渐于海，西被于流沙”，更有“纣之地，左东海，右流沙”。上述差异最能说明(　　)

A. 《淮南子》等书以传说贬抑秦始皇

B. 年代久远导致历史记述莫衷一是

C. 历史材料的运用首先要辨别真伪

D. 石刻与文献形成证据链印证历史

答案：C

1

孙元一并没有第一时间拿到碑文的拓本。他最近一直在实验室里验证动车事故中的剩磁现象和事故的关系，并且已经有了初步的结果。当他从实验室里出来，准备了一份报告，重新参加小组讨论会的时候才发现，讨论的内容早已不是动车事故，甚至不是断电的原因了。人们在会上激烈讨论着如何解读那些碑文。他这时才拿到那本碑文册，随便翻了几页，然后饶有兴致地听同事们的发言。

“还记得‘地球之声’吧？”一位清瘦的发言人正一边展示着幻灯片，一边解释着他的观点，“那是乘着‘旅行者1号’探测器进入太空的一张特殊唱片，也是人类试图向外星生物介绍自己的一张名片。事实上，在‘旅行者1号’之前，已经有包括‘先驱者10号’‘先驱者11号’等卫星携带着类似的人类名片发射到了宇宙空间。这些唱片的材质多是镀金的铜板，并经过特殊的工艺制成，以确保它们在漫长的太空旅行中不变形也不变质。唱片中包含了各种图像和声音的信息。比如在图片信息里，有太阳系、银河系的结构和分布，有地球的自然和人文景观，有人类的裸体图像，有氢分子的结构和超精细跃迁示意图，有一些基本的数学公式，有DNA的双螺旋结构，还有与生物现象密切相关的五种化学元素——即氢、碳、氮、氧、磷的原子序数……”

“嗯……这些就不用详细介绍了，你直接说重点吧！”貌似讨论组组长的中年男子打断了发言者的话。

"好，那就请大家翻到图 C7-115。"

孙元一连忙从索引中找到这幅图的页码，然后翻到了对应的页面上。他扫了一眼，发现这幅图简单得令人意外，就是一个直角三角形，其三条边都是用不连续的虚线构成的，虚线的条数分布是 3、4、5。

"这幅图，我认为是对勾股定理一个代表性的表述，各位应该没意见吧？"

孙元一和其他人都点了点头，表示没有异议。毫无疑问，这幅图代表的是勾股定理，任何一个智慧种族都应该能立刻从图中认识到这一点。在三条边的旁边，还标注着三个陌生的符号，孙元一猜测那应该是表示 3、4、5 这三个量的数字符号。

"我们再看图 B2-003。"

这幅图装订在很前面的位置，孙元一一眼认出了它，这是氢分子的结构图。两个圆圈代表氢原子，在圆圈外面有代表电子云形状的细小描点。在发言者表示这是一个氢分子的示意图后，大部分与会人员都表示了认同。

之后发言者又继续展示了几张类似的图片，其中还包括一个数字表，展示了从 1 到 8 的数字符号，每个符号下面都画出了相应数量的圆圈。

"看到了吗？这些图片不由得让我想起了'地球之声'。经过刚才的比较，我们可以很清楚地认识到，这些碑文正是它们展示给人类的名片，表示它们是一个智慧种族，从中我能隐约感觉到它们尝试和人类建立某种沟通的努力……"

"那你觉得这种沟通是善意的吗？"

"当然是善意的，不然的话何必沟通呢？"

“也可能是某种威慑啊！”有人质疑道，“从之前的断电和大火来看，我们很难相信它们对人类是没有敌意的。”

“那些也许是因为某种误解。”发言人争辩道，“它们没有意识到电力对于人类社会有多重要。”

“我想提醒诸位，尽管你们一再提及外星生物，可直到目前为止，我们连它的影子都没见着！”一位身穿军装的男士插话道，“这样一个躲躲藏藏、只会在背后搞些古怪手段的生物，你竟然会觉得它们是朋友？”

方才热烈的讨论顿时陷入了冷场的尴尬中，大家认真思考着他的意见。

“人类最尖端的武器，不管是星际导弹还是激光炮，一旦没有电力供应，就变成了一堆废铁。如果这时外星人的舰队袭来，试问人类有何办法应对呢？”这位军方人士板着脸看了看会场里的众人，继续说道，“现在的形势可以说是非常明朗，我估计，在人类社会彻底断电的那一天，就是外星舰队出现的时候！”

“这……是不是太悲观了？”有人小声地反驳道，“按你的说法，这些石碑已经失去了存在的意义和价值。”

“当然有价值，它们造出这些石碑是为了迷惑人类，扰乱我们的正常判断！”

“首长，你这么说也未免太主观了吧。”组长终于说了句话，“你有什么证据吗？”

“看来不拿出点证据，你们还真不死心。”首长看上去颇有把握，“翻到图 F9-101 吧。”

那张图在很靠后的位置，看上去并不起眼。一眼看去，和刚才看到的图 B2-003 类似，都是某个原子和它的核外电子云的结构展示。

只不过，这显然不是氢原子，因为在一个圆圈的外面，有很多电子云层层叠叠地挤在一起，由此可见，它是一个多电子的化学元素。在图像的右下角，还有一些用外星数字写成的标注。

“我想，这是一个原子的电子结构示意图，你们都没意见吧？”

大家都点了点头。

“结合图像和右下角的数字标注，我们可以看到，在这个原子的外面，一共有十一个电子。请问诸位，这是什么原子？”

没有人回答这个问题。大家当然都知道有十一个核外电子的原子是钠原子，但因为发现了图像上的问题所在，所以都噤声了。

“诸位都是科学家，我只是个军人，说实话，已经很久没有碰过化学课本了。”首长继续说道，“但对于那些中学就学过的基础知识，我还是有些印象的。如果我没有记错的话，钠原子的电子排布方式应该是 2、8、1，也就是说，离原子核最近的一层排两个电子，第二层排八个电子，而最外面一层则只有一个电子。可是我们看看这个图像，它展示的电子排布是什么呢？”

每个人的眼神都怪怪的，因为图像上显示的是一个无比诡异的电子排布方式：

2、6、3——第二层只有六个电子，而第三层却排布着三个电子。

首长似乎对众人的表现感到很满意，他停顿片刻后，意味深长地说：“试图以错误的科学原理误导我们，这不是敌意，又是什么呢？”

安静片刻后，哗哗的翻页声开始不断在会场中响起。人们满头大汗地翻找着这本册子里其他类似的电子结构示意图。孙元一也同样查找着，很快，他就找到了其他几个类似的图像，而这些示意图也同样是错误的。

一股异常压抑的氛围弥漫在整个会场中。

“什么玩意儿！”有人猛地把册子摔到地上，狠狠地骂了一句。

2

那次讨论会结束后，孙元一花了三天的时间，把图册里所有的图片都仔细研究了一遍。除了个别几幅图像外，他已经理解了几乎所有图像的含义。其实这并不难，运用归纳法，将图片分类后，很容易就可以看出这些图像中隐藏着的一致性，以及其惯用的表达方式。

这些图片大致可以分为两类。一类是表现物质的存在形式，一类是表达某种科学定律。比如之前会上讨论的那些电子结构图就是第一类，而表达勾股定理的三角形则属于第二类。孙元一发现，不仅那些对物质结构的描述错误百出，很多科学定律的表达也非常荒谬。光是物理学方面，就有不下二十个明显错误的定律。比如能量均分定律、分子微观压强、声速与介质的关系，甚至连最基本的万有引力定律都是错的——根据图像上的描述，引力竟然与距离的一次方成反比！

他越来越迷惑了，难道这一切真如那位首长所说，是外星人用来误导人类的吗？可他又隐隐觉得，在这些图像中，有着某些隐藏着的、呈现出规律性的东西。比如，在所有的电子结构图中，原子的第二层电子都是六个——这恐怕不是胡编乱造，其背后是否反映出了某种我们并不理解的电子结构规律呢？他不免这样设想。

因为，在某些特殊的环境中，原子的外层电子结构确实会发生改变。比如在某些特殊的晶格结构中，或者在强烈的磁场中，电子的排布方式并不完全遵循通常的顺序：在第二层没有排满的情况下，它们的核外电子会先去排布在第三层轨道上。

孙元一开始认真地考虑起这种情况，有没有可能，这种外星智慧生物的生存环境极其特别——比如存在着强烈的磁场——从而使得在它们的世界中，核外电子的排列顺序与我们熟知的不同呢？或许，它们传递这样的核外电子排序方式，正是想向我们传达其所处环境的某些信息呢？

想到这里，孙元一立刻动笔演算起来。他一一计算了在各种特殊的物理环境中，原子的电子结构的变化情况，然后逐一和碑文上的图像进行对比。有一次，他计算钠原子的电子排布方式还真和碑文上的结构一致，可在同样的情况下，其他原子的电子排布结构却又完全和碑文对不上。

面对这样的情况，他只能不停地计算，不停地对比，不停地思考还有些什么特殊的环境会对电子排布产生影响。不知不觉中，当房间昏暗到孙元一看不清纸上的波函数公式时，他才恍然发觉，自己已经在办公室里计算一整天了。在自己的右手边，杂乱叠起的验算纸已经没过了自己的胳膊。在办公桌上，还放着一碗早已经变凉的豌豆面，应该是某个同事给自己送来的午餐，可是自己对此却完全没有印象。

更糟糕的是，在他能想到的所有情况下，大部分原子的电子排布方式都和石碑上的结果有着巨大差异。他提起笔，在纸上写下一个表示波函数的希腊字母，在后面加上等号，可等号之后，他却久久无法写下新的字母或符号。

这时，房间的门突然被推开，孙元一抬头一看，一个扎着双马尾的小女孩正怯生生地站在门口。这女孩是一个同事的孩子，经常带到办公室来写作业，稚气的模样非常可爱。

“找你爸爸吗？”孙元一见她一直不说话，便开口问道。

小女孩点了点头。

“你爸爸应该快下班了，先坐那儿等一会儿吧。”同事是一个电气工程师，最近因为各种突发事件，常常加班到深夜。这小女孩就在附近的一所小学上课，放学后家里无人照管，所以总来这里一边做作业，一边等着爸爸下班后一起回家。

小女孩“嗯”了一声，便来到孙元一旁边的位置上坐好，从书包里拿出一本作业册，开始写了起来。孙元一打开办公室的灯，坐在一旁，看着天边缓缓西沉的落日发呆。

不知何时，小女孩来到了孙元一的身旁，拽了拽他的衣袖。孙元一这才回过神来，看见小女孩拿着作业册，指着一道题目说道：“叔叔，这道题我不会做……”

孙元一笑了笑，接过练习册说：“好，叔叔教你。”

他看了看题目，是一道数学题，里面有一些火柴棍，组成了一个等式。虽然是等式，其实是不成立的，因为它写的是“1−701=2”。题目要求，只移动一根火柴，就要使等式成立。

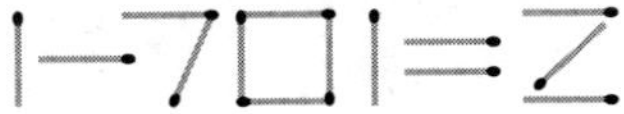

他皱了皱眉，本来以为是一道普通的小学数学题，没想到竟带着一股浓浓的“奥数”味儿。不过他也没太把题目放在眼里，毕竟自己以前也接触过此类问题：说到底，在一个简单的火柴图形中，其移动的方式是有限的，就算是用穷举法，也不难把问题解出来。他拿起笔，在纸上尝试起来。

谁知，孙元一不断改变着等式中的各个数字，把一个又一个算式在纸上罗列出来，可等式就是不成立。之后，他尝试着移动一根火柴到减号上，让它变成一个加法等式，可是也没有找到答案。随着时间的推移，他的眉头皱得越来越紧，因为他隐隐地感觉，无论如何移动，都无法让等式成立。

他被挫败感击倒了。有一瞬间，他甚至把这些火柴棍看成了那些石碑上的古怪符号——因为这两者都使他无法理解。他竭力让自己冷静下来，用最严密的思路去思考这个问题，避免自己漏掉某种可能性。

小女孩在一旁枯坐着，看孙元一始终没有做出这道题，便又重新拿回作业册写写画画起来。半个小时过去了，孙元一利用穷举法，尝试了所有可能的火柴移动方式，但组成的算式没有一个是正确的。他长吁一口气，无奈地看着小女孩，说道："不用再费劲去想了，这道题出错了，没有正确答案。"

小女孩惊讶地回头看着他，回答道："可是我已经做出来啦！"

孙元一猛地愣住了，然后看向了小女孩递过来的作业册。在那个移动火柴的题目上，确实有一根火柴被移动了。孙元一死死地盯着移动后的等式，久久说不出话来。

原来组成减号的那根火柴，被移动到了数字 7 的上面，组成了一个新的等式：

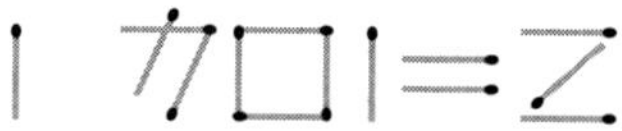

（1 加 1 等于 2）

他不得不承认，这个"等式"确实是成立的。于是，他开始反思自己为什么没有做出这道题。很显然，他陷入了一个思维定式，认为这个由火柴组成的等式，一定是一个符合数学书写规范的等式。他根本没有想过，在一个数学式子里面，竟然还能出现中文汉字！从某个角度来看，正是因为他长期从事严谨的科学研究工作，才使他无法灵活地转换思路。而这个刚刚接触数学和汉字的小女孩，正由于脑子里没这么多教条，所以才能天马行空地想出这么一个“等式”。

这时，他的脑海里突然冒出了一个念头：如果让这个小女孩去解读石碑上的碑文，她又能看出些什么呢？

虽然理智告诉他，这个想法很荒谬，可他却像着了魔一般，愣在了座位上。在他的脑海里，一个又一个念头被推翻，而那些被推翻的念头又以另一种姿态诞生出来。渐渐地，一套大胆到极点、也荒诞到极点的方案，在他的脑海中萌芽、成型……

3

金融市场对每一场灾难的反应都异常迅速，更何况是这样的全球性灾难——或者说全球性战争更为恰当，虽然敌人并非人类。

如今，全球性的金融市场早已崩溃，残存的只是这个庞然大物的空壳。所以，索罗便陷入了无所事事中。

他一度十分消沉，蜗居在加州的别墅里哪里也不去。他无法接受自己被看不见踪影的敌人打败。他相信理性和逻辑的力量，可是在这熊熊大火面前，理性也如塑料胶壳一般被无情地焚毁了。

后来，山火袭来，他不得不离开加州，退到了纽约。在那里，他住在一间不到五十平方米的公寓里。并不是他买不起更贵的房子，而是现在的纽约市里聚集了太多难民，房屋早已成为政府的配给品，有钱也很难买到。对普通的民众而言，如今能有一个遮风避雨的地方已经很不错了。他们通常是十几个人，挤在一间小小的公寓里。

物资也开始紧缺起来。各种商品的价格都在飞涨，特别是食物。刚开始，他通过以前的关系网，还能弄到充足的生活用品和食物，但最近这阵子，很多关系已经开始失联。他知道这一切是怎么回事。人们以前敬畏他，是因为他能在金融市场上叱咤风云、一手遮天，那些政府官员或有求于他，或被他抓着把柄。可现在一切都变了。在混乱中，这个世界建立起脆弱的新秩序，形成了新的权利阶层。在这个新世界里，他已经不是从前的那个索罗了。

他越来越渴望能在这个新世界里做些什么。可是这个新世界比之前的那个世界更加强权，更加冰冷，仅仅依靠逻辑和计算是改变不了什么的。他盘算起自己手中的筹码：基金会虽然还在，但干将已经流失了；渗透到世界各地的情报员，有的已经很久没有消息了；资金倒是非常充足，只是在现在的状况下，购买力能有多强呢？

他需要一个契机。他相信，只要有一丝机会，自己就能重新回到原来的位置，甚至爬得更高。

就在淅淅沥沥的冬雨把整个城市笼罩在一片薄雾中时，他所等待的机会终于来了。

在纽约城郊，在大火燃烧的废墟中，一块块石碑悄悄地从地下冒了出来。它们像雨后的竹笋一样，齐刷刷地从泥土中探出头来，舒展身体。更离奇的是，在这些石碑上，都刻画着各种简单的图像。这些带着神秘图纹的石碑，刹那间吸引了所有人的目光。人们或畏惧或好奇地围着这些石碑窃窃私语，猜测着它们出现的原因，以及那些图像的含义。

根据他得到的消息，这些石碑已经在世界范围内出现了。石碑上的图像种类并不多，大部分都是重复的。各国政府第一时间便将这些图像交给了有关专家，秘密研究了很久，但一直捉摸不透其中的含义。印度政府甚至调动了大量的祭司在瓦拉纳西举行了一场规模盛大的仪式，希望得到某种启示。

索罗也仔细研究过这些图像。他发现，这些图像有的很简单，而且意义明确，也有几幅极端复杂，看上去像是某种精细的立体结构图，又或是高维拓扑结构示意图。

当然，他并不喜欢猜谜，也不认为自己会比其他人先解出图中隐藏的信息。

对自己而言，真正的机会来自于远东的中国。

这个迅速崛起的超级大国显然也被这一系列诡异的断电危机弄得焦头烂额。凭着强大的国家实力，中国政府采取了强硬的隔离措施，维持了基本的社会秩序，光凭这点已经领先全球绝大多数国家，但沦陷区的范围仍在扩大。

在石碑出现之后，中国政府组建了多个研究和解读团队，然后开展了一项极为机密的计划。该计划被命名为“263”，据说，它将通过一种与其他团队截然不同的思路，力图破解这些图像中隐藏的含义。很多政府高层都认为，这些图像中一定隐藏着远超人类科技水平的知识，尤其是那几幅极其复杂的图像，几乎能够断定是某种奇妙机械的构造图或原理图。

索罗知悉这些内容全凭那残存的情报网络。虽然其中大多都是些支离破碎的信息，对于整个计划的详情，他几乎一无所知，但有一个关键的情报，却是确凿无疑的。

在整个“263 计划”中，位于计划核心的，正是“近腾”教育集团——那个自己本来就在暗中调查的机构！如果不出意外，自己派出的一号情报员，至今还潜伏在“近腾”集团本部的高中学生中。

这真是天赐良机。他决定取消之前的所有计划，让情报员停止所有的破坏活动，一切以调查“263 计划”为重。甚至，如果能借助计划的实施，从内部获悉石碑的真相，那就再完美不过了。

现在，他需要立刻和一号取得联络！

可是，那学校到底在哪里呢？虽然之前的消息显示，一号已经成功潜入了学校，但后来在派人跟踪其入学的过程中，却诡异地丢失了目标的定位。

他打开全息投影仪，从数据库里调出了在信息屏蔽前一号秘密发回的那些照片——笔直挺立的白杨，青灰色的围墙，雾气沉沉的天空，还有远处隐约可见的山丘。这些景象毫无地域特征，它们可能出现在中国的任何一所乡村学校里，甚至很有可能不在中国境内。

他慢慢地翻阅着这些图片，试图从中找到一点蛛丝马迹。首先引起他注意的是那里的雾。每一张图片里，天空都是灰蒙蒙的，就连太阳也只剩下一团模糊的光晕。如果这些是雾霾，显然会对人体造成伤害，为什么要把学校修建在这样的地方呢？

第二个引起他注意的是一幅校园地图。这幅地图就在校门旁边，喷绘在方块瓷砖上。在这幅地图里，那些笔直的校道全都往南北方向延伸，整个校园里没有一条东西向的正路。在东西方向上，只有一些蜿蜒曲折的小径辗转沟通。这是一个非常不自然的设计，修建者似乎竭力阻止学生们沿东西方向走动。

索罗看着这张曾被他忽视的地图，脑子里不断闪过这些日子以来，关于那所学校的所有信息。突然，他抬起右手在空中挥动，投影仪上的照片迅速闪过，最终停在一张仰拍照片上。这张照片拍的是灰色的天空和远处低矮的山丘。他扫过整个画面，然后找准了一个微小的区域，不断放大，再放大。终于，在那些灰色雾霾的背后，他看到了一些模糊的方块状物体。

现在，他需要去找一些图像处理专家了。他需要过滤掉大雾的遮蔽，看清那些隐藏在天空深处的东西。

当然，现在关于近腾中学的校址，他已有了九成的把握。一旦将所有的线索都联系起来，他才猛然发现，近腾中学竟然建在这样的地方，真是一个绝佳的场所啊，他想，在这种地方实施“263计划”，真是再合适不过了！

对于这个如此神秘的计划，他不禁产生了强烈的期待。

4

“你这简直是胡闹！”

孙元一默默地承受着对方的怒吼和眼神，那眼神，像是在看一头会说话的动物。然后，主任把计划书摔在孙元一面前，毫不留情地说：“不要指望我在你这份荒唐的计划上签字。你回去吧，就当我没看过这些东西。”

孙元一涨红了脸，还想再辩解几句，可被主任板着脸狠狠一瞪，话到嘴边又咽了下去。他捡起计划书，叹了口气，转身走出主任的办公室。

那一刻，他感觉自己已经竭尽全力，无计可施了。

一周前，他曾将自己的计划书送给一位在教育部工作的同学，想通过他提交这份提案。可同学告诉他，这事牵涉到石碑，需要有特调组的签字。所谓“特调组”，即“特殊事物调查小组”的简称，也就是之前的动车事故调查小组，再加上后来的异常电力事故调查小组，之后又吸纳了一些其他小组，共同组成的一个庞大机构。说起来他也是特调组的一员，只不过随着规模和等级的提升，他在小组里的地位已被逐渐边缘化。

为了得到特调组的签字，他在一次针对石碑文本的讨论会上提出了这个计划。虽然孙元一已经对该计划可能会引发出的争议有所准备，但实际情况还是出乎他的预料。与会人员并没提出什么反对意见，因为他们压根儿就没有认真讨论这个方案。在几句简短的敷衍之后，这个计划被主持者弃之一旁。从旁人的眼神中，孙元一发现了一种肆无忌惮的轻视与傲慢——他们大概都认为孙元一已经疯了吧。

无奈之下，孙元一拿着计划书找到了特调组的主任，结果不到两分钟，自己就从办公室里低着头走了出来。

周围的同事对着他指指点点，偶尔发出嗤笑声。自从提出这个计划以来，他仿佛成了大家眼里的异类，甚至被当作小丑来取笑。他觉得自己已经快要待不下去了。

其实，在世界发生如此大规模灾难的特殊情况下，有什么方案是不能一试的呢？印度已经组织了祭司向神灵祈求天启，与之相比，自己的计划至少还未超越现有科学体系吧。

说起来，他的计划其实很简单——设立一所特殊的中学，在这所中学里，所有学生接受的科学教育都以这些石碑上的描述为基础，以此来培养他们在这种另类“科学”视角下的思维方式，以期对解读碑文有所帮助。

这个计划正是他从那道移动火柴的题目中得到的启示。

他意识到，自己之前所接受的系统的科学教育，正是解读这些碑文的最大障碍。也许，只有那些像一张白纸的学生，在接受这套科学体系后，才可以找出碑文背后的真意。

可是没人认同他的看法。大家要么认为这是外星人故弄玄虚，误导地球人；要么认为这些知识可以纳入现有的科学框架中，只是现在还没寻找到那个“入口”。

其实孙元一早该想到，在任何时代，科学共同体都具有极强的排异性。除非到了非改不可的地步，否则，那些长期沿用的定律是不会被轻易颠覆的。很多时候，这些理论本身已被或多或少地神话了。它们在大多数研究者眼中已经成了一块基石，一个不容更改的信条。这次的计划，只是要小规模地进行一些偏离常规的教学实验，但仍被视为大逆不道。

就连曾经跟他非常亲密的同事，也开始指责他：“把一些错误的知识灌输给学生，你想摧毁自然科学的根基吗？而且，利用学生做实验，学生就没有人权了么？”

孙元一听着这话，无言以对。

可是，就在孙元一彻底丧失希望的时候，事情却迎来了转机。一天，他突然得到一个通知，让他去参加一个国务院的特别研讨会。会上，他意外地见到了那几个经常在新闻中出现的面孔。他战战兢兢地把自己的计划做了说明，其中一个老人微笑着对他点了点头，但并未对计划本身做出任何评价。

几天后，“263 计划”正式启动。

5

很久以后，孙元一才得知了计划突然通过的真正原因。

正当中国人对石碑的热情开始逐渐褪去的时候，在全球的六个大城市——纽约、芝加哥、东京、伦敦、巴黎和上海——突然又冒出了新的石碑，而且这些石碑都悬浮在空中，充满了别样的仪式感。

这次的石碑比之前更大，而且，六座城市的石碑上都有着相同的图案：一个圆形物体，辐射出如光线般的线条，在圆形物体周围，有若干略小的圆形图案，整个图案仿佛是太阳系一般的星系图，那个最大的圆形物体就是发光的恒星。可奇怪的是，在恒星的光芒下，那些外围行星的表面却似乎要熔化了，呈现出熔融状。在某个行星上方，一些代表着星舰群的小黑点，向后喷射出离子流，看样子正要逃离那颗恒星。

专家们普遍认为，这幅图代表着某种智慧生命所在的星系即将面临的危机，这些智慧生命体很可能就是这些石碑的主人。从图示来看，倒是很像恒星氦闪时的景象，这使得这些智慧生命不得不逃离母星。

可另一幅图的存在则让所有人都难以理解。另一幅图是用散点描成的，似乎也构成了一幅星系图，但它被之前那幅图所覆盖，这两个星系的图像在石碑上互相交织，你中有我，我中有你。这到底代表着什么呢？

而在这个奇怪的“双星系图”的下方，又出现了几个更为古怪的图形。这些图形虽然简单，可却让人完全摸不着头脑，不知到底是什么意思。

第一幅图中，一个小球在两块平板之间，小球后面有粗细不均的直线条，似乎代表着小球运动的轨迹。两块平板上标注着一些数字（从之前的碑文里大家已经学会了它们的数字记号）和一个意义不明的符号。第二幅图里，同样的小球变成了行星，环绕着一个恒星做圆周运动。第三幅图则简单重绘了石碑最上方的星系图，然而却让它们的飞船出现在了距离恒星很远的地方。在母星和飞船之间，出现了一条看似飞船运行线路的图示，在图示上又出现了那种未知的符号。在第三个图像之后，则出现了一块褐红色的方形区域。这是所有碑文中第一次出现颜色，之前的图像都只有简单的黑白线条。在这块红色区域右边，再次出现了那些含义不明的符号。

人们很快便意识到，这个方块状的区域实际上是外星智慧生命给人类出的一道题。因为它的所有构成要素，都和一道题目极其类似。

第一幅图绘制的很可能是一个在直线加速器中进行加速的电子，那些数字表示的是加速电压的大小，而后面的未知符号很可能是电压或能量的单位。第三幅图上，画出了飞船从母星逃离后，需要到达的指定位置，轨迹图中却只有能量的单位，没有数字。所以，它们很可能是想要人类在红色区域中填出这个数字！

值得注意的是，各地的石碑上，第一幅图给出的电压数值有微小的差异。这应该是出题者故意为之，使得各个石碑上的答案都不尽相同。

研究者们穿戴着防护装置，小心翼翼地触碰这个红色区域，发现其质地柔软，碰到的地方像沙地一样凹陷下去。经过讨论后，研究者试着在这个方块里写下了数字“1”——当然是用它们的数学符号写成的。过了几秒钟，这个红色区域突然缓缓蠕动起来，上面的数学符号逐渐消失，很快又恢复了平坦。

之后，人们并没等到别的异状出现。

很明显，答案错了。看来只有填下正确的答案，才会有新的变化发生。

可是对于到底该填什么，研究者们却毫无头绪。接下来的日子里，研究者们不断填入不同的数字，可一直没有得到正确的反馈。不过，随着研究的深入，人们逐渐认识到，第二幅图才是得出最后答案的关键所在！

第一幅图只是一个加速电场的示意图，它必须要结合第二幅图，才具有实际的意义。在第二幅图中，一个行星围绕恒星运动，可是这行星的样子长得和刚才的电子一模一样，其表达的意义很可能是：第一幅图中的电子在电场中的最终速度，等于这个行星的环绕速度。这样，两幅图结合起来，就能得出一个能量的值，或者说，对图中那个未知的能量单位做出一个定义。如果我们掌握了这个外星人的能量单位和人类的能量单位焦耳之间的换算关系，我们便可以用它们的能量单位，计算并表达出第三幅图中的飞船所需要的总能量了。

可是这里仍有一个严重的问题。在第二幅图中，并没有给出恒星的质量和行星的环绕半径。恒星的质量没有给定，倒也不会对解答产生阻碍。因为我们计算飞船所需的能量时，也要用到恒星的质量，在将其换算成外星能量单位的过程中，恒星的质量，作为一个未知参数，恰好可以从计算式中消去。因此，现在唯一的困难就是行星的环绕半径了。众所周知，行星距离恒星越远，其环绕速度越小。因此，必须知道环绕半径，才可以计算出它的速度，进而对外星能量单位做出一个定义。可是在图上，没有任何标记或者符号表明这个行星的环绕半径是多少，好像绘图者完全忘记了这件事。

研究陷入了困境，研究者们又埋首于苦思和文山会海中。在一次高层会议中，由于迟迟没有进展，会场的气氛尴尬压抑到了极致。石碑研究的负责人看首长的脸色很不好看，不经意间把孙元一的这个计划当作笑话讲了出来，想以此活跃一下会上的气氛。可就在他说完的时候，不料这个计划竟让当时在场的某位首长眼前一亮，他提出，外星人现在生成的石碑，不就是给我们出了一张考卷吗？说起考试，难道这世界上还有比中国高中生更厉害的群体吗？

终于，孙元一的计划开始被人们认真对待。教育部组织专家，根据石碑上的碑文编写了新的教科书，并且以行政命令，征调了一所民营中学进行教学实验。为了不对实验结果造成影响，所有“263计划”的背景和细节都被列为最高机密，对全校学生以及老师都不公开。

这所被选中的中学正是近腾集团本部的高中。

之所以选中这所学校，除了考虑到它过往取得的好成绩、学生素质不错以外，最关键的还在于，它具有一个全世界所有其他学校都不具备的优势——是一个位于地球同步轨道上的新校区——完全不受地球上日益严重的电力危机的困扰。

那是一个直径两公里的圆柱形太空站，最初是由政府和一家民营航空公司合作建造的，想要用来作为建造火星基地的桥头堡。但后来因为技术原因，火星基地的建造和旅游开发都变得异常缓慢，维持这个世界上最庞大的太空站，让政府负担甚巨。因此，在经历一次资产重组后，它的全部产权都为这家民营航空公司所有。之后，它被改造成了度假乐园，供游客体验太空生活。可惜好景不长，两年以后，这家航空公司因为一次发射事故而宣告破产。从那以后，这座太空站的所有权几番易手，最后竟被近腾集团秘密买下，并在那里野心勃勃地建起一座“全封闭式教学”的新校区。

就这样，一群距离地球三万六千公里的高中生，在不知不觉中肩负起了拯救世界的艰巨重任。他们绝对想不到，半年之后，他们就将迎来一场意义重大的“高考”——而试题早已刻在那最后一批石碑上。

这是他们的高考，也是全人类的高考。

—

THE ORPHANS OF RED PLANET

VIII

合　流

—

《2015年普通高等学校招生全国统一考试》

（江苏卷·政治试题）

17. 英、德、法、意等美国盟友，不顾美国反对，加入了由中国倡议筹建的具有广阔发展前景的亚洲基础设施投资银行。由此可见（　　）

A. 独立自主是国际关系的基本准则

B. 国际政治经济新秩序已经形成

C. 经济利益是国际关系的决定因素

D. 竞争、合作与冲突是国际关系的基本形式

答案：D

1

“263计划”的正式实施并没有让孙元一在特调组的日子好过一点。

大部分组员仍然坚持认为这个计划是个闹剧，根本不会有什么好结果。尤其在特调组的经费被大幅度削减后，很多人心中的怨气都被激发了出来——因为特调组的成效实在乏善可陈，既没有解决电力供应的问题，对石碑的解读也一直找不到突破口，上层已经对他们逐渐失去了信心和耐心。与此同时，越来越多的“答题石碑”从地下冒了出来，悬浮在地面之上，一开始几乎都在大城市周边，到后来很快就遍布各个中小城市，甚至农村也出现了它们的踪影。

随着时间的推移，社会上的各种矛盾都凸显了出来。在这个动荡的时期，越来越多的经费被用于维持人民的生活，在科技方面的投入则倾向于研发那些不依靠电力的工业设备，似乎人类正在倒退回蒸汽时代。

国际的学术交流几近中断。国际互联网也缩小为一个个小局域网，所有国家都在大幅削减自然科学的经费预算，同时，远程交通也是一个老大难问题。因此，最近半年以来，所有的大型国际学术会议都取消了。可就在这当口，孙元一却意外地收到了一封电子邮件，邀请他去美国参加APS[1]三月即将举行的一个会议，并请他在会上介绍有关

1. American Physical Society，美国物理协会。

中国停电事故的调查进展。考虑到留在特调组里也没什么意思，他便接受了邀请，乘坐蒸汽列车一路到了上海——现在全国范围内只有几个大城市的机场还能勉强使用。飞机降落在芝加哥，这里看上去比上海更加萧条。为了阻隔火焰的侵袭，机场周围的所有林地都化为了焦土，看上去格外冷寂。

"总的来说，有很多的证据显示，铜质导线或者其他导体介质中均出现了异常高的磁滞电阻，进而导致体系发生金属—绝缘体相变。不过，这种相变是一级相变还是二级相变，其具体的物理机制是莫特机制、安德森局域化还是其他情况，现在暂不清楚。我建议，有条件的实验小组应该尽快测量这些相变后的绝缘体的能带和费米面结构，以便我们搞清楚它们的相变机制。"

孙元一用这段话作为报告的总结。在简单地回答了几个提问之后，他便回到了自己的座位上。可是还没等他坐定，一位年轻的男士便微笑着向他打了声招呼，邀请他到会议室旁边的小宴会厅休息。

"我是这次会议的主赞助商，我叫索罗。"男子将一张名片递给孙元一，名片上只印着"索罗基金会"等简要信息。"其实这次邀请孙先生过来，还有些其他的事情想要请教。"

孙元一有些诧异地看了对方一眼，想起了会议手册上似乎确实印着这个基金会的名字。他点了点头，跟着索罗走到了旁边的一个小房间里。

"先生似乎提出了一个很有趣的计划？"刚关上门，索罗便颇有所指地问道。

孙元一犹豫了一下，张了张嘴，却并没有回答。"263 计划"的内容虽然被列为机密，但眼前这人显然不知道从哪个途径得到了一些消息。他拿不准对方了解计划到何种程度，所以干脆缄口不言。

“孙先生不必顾虑。”索罗似乎知道孙元一在想什么，“关于这个计划的细节，我知道的恐怕比你还要多。”

“那你想……”

“我们基金会刚收购了一家小型的民营太空企业，准备在近日发射一艘飞船到同步轨道上去。同时，我们也已经取得了近腾集团董事会的同意，允许我们以观察员的身份进入他们的太空站。”

“不可能吧？”孙元一忍不住说道，“据我所知，在计划实施期间，太空站保持绝对的隔离状态，不会允许任何访客进入！”

索罗笑了笑，走到房间一角的书柜旁，拿出一个文件夹，从中抽出一张纸递给孙元一。这是一份授权书，下面盖着近腾集团的公章。

“其实，我们基金会也是近腾集团的股东之一，本来就有定期进入总部中学考察的权利。”索罗进一步解释道。

“哦，原来是这样。”孙元一点了点头，“可是，这和我有什么关系呢？”

“飞船由小推量火箭发射，可以载两个人前往太空站。除了我自己，目前正在寻找另一个合适的人选。”

孙元一突然觉得自己的心跳加快了。他已经预感到了对方将要说什么。

“孙先生难道不想亲自去看一看这个计划的实施情况吗？”索罗显然非常擅长游说，此刻故意放缓语调，想达到欲擒故纵的效果，而孙元一的血液此刻已经开始沸腾了，“毕竟你是计划的提出者，还有谁比你更合适作为考察者呢？”

在这一瞬间，孙元一的脑海中突然出现了一堆冷嘲热讽的声音，他仿佛又看到了同事们那一张张盼望着计划失败的嘴脸。“简直是胡闹！”他想起主任把计划书狠狠摔到他面前的一幕，“不要指望我在你这份荒唐的计划上签字！”

他是多么希望这个计划能成功啊！可是，当计划在如此遥远的太空站上实施时，到底会发生些什么，又有谁知道呢？

如果，自己能作为“观察员”进入学校，亲自参与计划的实施……

他抬起头来，坚定地看着索罗，然后缓缓伸出了右手。索罗笑了，同样伸出了右手。

两只手紧紧握在了一起。

2

如果不是刚从控制室回来，古河很难相信自己现在并非在地球上，而是在空旷冷寂的太空中。自己脚下的地面，只有不到五百米的厚度，在那之外，是每立方厘米只有一个氢原子的星际空间。虽然逃离学校的计划完全失败，但古河心里并没有太多失落的情绪，反而充斥着一种奇妙的超现实感。

“说起来，火车从始发站出发以后，我感觉自己好像迷迷糊糊地睡了一觉，然后就到学校外面的中转站了。”古河回忆起自己转学过来时的情形，猜测道，“难道就是那个期间……”

“那就是了。火车只是一个幌子，我们应该是通过航天飞机之类的交通工具过来的，火车很可能是被拆分后，整体装进了飞机里面。”

“就像轮渡对吧？”陈松插嘴道，“我家是海南的，每次坐火车回家都要坐轮渡。”

“差不多吧。”

“我倒是很好奇，他们是怎么把我们集体催眠的？”

“那还不容易，估计是在车厢中释放了某种催眠气体吧，像芬太尼那样的。”

“可是据我所知，这些催眠气体的副作用很大，学校真敢这么做？”古河想起过去看过的一个新闻，说是俄罗斯在解救被车臣武装扣押的人质时，使用了催眠气体，结果造成了大量的人质死亡。

“他们有什么不敢做的？我们平时吃的那些药剂难道就没副作用？”陈松一边愤愤地说着，一边望向躺在床上的阿木，不自觉地叹了口气。

“对了，阿木你的病好些了吧？”古河走到阿木的床前，看了看他的脸色，感觉比昨天好多了。他们仨昨天逃出学校时，还因阿木无法一起行动而感到惋惜。现在看来，他们三个简直就是玻璃瓶中蒙头乱撞的苍蝇，白白地跑了一趟，阿木倒是悠闲地在床上休养了一天。

“还行。”阿木依旧木然地望着天花板，过了好久才又憋出一句：“现在齿轮磨得顺一些了。”

“没事儿就好。反正也回不去了，就老老实实待着呗。”话虽如此，古河止不住地幻想着满地球着火的景象。虽然校长勒令他们对今天发生的事情守口如瓶，但三人回到寝室后，还是把一切都告诉了阿木。也不知阿木在想些什么，听完这些消息后并没有太大的反应，似乎对这一切都漠不关心。之后，他们再没对任何人泄露秘密，以免耽误了校长实施“263 计划”，给自己惹来麻烦——虽然他们对这个计划的内容一无所知。

阳光从空间站的中轴线上发散出来，在路面上反射出金属质感的光亮，让人有一种夏天的感觉。从楼上宿舍阳台垂下来的紫藤花竟然悄无声息地开花了，宛如一串串熟透的葡萄。这让古河想起了故乡的老屋，那里有一棵葡萄树。

小学时，每当暑假来临，自己就搬着小板凳，坐在阳光斑驳的葡萄树下，一边写着暑期作业，一边眼馋着那些青涩的小果子，盼着它早日变成紫色。实在忍不住的话，就偷偷拧下一颗泛青的葡萄，尝尝那又酸又涩的滋味，然后才能继续安心写作业。上了中学以后，古河就随父母搬到了城里，好久没回老屋了。也不知道那葡萄树还在不在，如果还在的话，那藤上的葡萄现在大概也都变成如紫罗兰一般的深紫色了吧。

可是，在那样的大火中，那纤弱的葡萄树真能幸存下来吗？甚至，老家的青砖小院是不是都已化为一片废墟了呢？古河的脑海里出现了一幅砖瓦凋零、尘烟遍地的画面，接着，一个更可怕的念头击中了他：爸爸妈妈现在怎么样了？他们会不会在大火中受伤，甚至……

刹那间，他觉得自己正身处一个无比真实的噩梦中。

宿舍里不知何时变得格外安静，每个人都低头想着心事，只有单调的蝉声从遥远的地方传来，高亢中透出孤寂。

3

校长赵国强眯着眼睛，看着教导主任领走那三个试图逃跑的学生后，终于长出了一口气。虽然多多少少给他们透露了一点内幕，但只要他们不说出去，对“263 计划”也不会造成太大的影响。

他用手扶着墙壁上的金属握杆，慢慢转过身来。虽然经过了失重训练，但赵国强依然不太适应这种无重力的环境。他一般不来控制室，今天除了突发事件，还有一个他不得不来这里的原因。

作为校长，同时也是这个巨型空间站的站长，他有责任处理那些想要接驳和停靠空间站的小型飞艇的申请。一般来说，地面基地会每隔一个月送一艘物资补给舰来，向来都很准时。但随着全球性断电危机不断蔓延，不仅物资受到了影响，很多发射场也受到了影响。虽然近腾集团全力维持师生们的物资供给，但补给舰推迟抵达的情况依然时而发生。特别是上个月，补给舰一直拖到月末也不见来，最后才得知是因为大批难民涌入发射场，才导致了发射延后。之后几天里他又收到情报，说难民事件背后有人操纵，基地里的很多数据都在混乱中遭到盗窃，但目前还没找到幕后主使。

他的心里倒是有些目标人选，但他摸不透对手想要做什么。

昨天下午，他突然收到了一份新的停泊申请，申请内容是运送物资补给。虽然比常规时间要早很多，但考虑到上个月的发射任务已经取消，这个月来得早一点似乎理所当然。

可是，从这份看似正常的停泊申请中，他还是嗅到了一股特别的味道。

一般来说，他只需利用控制系统直接通过申请就好，之后，飞船的停靠和接驳环节完全依靠电脑程序来完成。可这次他没有直接同意这条申请，而是选择了“待定”。在这种情况下，飞船在接驳上太空站后，需要进一步发出申请，审核人同意后方能通过闸门，进入太空站。

现在，他站在控制室的大屏幕前，看着那艘椭圆形的小型飞艇一点点靠近停泊点，直到锚定完成。气锁门里响起空气快速流动的声音。

“怎么回事？”耳机里传来对方的抱怨声，“为什么不开门？”

“先打开物资仓库，让我检查一下。”校长平静地指示道。

对方嘟哝了几句，但很快接通了物资仓库的摄像头。看上去没什么问题，校长犹豫着，是自己太疑神疑鬼了吗？

“你不是上次的那个送货员。”他盯着屏幕上的那张脸，“而且，你好像不是中国人？”

来客把铭牌放在摄像头前，上面写着一个英文的名字，然后解释道：“我是公司美国分部的员工，因为国内的发射场暂时还没恢复运转，这次的补给舰是在美国佛罗里达的发射场升空的。”

校长调出了与地面基地通信的页面，想查询一下最近这次发射的详细情况，可页面上什么消息也没有。他皱了皱眉，愈发觉得有些蹊跷了。

“我不能允许你进入，”他冷冷地说，“除非我得到这次发射的确切信息。”

耳机那头沉默着，突然响起一声叹息。

赵国强听到控制室的大门突然打开了，他转身一看，发现一个熟悉的身影出现在大门前。那是集团总部派驻学校的王董事，“263 计划”启动后，他作为特别代表来学校监督计划的进展。只见对方悄悄抽出一支钢笔大小的管状物，他立刻心生警惕，抓住扶手用力一推，身体登时从原地荡开。果然，一支飞针从门口激射而来，插在了大屏幕上，在液晶显示屏上激发出一团彩色的光晕。

“你在干什么？！”赵校长又惊又怒，他在球形控制室里飘荡着，刚才那一推产生的角动量让他不停地翻滚。他拼命去抓扶手，想要靠近王董，跟他近身搏斗，但对方并没让他如愿，又一支飞针射出，命中了他的身体，他感觉像是被蚊子咬了一口，随后意识就变得模糊起来。在最后关头，他找到支点，拼着全身力气扑向了对方，但在身体滑行的过程中，他就完全失去了意识。

王董事还没反应过来，胸口就被校长那健硕的身躯迎面撞上。他感到脚底一滑，身体立刻向后仰去，然后像杂耍演员一样翻起跟头来。他的脚不知在哪里磕了一下，然后身体便径直飞进了控制室，接着重重地撞向了控制台。慌乱中他握住了一根控制杆，用力一拉，才把身体稳定下来。

他刚松了口气，耳机里就传来了尖锐的骂声。

“老家伙你到底干了些什么？！”外国人恼怒地呵斥道。

接驳在气阀舱门上的飞艇里，一个陌生的年轻人的声音响了起来：“传感器显示，切向加速度在增大，旋转速度在大幅减少！”

王董这才发现自己把切向加速气阀的总控杆推了上去。他连忙把推杆拉下来，同时启动了转速自动调节系统。万幸的是，在监控镜头里，他看到学校陷入了一片混乱，短暂的失重让大量沙尘荡上了半空，甚至还有几个学生随之飞了起来。好在转速迅速恢复，空间站里的人造重力又重新稳定了下来。万幸的是，从镜头里看去，并没有造成什么严重的后果。

他联络了几个教导主任，让他们去看看学生的情况，并叮嘱他们，如果有人问起，就说刚才发生了一次地震。

“你可真能给我惹事。”外国人的声音再次从耳机里传来，带着一股嘲讽的语气。

“唉，唉……我也被那家伙撞得够呛。”他有些尴尬地解释道。

“最近几天，他没有怀疑你吧？”

“当然了，你放心。”王姓董事叹了口气，“说起来，我也不想为难他——我还曾经是他的战友，你信吗？可是你也知道，他有多么倔。

他就是那种老派的军人，干什么都一板一眼的。要说服他背着集团，跟你们基金会合作，根本就是不可能的事。”

“是呀，其实我们是完全可以合作的啊。”

“对了，你说你不会干扰计划的进行，不是骗我吧？我们是要定期向教育部和科技部反馈结果的，这事儿可不能出岔子。”

“放心，我还带了一个专家来帮助你们呢！孙先生就在我这飞船里面，快开门吧。”

“好，马上就开，索罗先生！”

4

郭凯沿着一条幽深的隧道向下走去。隧道里非常干净，地上铺着深色的瓷砖，静静地反射着顶部 LED 照明光源的蓝色暗光。他那微弱的脚步声在空空荡荡的通道中回响，仿佛每一步都催生出波纹般的震颤。他时不时地回头看去，确认没人追来，才接着往前走。过了几分钟，隧道向右转了个弯，出现了一道盘旋向下的铁质阶梯。他蹑足而下，大约下了三层楼那么高之后，来到了一个小平台上。平台的尽头是一扇铁门。铁门没有上锁，他用力一推，门板便晃动着发出吱呀的声音。

他是在前几天的混乱中偷偷溜出学校的。

两天前的早晨，他正在上早自习，忽然被班主任叫到办公室，班主任的神色既恼怒又慌乱，经过一番严厉质问他才知道，隔壁宿舍的几个家伙竟然不见了。随后，校方组织警卫在学校里进行了一整天的地毯式搜索，可是毫无结果。

第二天，搜索扩大到了校外区域，就连部分老师也出动了，各种传言和骚动开始四处冒头。其实，郭凯非常佩服那几个家伙，同时也颇有些气恼，因为自己明明就住在他们隔壁，可他们溜走时竟然不叫上自己。

可是，就在这场风波还未平息之时，一个突如其来的异象发生了。在学生们的晚餐时间，大地突然颤动起来。伴随着颤动，郭凯感觉自己似乎都快站立不住了，接着，整个人便突然向一旁飞了出去。他第一反应是地震了，但是又很快觉得这似乎和地震不一样。异象仅仅持续了十几秒，所有在空旷地带的人都被某种看不见的力量，向着同一个方向卷去。有些人甚至被抛到了十几米的高空中——郭凯就是其中一个。当他发现自己在空中时，手脚下意识地向四周抓去，过了几秒钟，他感觉自己似乎栽进了一团繁茂的枝杈中，这才让身体停稳下来。不过异象并没有持续多久，很快地，一股轻微的牵引力重新出现，然后逐渐恢复为正常的重力大小。等一切平息后，他赫然发现，自己竟然已经被抛到了学校的围墙之外。

而自己所在的地方，正是学校外面的小树林。

他心里一喜，没有半点犹豫，立刻决定趁乱逃走。他朝学校的反方向跑去，就这样一直不停地跑了几十分钟，直到完全看不见学校的围墙，他才缓了口气。之后，他开始摸索着向前走去，但似乎中途迷了路，因为他感觉自己好像又回到了十几个小时以前走过的地方。饿的时候，他就去玉米地里掰几颗鲜嫩的水果玉米来吃。今天下午的时候，天上突然飘起了雨，然后很快就成了瓢泼大雨。那时，他正在一块空旷的田野里前行，四周都是低矮的灌木和杂草，一时根本找不到地方躲雨。无奈之下，他朝着前面的小山丘跑去。在绕过了一座小水塘后，他突然发现前方的山壁上出现了一个门洞。这门洞显然是人造的，四壁都用条石堆砌而成。

他立刻躲进了门洞里。

雨停之后，他并没有离开这里，而是对这个地方产生了浓厚的好奇。他发现门洞后部是一条长长的隧道，一直通向山腹深处。这地方是干吗的？他想，是防空洞吗？可作为防空洞的隧道，这未免也太小了。地上的瓷砖很干净，看上去经常打扫，应该是有人长期在这里活动。可是，谁会长期待在一个无名的山洞里呢？

他犹豫了片刻，转头看了看洞口，并没有追来的人影。索性去看看这个山洞里到底有些什么吧，他一边想着，一边抬脚向隧道深处走去。

5

索罗出现在教室屏幕上时，文仔简直不敢相信自己的眼睛。自从跟基地失去联系后，文仔便基本放弃了执行原本的计划。那时，他还不知是哪里出了问题，但现在他已经知道，这学校根本就不在地球上，一旦信息中继系统被关闭，想要传送信息就不可能了。这段时间以来，他几乎忘了自己的身份和基金会交给他的任务。

看着索罗，不知为何，文仔的心开始不安地加速跳动起来。

接着，在全校同学疑惑的神情中，索罗平静地说出一句话：

“现在开始高考！”

这句话就像一颗核弹，把所有人都炸懵了！刚开始，没人反应过来这句话是什么意思。直到索罗让班主任拿出一个试卷袋，准备拆封条时，才终于有人弱弱地问道：“这是……高考模拟考试？”

屏幕那头的索罗仿佛早已猜到有人会问这个问题，立刻说道：“不要怀疑，这就是高考，严肃正式的高考！”

“这怎么可能？”学生们一下子闹腾起来。文仔也皱了皱眉，完全不知道索罗这是在干什么。现在离正常的高考还有一个多月，更重要的是，自己这个班不是高三啊！

这个时候，其他教室也传来了类似的喧哗，有的甚至夹杂着尖锐的嘶吼和怒骂。临时测验是高中生的“必修课”，可什么时候连高考都变成不宣而考的临时测验了？！而且，不仅没有提前通知，连准考证也没有一张，甚至都没打乱座位——这么不正式的考试，怎么能是高考呢？

文仔没有说话，只是静静地等待着。他有一种预感，这件事或许正和那个“263 计划”有关。

班主任们好不容易才控制住学生的情绪，当学校再度安静下来，索罗才继续慢条斯理地说：“本次高考是教育部批准的特别考试，是高考改革计划的一部分。你们应该庆幸自己遇到了这样的机会，因为这次的高考是——开卷考试！”

这次引发的喧哗声比刚才的更大，声音里夹杂着欢喜和疑惑。等了一分多钟，索罗说出了下一句话：

“考试时间，从今天开始，为期一个月。试卷发下去后，你们可以查阅任何资料来解答题目。这一个月内的任何时候，你们都可以交卷——具体要求是，统一把卷子送到教务处去，我们会组织老师和专家进行阅卷。”

这一次，所有教室倒都出人意料地安静了下来。所有学生接受这一波又一波惊人消息的洗礼，已经开始变得麻木了。在气氛诡异的教室中，考卷终于一份接一份地发了下来。

试卷薄得不像话，上面也没标注考试的科目，只写着“2035 年普通高等学校招生实验性特别考试”一行字。试卷侧面也只有考生姓名和学号两栏，看上去和一般的月考差不多。至于题目数量，更是让人大跌眼镜——

整张试卷上面竟然只有一道题。

仔细看去，这是一道材料分析题。出题人在题目的前面给出了几个莫名其妙的图像，之后有一些简单的分析，下面紧跟着是两道小题——第一小题是一个填空题，第二小题是问答题，要求说明上一个答案的解题步骤。所以严格来说，这两道题本质上就是一道题。

当所有人都拿到试卷，看着这份空前绝后的试卷发呆时，索罗的声音再度响起。他那阴鸷的目光，仿佛可以穿透屏幕，穿透每一个学生的身体。然后，他清了清喉咙，大声地宣布道：

“现在，考试开始！”

6

“这算怎么回事？！”四个人刚一回到宿舍，陈松就把夹在书中的试卷抽了出来，摆在床上，一脸愁容地看着它，“一道题的高考卷子，今年真是见鬼了，而且我完全看不懂题目的意思……”

“别着急，反正还有一个月的时间。”古河安慰道，“倒是那个外国人是谁啊，新老师吗？”

“大概是吧。”

“那他岂不是刚从地球过来？”古河突然想到，有些激动地说，“那我们不是可以向他打听地球到底发生了什么？”

“没有用的。”文仔泼了一盆冷水，“我专门去信息中心问过他了，他对地球上的事守口如瓶，一句也不肯多说。”

“为什么？”

“应该是为了避免干扰‘263计划’吧。索罗这个人，对于任何潜在的风险，都想要极力避免……”

“你说他叫索罗？”古河好奇地问道。

文仔愣了一下，接着犹豫了片刻，终于叹口气说：“事到如今，我也不想再瞒你们了，因为我先前的所有任务都已化为乌有。不错，他叫索罗，不过他根本不是什么老师，而是一位金融大鳄。我之所以来到这所学校，也是出于他的授意，目的是收集校方虐待学生的证据，以便他在金融市场上发起一场狙击战。”

陈松和古河都愣住了，似乎在判断文仔究竟是认真的还是在说笑话。等到他们确信这些都是真的，几乎要大叫起来。

“搞了半天你竟然是间谍啊！”陈松一脸的不可思议。

“怪不得你这么厉害。”古河瞪大了眼睛，佩服地说，“我早觉得你不是一般的高中生。”

“其实，你也不是一般的高中生。”文仔看着古河，认真地说，“为了搜集证据，我们需要一台绝对隐蔽的摄像机——而你就是那台摄像机。”

古河呆住了，没听懂这话的意思。

“简单地说，就是在你的眼睛里植入了一个微小的摄像系统。对了，你能转学到这里，也是索罗基金会运作的结果。”

“你们到底对我的眼睛做了什么？！”古河又惊又怕地大喊起来。这下，连一直躺在床上睡觉的阿木都被吵醒翻了身，发出了几句含义不明的嘟哝声。

“放心，没什么危险的。”文仔显得有些尴尬，“虽然我不太清楚摄像系统的细节，但我可以大概给你解释一下：视网膜上的光感受细胞——也就是视锥细胞和视杆细胞——在将外界的光能转化为电位信号后，其信息会通过神经节细胞传送到丘脑外膝体神经元，以进行下一步的信息处理。我们在你眼中植入的设备，可以通过一种基于神经递质的无害方式，截取这些神经元里传递的信息——我们可以通过这些信息，重建出你眼睛看到的图像。”

古河听完这番话，很想问点什么，可不知该提什么问题，只好说：“然后呢？”

“这些信息会在你眼睑中的一个量子存储器里储存起来。这个存储器基于一种在生物体内自发形成的纠缠量子态——经过酶催化反应，一种焦磷酸盐离子被破坏，从而产生相互纠缠的磷酸盐离子。这种纠缠是基于核自旋的，因此很大程度上避免受到周围环境的影响，维持相当长时间的量子相干，非常适合信息的量子存储……”

“直接说重点！”古河终于忍不住插嘴道。他的脑海里出现了无数齿轮和电路构成的机器，现在这些机器都在他的眼睛里运转。他突然隐隐觉得眼球有些发胀。

“好吧，其实我想说的是，这是一种完全基于生物化学反应的摄像系统，它不会被任何检测系统检查出来，另外，也不会对你的身体造成什么负面影响。”

“你确定？”

“是的。据我所知，这套摄像系统已经经过了三年多的人体实验，结果显示，它对人体还是相当友好的。”

虽然还是有些疑虑，但古河强行压抑住了内心的慌乱，让自己冷静下来。这时，陈松倒是接过话头，皱着眉头发问道：“既然如此，索罗为什么会突然到学校来呢？”

没人能回答这个问题，宿舍里突然变得格外安静。

这时，阿木的床位传来一阵吱呀声。阿木刚回寝室就爬上了床，也没参加大家的讨论。现在，他睁着迷蒙的双眼，陡然从床上坐了起来，嘴里喃喃自语地念叨着什么。古河凑上去仔细听，原来这家伙在重复着一个数字：32.7。

“什么意思？”古河忍不住推了一下阿木。

阿木先是晃了晃自己的身体，然后摆动着双手，在空中转了一圈。他的脸上渐渐露出了高兴的神情。

“太好了，我的齿轮彻底磨合完成了！”他并没理会古河的话，只是自顾自地兴奋着，“好舒服，所有的题目都融合在一起了。”

宿舍里的另外三人只有苦笑，露出一副无可奈何的表情。

“答案是32.7。”阿木大声说道。这次，他语调坚决，毫不含糊。

陈松第一个反应过来，他惊讶地站起身来，冲着阿木问道：“你……说的是高考题的答案？”

“是啊！”

“怎么算出来的？”文仔立刻追问道。

“我也不知道。我看了题目以后，会让它慢慢装进脑子里，经过一段时间的磨合后，答案就自动浮现出来了。”阿木想了想，又继续说道，“之前，我脑子里的题库一直没有磨合好，很多题目的答案都自相矛盾，像无数刀片搅来搅去，弄得我痛苦不堪。不过现在已经好了，所有的问题都解决了！

“答案是 32.7。”阿木再次宣布道。

7

冷冰冰的铁门，上面印着“气口检修 NO.203”的淡灰色字迹。门把粗糙，似乎并不常开启，摸上去顿时沾了一手的棕红色锈迹。接着，郭凯毫不犹豫地推开了铁门，踏步进入门后的管道状通路中。

随着他的前行，不断有声控灯在前方亮起，而身后的灯光则次第熄灭，又复归于黑暗中。管道两旁分布着梯子似的装置，也许是扶手，但郭凯觉得毫无必要，他大步地向前走去，没有遇到任何障碍。他本就是个心大的人，很多时候做事情仅凭一己好恶，并不去考虑后果。在这悠长曲折的管道里，他越往前走，好奇心便越重，渐渐连自己逃跑的事情都忘记了，一心只想搞清楚这管道里到底有什么。

渐渐地，他听到前方似乎传来“呼呼”的风声，在拐了一个弯后，他面前的管道里出现了一扇圆形铁门。铁门上装着一只旋转门阀，旁边贴着一个三角形的符号，似乎是某种警告标识。他把脸贴在门上，之前听到的风声清晰地传入耳中。看来这门后的风还挺大，可管道里为什么会有这么大的风呢？他一边想着，一边手脚不停地旋转门阀。随着咔的一声脆响，铁门向外一震，封闭的闸口被打开了。

他向内拉了一下铁门，铁门微微打开了一条细缝，可是立马又合上了。他愣了一下，然后加大了拉门的力度。铁门慢慢地打开，可是只要他一松劲，门板张开的角度便又开始缩小，仿佛门后有个大力士在和他较量。他只好鼓足了劲儿，把门拉开到一个能让自己通过的角度，然后贴着身子探到了门口，再慢慢挤进门去，想看看门后到底有什么。

门后是一条更加庞大的管道。

这条管道的直径足有十米，表面光滑，在灯下泛着陶瓷般的光泽。在这条大管道中，空气以极快的速度流动着，发出凶猛如狂风的呼啸声。他将头探了出去，想看到更远处的情形。这时，门板突然一晃，一股巨力猛地将铁门关上。郭凯还没反应过来，就被风中的吸力裹挟着，卷进了这股空气的洪流中。

这主管道倒没什么大角度的折弯，即使有一些弧度，曲率半径也很大。郭凯在风中紧闭着双眼，用双手捂住头，只剩下双脚在无力地挣扎着。突然，不知什么原因，仿佛重力消失了，自己飘浮在疾风中，偶尔和管壁擦撞一下，立刻就会弹开，重新回到管道中央，仿佛有一股力把他牢牢固定在管道的中轴线上。他感觉呼吸困难，即使用尽全力，也很难喘上一口气。胸口越来越闷，之前和管壁擦撞过的地方也火辣辣地疼起来。

郭凯不知道的是，让自己跌入管道的力量，与把自己稳定在管道中央的力量，都有同一个来源，那就是气体的伯努利定律。管道壁和中轴线上，因为气体流速不同导致的气压差，像一把钳子，牢牢攥紧了他的身体。不过，此时此刻，他在惊惧之下已经完全失去了思考的能力。

突然，他感觉到风口一转，一个前所未有的急弯出现。他蜷起的身体重重地撞在管壁上，然后向管道外弹了出去。在昏迷前的最后一刻，他那最后的意识感觉到四周突然变得极其空旷，耀眼的光芒遍布整个视野。

然后，他就坠入了无尽的黑夜中。

8

李翊军被调离了教学岗位，这是意料之中的事情，但学校并没对他进一步的处分，只是让他写了份检查，“作深刻的反省”。这倒合了他的心意，他早就厌倦了教授那些荒唐的知识，而得知的真相更让他充满了迷惑和惊惶，也再难有教书育人的心境。同样考虑到他泄密的可能，人事科特意将他调离了校本部，转到了后勤部门——也就是太空站的维护部门去工作。因此，他现在对整个太空站的运行和维护状况都有了一个基本的了解。

总的来说，在太空站的维护工作中，除了各种日常的机械检修外，最重要的是实现两个循环——水循环和大气循环。

水循环的主要工作是搜集那些渗透到地下的淡水，净化后，通过人工降雨的方式从太空站的中轴线上重新释放出来。在太空站的筒状大地上，有三个大小不等的湖泊，这些湖泊连同地面蒸发出的水蒸气一同进入大气循环的路线中。大气循环相对复杂，因为太空站里的植被有限，也不像地球有大片海洋，所以很难产生出足以维持几千人生存的氧气。因此，维持大气中各种气体成分的稳定，很大程度上要依靠人工干预来实现。在大地上有很多隐蔽的气体抽取口，通过它们收集近地大气，并最终汇集到众多环绕太空站的螺旋状管道中。控制系统会自动分析出这些大气的成分，通过释放氧气和吸收二氧化碳等方式，将其重新变成适宜人类呼吸的空气。

这些新鲜的大气，大部分会被输送到位于太空站中轴线附近的气口释放掉。之所以这样做，是为了促进整个太空站的大气实现从中心到四壁的循环流动。在太空站上，因为大地的旋转而带动近地大气的旋转，使得这些大气也像在地球上一样，受到一个近似于重力的等效作用。然而，在太空站中心处的大气，却并没有随着太空站进行旋转，也就是说，这些大气并没有受到这种等效重力的作用。准确地说，根据牛顿黏性定律，从太空站中轴线到筒状大地，其大气的旋转速度呈现出从零逐渐递增的趋势。不同的旋转速度意味着不同的离心力，或者说“重力”。因为在太空站的大气系统里，不同位置感受到的重力不同，也因此造成了在不同高度上，大气压强和气压梯度也有很大的差异——中轴线处的大气压强最小，气压梯度近似为零；地面上的大气压强最大，气压梯度也最大。如果没有外界扰动，这种大气压强的分布，将导致其内外气体很难实现对流。因此，从中轴线排出的新的大气，就可以把原先的大气向四周挤出去，从而让整个大气圈“活”起来。

李翊军很喜欢待在“云室”里。所谓云室，本质上就是围绕太空站的中轴线所分布的大气和水蒸气的喷出口。云室上，每隔几百米，就有一个几平方米的检修间，李翊军第一次站在检修间里时，几乎被眼前的景象震撼得说不出话来。在自己视野中的每一个尽头处，都是大地的影子，那些恍惚可见的楼宇和道路，连同花草树木、山林湖泊，一切都连成了一个庞大而封闭的圈，而自己就位于这个世界的中心。

就在不远处，无数气口正源源不断地喷射出新鲜的空气或浓密的水蒸气。水蒸气喷射出气口后，慢慢沉降到距离气口约一百米的高空中，逐渐冷却并凝聚成大片的云朵。从气口喷出的空气不断扰动着这些新鲜的云层，改变它们的形状，并驱动它们向着低空和远方移动。与云室紧邻的，还有一个红亮的发光体，那是人造太阳，或者说“昼夜模拟系统”。整个白天，它都发射出与太阳光谱近似的人工合成光线，并随着时间的推移，改变着发光强度和光线频率。“阳光”照耀在云层上，给后者镀上一层明亮的金边。在云层表面，光影流动，景色绚烂而奇妙，浑然不似人间。

然而，就在他沉湎于这煌煌奇景时，却突然看到一个异样的黑影从气口中冲出。目光循着黑影仔细看去，那竟然是一个人！那人穿着学生的校服，随着气流在空中浮沉，没有挣扎的迹象。

他赶紧扑到墙边，打开设备间的门，手忙脚乱地穿上检修服，戴上氧气面罩，然后从检修间里弹射出去。由于他对喷射引擎的操控还很生疏，急切中，位于腰部的控制手柄上全是汗珠。他一度靠近了那个学生，但下一次喷射又让自己错开。好歹这里是太空站的中轴线附近，那学生的身体几乎不受离心力的作用，因此不会像在地球上那样加速掉落到大地上去。但随着气流的涌动，其身体也逐渐向着远离云室的方向而去，同时也开始慢慢偏离太空站的中轴线。这是一个危险的征兆，因为一旦大幅偏离了中轴线，在大气的裹挟下，其身体就会逐渐出现一个切向的线速度，这会产生一个离心力，让他向大地掉落而去。

他好不容易才操控起喷射手柄，这时，他和那个学生已经离云室非常遥远，在太空站的轴向上前行了相当长的距离。终于，他追上了那个学生，用一条绳子将他和自己连接起来，然后立刻把一只备用的氧气面罩压在了对方的脸上。之后，他开始调整位置，让自己重新回到了中轴线的高度上。

这时，他茫然四顾，突然不知该去向何处了。重回云室应该是不行了，喷射引擎的动力仪表显示，剩余气体的量已经不多。他叹了口气，看着这个学生，突然发现他还是自己班上的。印象中，虽然他成绩一般，但有一种不同于其他学生的活泼劲儿。检查了他的身体后，发现脉搏和呼吸都还挺正常，李翊军稍微松了口气。

他怎么会从气口中喷射出来呢？李翊军摇了摇头，暗想，真是见鬼了。

这时，他突然想起自己带着学生逃跑时，曾经到过中控室。那地方就在太空站中轴线的尽头处，离自己现在的位置应该很近了。于是，他找准了方向，向着轴线的一端继续前行。果然，不多时，他又看到太空站轴向尽头处的那堵“世界尽头”般的巨大墙面。

十分钟过去，他终于摸到了墙面上的门阀，握着门阀柄转了两圈，一扇铁门打开了。他拎着学生的身体，跌跌撞撞地爬了进去。关上门后，他手握扶杆，飘在空中休息了好久才缓过劲来。

这是一间类似气闸舱的房间。太空站中轴线上的气压只有约零点九五个正常大气压，因此，这里可以作为转换两种气压环境的一个过渡间。他听到不断有气体充入房间的声音，等到一切安静下来，房间里绿色的标识灯亮起以后，他才摘下了氧气面罩，打开房间另一头的铁门。门后是一条走廊，他拖拽着学生飘了进去。

走廊并不长，两侧有些小的分支，那都是通往各个电梯的出口，当时自己和学生们便是从电梯里上到这里来的。尽头处就是中控室的大门。

很奇怪，中控室的大门似乎并没有关紧，他握着门阀只旋转了半圈，大门就晃晃悠悠地打开了。中控室里空荡荡的，一个人也没有。李翊军朝里面望了一眼，正准备回头离开，从电梯下到地面去，突然，在中控室旁边的一间储藏室里，发出了一阵细碎的声响。

他拖着身后的学生，好奇地来到储藏室的门口，打开了面前的小门。然后，一幅自己无论如何也没有想到的画面出现在眼前——校长赵国强，被一根铁链绑在了一只文件柜上，嘴巴用黄色的胶带牢牢地封住了。大概已经被困很久了，现在的他看上去奄奄一息。他艰难地睁开眼睛，见到李翊军之后，委顿的身躯似乎迸发出了最后的力量。他挣扎着扭动了几下，瞪大眼睛，目光灼灼地看着面前的人。

巧合的是，就在此时，身后的学生也发出了一声几不可闻的呻吟。

下 篇

THE ORPHANS OF RED PLANET

IX

圣 女

《2015 年普通高等学校招生全国统一考试》

（北京卷 · 历史试题）

20. 1521 年，德国维登堡的一家作坊印制了很多幅对帧木版画。其中一幅的左侧是基督跪在地上为门徒洗脚；右侧是高高在上的教皇伸出脚让跪在地上的信徒亲吻。这幅画意在（　　）

A. 抨击罗马教廷　　B. 推销“赎罪券”

C. 反对宗教改革　　D. 倡导宗教宽容

答案：A

1

唐纳德这天起得很早，他决定去第五大道那边走走。据说那边有个很大的购物中心，在大火还没有蔓延的时代，那里是这个城市最繁华的区域之一。虽然很可能早已被人搜刮一空，但谁知有没有什么地方被人遗漏掉呢？比如地下仓库之类的。

而且，唐纳德也不得不承认，在他的居住地附近，确实找不到什么食物了。昨天一整天，他只找到半块发霉的饼干，在一个地铁站的老鼠窝里。

他瘦骨嶙峋，身体虚弱得仿佛随时会倒下。但他觉得今天精神还不错，也许是昨天那几只小老鼠为他补充了久违的蛋白质。他拄着一根塑料水管，慢慢挪到了盛水的铝合金罐子旁边。他住在一座废弃的加油站里，取水的地方是附近的一个游泳池。最近雨水很多，游泳池里灌满了水，水面上还漂浮着一层绿色的水藻。

他喝了口水，在嘴里漱了漱，然后把水咽下去。水里有一股怪味。虽然他已经把水滤了一遍，又用柴火烧开过了，但喝的时候还是有一种苦涩的感觉。有一点像茶叶的味道，他感受着唇齿间的余味。上大学的时候，宿舍里有一个从中国来的留学生，很喜欢喝这种独特的东方饮料。他尝试着喝过几次，虽然并不喜欢，但脑子里的印象很深刻。

周围很安静，没有嘈杂的人声和呼啸而过的车鸣。他看了看手腕上的机械表，时针刚好指向最下方。这是唯一还能让他感觉到现代文明的东西，也是丽莎给他的二十岁的生日礼物。以前使用的手机还一直放在屋角的茶几上，但一直没有响过。他每天都试着充电和开机，但屏幕总是漆黑一片。

大火燃起之前，丽莎和自己赌气去了佛罗里达。混乱发生之后，自己就和她完全失去了联系。也许她被困在某个地方了，又或者早已在大火中丧生？他摇了摇头，把这些乱七八糟的想法甩出脑子。现在不是考虑这些的时候，省点精力吧，今天还有很长的路要走。

从加油站出来之后，很长一段路都是空旷的原野。这一带本来就接近城郊，在以前就很冷清，大火之后更是难觅人迹——这也是唐纳德乐意住在这里的原因之一。人多往往会带来是非，特别是在乱世。

他花了半个小时才来到最近的一个街区。这里早已人去楼空，只有一些野猫盘踞。他找到一条长椅，准备稍微休息一下。这条路他走过很多次，这是例行的休整。他喜欢这里的风景——一排枫树整齐地夹在只有十英尺宽的道路旁，路上落满了柔软的黄叶。

这时，他听到地上的落叶簌簌作响。声音从路的拐角处传来，逐渐靠近。片刻之后，他看到一个小女孩出现在视野中。女孩穿着红色的棉质外套，大概十一二岁的样子，手上拿着一根棒棒糖。

等等，棒棒糖？他猛地瞪大了眼睛，不可思议地看向了前方。

小女孩不时低头舔一口手上的东西，天哪，那真是一根棒棒糖！

他条件反射般地站起身来，大步向小女孩走去。走了几步，他突然觉得这样会把小女孩吓跑，于是刻意减慢了步伐，脸上露出微笑的表情，眼睛却控制不住地盯在了那块糖果上。

可是，他很快就为自己感到了浓浓的羞耻。自己这是在做什么？难道饥饿已经让自己失去理智了吗？他停下了脚步，深吸一口气，把从胃里奔涌上来的进食欲望，硬生生地嚼碎了，然后咽下去。

小女孩抬头看了他一眼，笑了笑，继续悠闲地向前走去。他看着女孩离自己越来越近，终于和自己擦身而过——那一瞬间，香甜的糖果就在他面前不到一英尺的地方，他几乎忍不住要动手抢了。

可他终究还是放弃了。女孩长着一头金色的卷发，这让他想起了自己的妹妹。

可是，就在他神情恍惚的瞬间，一个高大的人影突然翻过路旁的栅栏，冲着小女孩扑了上去。他下意识地上前一步，挡在了小女孩的前面。随后，一股大力袭来，自己那虚弱的身体顿时摔倒在地。

来人踉跄着退后了几步。那是一个干瘦的白人青年，他狠狠地瞪了唐纳德一眼，骂了几句脏话。

小女孩站在一旁，也不跑走，笑嘻嘻地看着摔倒在地的唐纳德。

唐纳德想爬起来，可是身体像散了架一样，怎么也控制不住。

青年没再理他，继续靠近那个小女孩，死死地盯着那根棒棒糖。那小女孩仿佛毫不害怕，舔了一口手上的棒棒糖，极大地刺激着青年的食欲。

唐纳德突然觉得有点奇怪，总觉得事情哪里有点不对劲儿。

这种感觉很快就得到了验证。就在青年来到小女孩身旁，准备动手的时候，他的身体突然剧烈战抖了起来。接着，他腿一软，整个人瘫倒在地，抽搐着翻起了白眼。

唐纳德这时才看清，小女孩的左手拿着一根黑色的手电筒似的短棍。

电击棒！他突然反应过来。

可是，她为什么会有电击棒？新的困惑出现在他的心里。更让人难以置信的是，这根电击棒竟然有电？

难道说，城里已经恢复供电了？想到这里，身上的痛楚似乎瞬间消失了，他顿时充满了活力。

2

“你要进城吗？”小女孩开口问道。

他爬了起来，但并没回答小女孩的问题，反而犹豫着问：“城里已经来电了？”

“没有啊。”小女孩一脸天真地回答道。

失望重新将他俘获。

“你要进城的话，我可以顺路载你。”

他很长时间没有明白过来这话中的含义。载我？

等他反应过来的时候，小女孩已经自顾自地走出了一段距离。他连忙跟了上去，磕磕巴巴地问：“你……不会还有车吧？”

小女孩没有说话，只是继续向前，接着拐进了一个废弃小屋的车库里。唐纳德跟着她从半遮掩的卷帘门下钻进去，只见小女孩已经骑在一辆川崎小型摩托上了。她右手拧动油门，伴随着一阵短促的轰鸣声，灼热的尾气猛地从排气管里冲了出来。

“上来吧！”她看了唐纳德一眼，对方犹豫着想问点什么，可是她再次催动油门，发出一声更响亮的轰鸣。唐纳德最终只是摇摇头，什么也没问，坐上了摩托的后座。这种小型车的后座对唐纳德来说有点狭窄，此刻他像是夹在两片面包间的红肠。

摩托在空旷的道路上一路飞驰。在迎面而来的大风中，唐纳德有点恍惚。他仔细回想今天发生的古怪事，疑虑在心里就像散不开的浓雾一样。终于，他忍不住问道："你还没有驾照吧？"

他挑了一个最无关紧要的问题。

"没有。"小女孩回答得很干脆，"你担心我的车技？"说完，她猛地压下车身，高速冲过了前方的弯道。

唐纳德吓了一跳，赶紧闭嘴，牢牢抓着身下的握把。他很难把小女孩飙车的样子和刚才那天真的模样重合起来，到底哪一个才是真实的她呢，抑或两个都是？

突然间，唐纳德的身体猛地向一旁倾去，险些从车上摔下来。小女孩把车身甩了九十度，在急刹之下停了下来。

出现在两人面前的是一座由废弃垃圾堆成的小山——扭曲变形的车壳、长满铁锈的空调外机、用途不明的铝合金架子、花花绿绿的塑料袋，甚至还有沾满污泥的毛绒玩具。

公路被完全堵住了。

小女孩皱着眉，"奇怪，来的时候还好好的啊！"

这时，有人从垃圾堆后钻出来。随后，更多的人从四周钻了出来，把两人围在了中间。这些人的手臂上有着风格相似的青色文身，看上去是一伙的。来者不善啊，唐纳德嘀咕道，他大概猜到是什么东西把这些人吸引过来了——在这个快速衰退的社会里，骑着一辆崭新的摩托飞驰，实在不是明智之举。

"把车留下，滚！"一个看似头领的人大喊道。

唐纳德偷偷下车，想赶紧溜走，却被小女孩一把抓住了衣袖。

"别这么听话嘛。"小女孩笑了笑，"这么多人想欺负我，你难道不应该保护我吗？”

唐纳德脸色涨红，他很想说“还不是你自己惹的麻烦”，可是又觉得有点心虚，毕竟她开车是为了送自己进城。不过，他还是觉得这小女孩太高调了，不仅敢在人前拿出食物，而且还在大马路上肆无忌惮地骑车飞驰。这些行为在以前或许不算什么，可搁到现在无疑是自讨苦吃。

见两人没有下车的打算，人群爆发出一阵不满的叫嚣。那头领骂了一句，然后大踏步地走了上来。这时，小女孩突然拧动油门，朝头领猛冲过去。后者似乎并没料到小女孩还敢反抗，为求自保赶紧让路，在目送他俩向外冲去的同时，他一下子反应过来，大声招呼着手下把车拦下来。

数十人朝着车行的方向扑了过去，不要命似的。摩托车猛地打了个急弯，掠过人群的包围线。可是没走几步，又迎面扑来一批新的阻拦者。这一次，小女孩似乎没有转弯的打算，她加大油门，径直向着人群冲去。

“坐稳了！”

唐纳德连忙抓紧握把。车子猛地撞开人墙，留下一片惊呼和怒喝。两个后视镜的金属杆都弯折了九十度，宛如骨折。

前面的路被堵住了，车子只好沿着来路返回。

“或许我们可以从别的路上绕过去，我知道一条……”

“来不及了，”小女孩打断了唐纳德的话，“后面也被堵了。”

唐纳德偏过头向前看去，前方果然又出现了一群阻拦者。“怎么这么多人？”他眼前的人群可比刚才密集多了，一眼望去，大概有不下一百人。

就在这时，后方的追兵也快赶到了。可奇怪的是，他们似乎并没有趁着这个机会冲上来抢夺车辆，而是忌惮地停在了距离前方人群大约三十米的地方。现在，两拨人把摩托车围在中央，就这样对峙了起来。

“看来他们不是一伙人啊！”唐纳德这才反应过来。

“当然不是。后面这伙人少的是马塔家族，他们在大火燃起之前就是本地最大的黑帮，现在趁着混乱大肆扩张地盘。前面的则是大名鼎鼎的3K党，最近也在积极地把势力延伸到这里来——听说现在加拿大的大部分地区都在他们的控制之下。”

唐纳德目瞪口呆地看着小女孩，他突然对今天的决定后悔起来。也许，自己今天压根儿就不应该出门。看看，始终做老好人的自己，竟然也有被两大黑帮包夹的一天。这都是些什么事啊！

而且，这位小妞，到底是何方神圣？

3

“看来，阿木是真的回去了！”陈松一回到宿舍就大声嚷嚷道，带着显而易见的羡慕之情。古河此刻正靠在床头，看着一本封面发黄的《安德的游戏》，听见这话后立刻抬起头，问道：“你怎么知道的？”

这两天学校颇不平静，或者说，非常动荡。前几天的旋转减速事件发生后，学生们多少已经觉察到学校有古怪，虽然学校用“地震”的拙劣借口糊弄了过去，但到底有多少人真的相信，就不得而知了。在这样人心不定的状况下，随着索罗的到来，一场古怪至极的“高考”也提前拉开了帷幕。

在高考进行期间，每天上午仍在正常上课，下午则是自习时间，大部分人利用这段时间查阅各种资料，试图破解那道高深莫测的高考题。但凡有了点什么灵感之后，便把解答写在卷子上，提交到教务处去。听说，教务处新设了一个特别的试卷评审小组，一个叫孙元一的人是小组的首席评审，负责对提交的试卷进行初步审查。孙元一看上去挺和善，很多人都见过他。此人年纪虽然不大，可不太爱说话，偶尔会去教师食堂吃饭，最爱点的菜是山药排骨瓦罐汤。有人猜他是江西的，但听口音又像是四川人。

大部分提交的试卷在第二天就会被退回来，上面划着一个大大的红叉，但是没有任何批注，到底错在哪里也不知道。好在这次高考还有一个奇怪的地方——学生可以多次提交答案，所以，没答对题的人并不会绝望，最多有些失望罢了。不过，他们本来也没抱太大期望，就算提交，多半只是打算试一试，所以看到试卷被退，倒也有足够的心理准备。

然而事情的转折点如暗礁一般出现了。阿木突然提交了自己的试卷，上面没写任何计算过程，仅仅写着那个莫名其妙的数字——“32.7”。其实他在拿到试卷的第一天就得出了这个答案，但一直不知道怎么写计算过程，索性把过程空着，只填上答案就交了卷。很多人，包括同宿舍的古河和陈松都觉得这事挺荒唐的，断言这卷子第二天铁定会被退回来。

不料，这种理所当然的推测竟然落空了！阿木的试卷不仅没有被退回，而且在提交后的第三天，孙元一还亲自赶到教室，把正在上课的阿木叫了出去。这也是众人最后一次见到阿木。那天，阿木没再回到教室，晚上也没回宿舍。宿舍的另外三人都猜测，这可能是跟他提交的试卷有关。

“不会真让那小子给蒙对了吧？”陈松感叹道。

文仔说很有可能，也许他现在已经搭乘小型飞艇回地球了。陈松急得跳起来说，要是这样可不得了，大家策划半天没能实现的事情，倒让阿木这小子轻易完成了。文仔说，这也只是个推测，说不定阿木还跟那个孙元一待在一起，讨论这道题的答案呢！

陈松不甘地说：“这事得调查清楚，要不然心里不踏实。”接下来几天，陈松真就走上了“侦探”之路。

“告诉你们一个秘密。”一天早上，陈松鬼鬼祟祟地关上宿舍门，小声说，“几天前，有一艘小型飞船离开了停泊点。这是后勤部的一个老师告诉我的。”

“行啊，你小子人脉够广的，连后勤部里都有认识的人。”文仔刚好从洗漱间里出来，手里拿着牙刷和水杯。

“嗨，其实这人我们都认识，”陈松挤眉弄眼地说，“他就是李老师。”

“李翊军？”

“对，他现在被调到后勤部了。听他说啊，那艘飞艇是私自离港的，走的时候直接绕过了控制系统，是逃走后才被监控和雷达反馈数据发现的。”

“所以……你认为阿木乘坐那艘飞艇走了？”古河插嘴问。

“监控都拍到啦！而且，不止阿木，乘坐那飞艇的一共有两个人，还有一个你们猜是谁？”

“谁？”

“索罗！就是那个美国人！”

“他也回去了？”文仔有些不敢相信，“难道说他不管这边的高考了？”沉吟了片刻，他又接着说道，“还是说，‘263 计划’已经完成了？！”

“这个我不知道。”陈松说着招了招手，让文仔和古河靠近他的旁边，再次放低了声音，“还有一个大八卦，你们绝对想不到。”

“有屁快放！”文仔笑骂道。

“嘿嘿，这可是我好不容易打听到的。”陈松挠了挠头，“你们还记得郭凯吗？”

“当然记得啊！”突然听到这名字，让古河有些诧异，“怎么，他也被抓回来了？”

自那次“地震”后，郭凯就消失了。地震那天重新开始上课时，班上的同学和老师们突然找不到郭凯了。宿舍里没有人，看监控也没有发现他的行踪。古河和文仔猜测，他应该是趁乱逃跑了。他一直很想离开学校，以前的项圈风波也是他带头抗议的。不过，古河他们已经知道学校在太空站里，所以对郭凯的逃跑深表同情，发现真相后被抓回来是迟早的事。

现在，文仔听陈松提到郭凯的名字，立刻猜测他被抓回来了。

“他确实回来了，我今天在食堂碰到他了。而且，他还告诉了我一个惊人的消息。”

古河和文仔都“哦”了一声，示意他继续讲下去。

“那个索罗根本就不是教育部的人，他和‘263 计划’也完全没有关系！这个计划中的高考本来要在一个月以后，等所有的课程结束后，才开始执行的，而且，计划实施者应该是赵校长。但索罗不知怎么混进了太空站，竟然囚禁了赵校长，还在某个集团董事的帮助下控制了学校，提前启动了高考。”

难怪上周的校会上没有看到赵校长的人影，古河想。在古河的印象中，那是个很古板的老头儿，而且对校会上的升旗仪式特别看重，每次都会到场，带头唱国歌。

“现在呢？”

“现在当然没事啦。听说校长大发雷霆，全校搜寻索罗的踪迹。后来才发现了他早已坐上那艘飞艇，悄悄逃走了。”

“那现在怎么办……高考还继续吗？”在得知阿木的确切消息后，古河突然想起了高考的事。

“唉，谁知道呢？”陈松叹了口气，“真羡慕阿木那小子啊！”

4

“小贝里，我们又见面了。”说话的人下巴突出，像一个钩子。他骑在一头高大的栗色公马上，眯眼看着马塔家族的得力干将。

贝里看到骑在马上的斯蒂尔，显得有些意外。自从年初占领了加拿大首都渥太华后，3K 党已经开始向南边拓展了，在新墨西哥州和亚利桑那州都建立了基地。斯蒂尔是南向扩展的头目，因为毒品生意，跟马塔家族硬碰了好几次，双方各有死伤。可贝里没想到，连抢劫一个小妞的车都能碰到他。

“人是我们先盯上的。”贝里试探地说道，他可不想惹毛了斯蒂尔，毕竟此人极其凶残，下手狠辣无比。

“人你们可以带走，我只要车。”斯蒂尔冷冷地说。

贝里暗骂一声，谁都知道车才是重点。自从大火蔓延开之后，能用的电器设备越来越少。近一个月来，尚能使用的电器已经是凤毛麟角，在黑市上更是被炒到了天价。据贝里估算，这小妞的车至少能值一百公斤好货，里面的电机够自己一辈子衣食无忧了。可看着对面那几倍于己方的人手，贝里已经打起了退堂鼓，琢磨着怎么撂下狠话后撤走。就在这时，他突然看到对方的身后，竟然又出现了一大群陌生人——这些人穿着黑色的制服，大摇大摆地走了过来。

斯蒂尔本以为是马塔家族的援兵，紧张了片刻，可看见贝里那疑惑的眼神，立刻发现事实并非如此。他掉过马头，让手下做好警戒。终于，这队人马在斯蒂尔前方不到十米处停了下来。一个矮胖的中年男子站在最中间。

“干什么？干什么？”他一手摸着腰间的枪套，一手夹着雪茄，大声嚷嚷道，“无法无天了啊！光天化日之下，你们就想拦路抢劫不成？”

贝里一听到这声音就知道来者何人。这人叫奥布莱恩，本是一个小镇的治安官，大火蔓延后，原有的政府体系受到冲击，他立刻纠结了一批警员，组成一个几十人的武装团伙，对外仍然自称警察，干的事儿却和土匪差不多。很多时候，他们甚至比黑帮团伙还要凶狠。

“警察先生，这位老兄可不像我这么好说话。”贝里冲着奥布莱恩打趣道。

“我知道，这位斯蒂尔先生可是风头正健啊！”奥布莱恩不以为意地说，“戴奇咖啡厅的那个大案子是你们做的吧？跟我回警局录个口供呗。”

“滚！”斯蒂尔皱着眉头，沉声呵斥道。他从不把警察放在眼里，以前如此，现在更是如此了。

奥布莱恩毫不介意地笑了笑，“哎呀，忘了告诉你一个最新消息。你还不知道吧——政府军已经打下邻近的达拉斯，下一步就是我们农夫支市了。”

其实他很早就通过熟人介绍，攀上了政府军这座靠山，可惜政府军之前太不争气，胜果寥寥，他这个攀附者也颜面无光，所以从不曾对外提起过。可最近几个月，奇怪的事情发生了，那些政府军的火力突然变得凶猛起来，一口气收复了不少失地。他已经听到了一些来自军队的风声，虽然传言略显夸张，但总体是可信的。所以，当他得知这个小女孩被困之后，便急匆匆地赶了过来——这绝对是一个极好的表现机会。

这个女孩的身份不简单啊。

“哼，政府军又如何？在北边还不是被我们追得到处跑！”奥布莱恩的语气仍然充满了轻蔑。

“那是以前，你这阵子还没跟他们交过手吧？况且，”奥布莱恩看向小女孩，挤出一个虚伪而热情的笑容，“有些人，可不是你们招惹得起的。”

斯蒂尔冷笑了一声，不再搭理这个匪气十足的警察。半年前，他和政府军在蒙大拿交手过一两次。印象中战力有限，很多士兵离开了自动化武器就手足无措，完全不知该怎么作战了。他从不相信政府军能卷土重来，从现在的局势看，未来很长一段时间，北美大陆都不会有什么政府了。

乱世到了，他舔了舔干裂的嘴唇，嘴角微微翘起。

他挥了挥手，示意手下向小女孩围拢，准备直接动手开抢。

这时，他觉得眉心有点痒，伸手去挠了挠，突然一束细长的红光从他手臂闪过。还没等他反应过来，一颗灼热的子弹就洞穿了他的头颅。在他跌落马背的一刹那，他竟然听见了直升机的轰鸣。

5

直到直升机将要飞离地面，唐纳德仍然不敢相信这一切是真的。在大火蔓延之后，自己竟然还能见到这么庞大的、能够正常运作的电子系统。他看着驾驶员前方发着微光的仪表盘，眼睛瞪得滚圆。

女孩坐在唐纳德的旁边，那辆机车被直升机吊了起来，然后运输回目的地。之前，唐纳德一直在疑惑这辆机车的来历，包括其电力的来源，但跟直升机比起来，这些问题都不重要了。他相信只要跟着这个女孩，一切很快都会得到答案。

奥布莱恩此刻正趴在窗户旁，谄媚地跟女孩说着什么。可因为机翼的噪音太大，所有的话都是断断续续的。唐纳德不太喜欢这个警察，那模样一看就不是什么好人。

很快，直升机离开了地面，窗外那张扭曲的脸终于消失了。唐纳德向窗外扫过最后一眼，发现那家伙把两只手弯折着抱在胸口，摆出一个诡异的姿势。

“那家伙跟你嚷嚷什么？”

“除了让我帮他在爸爸面前说几句好话，还能有什么？”女孩撇了撇嘴，“这家伙想当农夫支市的市长，但我爸肯定不会同意的。”

“你爸是政府军的人？”唐纳德终于忍不住问道。虽然最初就觉得这小姑娘不是普通人，但直到那个“警察”提到政府军时，他才终于有了比较合理的猜测。

在他的印象中，政府军一直不断打败仗，甚至还听说已经分裂成了几支近乎独立的武装，实力也大为减弱。但无论如何，他们还是代表了秩序和希望，在民间颇有号召力。他猜小女孩的父亲一定在政府军中身居高位，至少是个将军，不然不可能调动如此宝贵的直升机，特别是在现在这种情况下。

“不，他可不是军人。”小女孩冲他调皮地眨了眨眼，“不过，所有的政府军现在都听他的。”

“这不可能。”唐纳德立刻反驳道，“政府军自从一年前分裂后，还没有谁能把他们统合起来。不管你爸爸是谁——就算他是总统——也做不到这一点。”

“他确实不是总统。说实话，我也不太清楚我爸到底是干吗的。通常情况下，他像个商人，有时候又像个探险家，或者是学者。但我可以肯定地说，现在美国的所有政府军，都听从他的指挥。我每天都能见到无数穿着军装的老头儿进出他的办公室，而这些人，从不敢拒绝我爸的要求。”

小姑娘的话让唐纳德好似在听天方夜谭。他没有反驳，因为他从小女孩的脸上看不到说谎的迹象。他思考着现在得知的一切，想要理出一个头绪来，然而他很快就放弃了，因为他发觉让这一切成立的条件，根本就是不存在的。也许她父亲是某个财团的首领，可在这种乱世，财团早已沦为各种武装力量的砧下之肉，遑论操纵军队了。

“凭什么呢？”他喃喃地说。

“当然是凭这个啦！”女孩从口袋里掏出那根黑色的短棒，按下开关，上面顿时发出吱吱的声音。

“电击棒？”他还是无法理解。

“是电啊！”小女孩被他困惑的神情逗乐了，“在这世界上，爸爸是唯一一个能把电力时代重新带回到他们身边的人。他们为什么要拒绝呢？”

“这么说……你爸已经破解了停电的秘密？！”唐纳德又惊又喜。

“大概是吧。反正我爸现在控制的地区，大部分都恢复供电了。”

太好了！唐纳德简直想要大声欢呼。这真是他近两年来听到的最好的消息了。自大火蔓延以来，他一度以为从前的日子一去不复返了。可现在，他再次看到了希望。

或许，有一天，他能重新跟丽莎相遇，丽莎甚至会回到他的身边。他握紧拳头，久违的力量又重新回到了身上。

时值傍晚，天色已经暗了下来，直升机开始缓缓下降。唐纳德这才发现，下方的城市已经亮起了万家灯火，还有一些霓虹灯在闪烁。他趴在窗户边痴痴地看着这一切，久久无法自拔。

6

什么时候开始觉得不对劲儿呢？唐纳德回忆起从直升机上下来，踏上这座城市的第一个瞬间。好像从那时开始，这种莫名的不安和异样感就出现了。这个充斥着光明的城市，在被黑暗笼罩的世界里，显得格外刺眼和诡异。

刚开始，这种感觉很模糊，他本以为是离开电力社会了，猛然接触，心里有些不适应。可渐渐地，这种异样感化为了无处不在的微小痕迹，遍布他能看到的每个地方——那是一个他从没有见过的标记，形状类似于一道闪电。这种标记出现在各种电器设备上，接着他看到另外一个异象。

那是一个姿势——手臂抱胸交叉，上下臂弯折成一个诡异的锐角。当唐纳德一行人离开停机坪时，每个人都恭敬地做出同样的姿势，仿佛这是一种新的礼节。他立刻想起，在直升机起飞前，那个“警察”也做出了同样的姿势。

他想向小女孩询问情况，可他们之间已经有了距离。在他们下飞机前，小女孩的保镖就已经在停机坪等候着了。当他们下了飞机后，似乎还有人向小女孩询问他的情况，因为他看到小女孩指着他说了些什么，然后这些人便带着他一起上路了。一路上，他发现这些保镖始终对小女孩表现得恭敬而畏惧。几分钟后，他们穿过了一座高大的门廊，分别上了三辆黑色轿车。唐纳德所在的车开在最后。

车窗上遮盖着厚重的窗帘。唐纳德想拉开窗帘，看看窗外的景色，身边的壮汉立刻伸手阻止了他。他有些诧异地看着对方，可是对方什么也没说，只是再次弯曲手臂，做出那个诡异的姿势。

他们不想让别人知道目的地的位置。可为什么呢？唐纳德想。

车辆行驶了半个小时，唐纳德估计中途还离开过城区，因为有一段路特别颠簸，不像城区那种硬化的水泥路面。下车时，他发现已经置身于一座宏伟的大厅之中了。这大厅是一座金碧辉煌的穹顶建筑，内部装饰很简单，但仍给人一种华丽的感觉。地面像镜子般反射出另一个半球，让人隐约觉得自己位于一个庞大球体的球心处。

“喂，你觉得这里怎么样？”小女孩的声音突然响起。

这时，唐纳德才发现，那些保镖不知何时已经离开了。现在这座大厅里，只有小女孩和自己。

“这里是？”

“这里是我爸的办公室。来，我带你去见他。”

“不用了吧。”他突然变得怯弱起来。

“不用怕，你是个好人。”小女孩一边说，一边向着一个角落走去，“我爸也是个好人，他把电流重新带回了人间，他乐于帮助那些身处困境的人。更重要的是，你现在不正需要他的帮助吗？”

唐纳德愣了片刻，接着像是突然醒悟过来似的，激动地说：“对啊，我正需要你们的帮助！”

“那么，你想要什么呢？或许我可以让我爸给你安排一份工作。”

“不，不不！你误会了。我只想要打个电话！”他在心里默念了一遍那个无比熟悉的电话号码。

“好啊。”女孩从身上随手掏出一部手机，递给了唐纳德。

唐纳德有些惶恐地接过手机，战抖着手指，在屏幕上艰难地拨出了那个一直萦绕在心头的号码。在按下拨出键的那一刻，他紧张得呼吸都停止了。

拨号声响起，可随后便立刻转换成了急促的忙音。唐纳德有些茫然地看着手机，在呼叫自动停止后，他立刻又拨打了一次——仍然是同样的结果。

“很正常。”小女孩接过手机，看了看，安慰唐纳德道，“事情发生了这么久，对方的手机应该早就没电了。就算有电，也不一定有信号。”

唐纳德沉默了半晌，无奈地叹息了一声。

女孩来到大厅角落的一扇大门前，按下了门铃。等待了片刻，却一直没有开门。“咦，怎么没人？”小女孩歪着头想了想，用手机拨了一个号码，还没等人接听便挂断了。过了片刻，一个穿着黑色西装的男子出现在大厅里。见到女孩之后，他立即躬身屈臂，同时对她做出了那个奇怪的姿势。

“圣女大人，有什么吩咐？”

“我爸呢？”

“教主和祭司现在正在郊外，做法求电。”

“你带我过去。”

“是！”黑衣男子说完，看了看唐纳德。

“他也一起去。”小女孩补充道。

唐纳德不得不放下心里的牵挂，重新回到这荒诞的现实中来。这种超现实的荒诞感，从见到小女孩的那一刻开始萌发，在今天的一系列事情中不断增强，在刚才听到“圣女”“教主”等称谓后，终于达到了一个极致。诡异的姿势，无处不在的图腾，森严的等级制度，隐秘的活动地点，这些不都是官方定义的邪教最常见的特征吗？

虽然恢复了供电，可世界真能回到原来的样子吗？他有些担心，就连眼前的小女孩，他看着都似乎变了个样子。

7

看见教主的那一刻，唐纳德隐约意识到，自己曾在哪里见过这个人。在记忆深处，似乎有一张相似的脸，但具体的背景却怎么也想不起来。

“我都听露丝说了，”教主笑着握住唐纳德的手，“你很善良，愿主与你同在！”说完，他双臂弯曲，向唐纳德表示敬意。唐纳德也试着以同样的姿势回敬。他现在才知道，那个小女孩叫露丝，而眼前的这位教主，正是露丝口中的“父亲”。从外貌来看，这位教主不过三十岁上下，或许他并不是露丝的生父？

此刻，他有一堆问题想询问面前的这位“教主”，但现在显然不合时宜，因为这位教主看上去有些心不在焉。他只和唐纳德简单地寒暄了几句，便转过身去，皱眉看着远处那块悬浮着的石碑。

唐纳德知道那是什么，他的心跳开始莫名地加快了。正是这些从地下冒出来的石碑，开启了漫长的黑暗时代。虽然这些石碑和停电的关系不明，但随着停电区域的蔓延，这些石碑也随之遍布整个地球，两者显然是有关联的。因此，很多人一看到这样的石碑，就痛恨不已，甚至愤而毁之——这当然没什么用，一块石碑毁掉后，很快又有新的石碑在原地出现。另外一些人，包括唐纳德，对这些石碑则感到恐惧，一种未知的恐惧。

在石碑周围，站着几个黑衣人，以及一个东方面孔的年轻人，也许是个亚裔。唐纳德好奇地看着那个年轻人。他在干什么呢？只是直直盯着石碑看，什么动作也没有，这就是所谓的“做法”吗？而且，这年轻人也太年轻了吧——虽然唐纳德不能准确判断亚裔人的年龄，但他几乎可以肯定，这人绝不超过十六岁。

这个未成年人，竟然就是这个神秘教派的祭司！而且，据唐纳德判断，这位教主对他显然相当重视，甚至可以说是依赖。

“木哥哥在干什么呢？”小女孩问父亲。

“他在做题呢。”

“不是已经做出题目，得到正确答案了吗？”

“唉，”教主叹了口气，显得有些无奈，“题目变了！”

从教主对女儿的解释中，唐纳德终于一点一点拼凑出了事情的原委。原来，在那石碑上刻着的文字，竟是一道题目，而且，只要在石碑上写下了这道题目的正确答案，石碑不仅会稳稳地降落到地面上，石碑周围一公里范围内，所有的电器也会奇迹般地恢复正常。依靠祭司解答出的正确答案，这位教主逐渐恢复了数个大城市的电力供应，也逐渐建立起绝对的个人权威。

而现在，他们遇到了一个新的挑战。之前，这附近所有石碑上的题目都是一样的，他们只要把之前得到的结果填在石碑上，就可以顺利地“解放”一片区域。可从昨天开始，这些石碑上的数字全变了。因此，印刻其上的，便成了一道同类型的新题目。而现在，年轻的祭司正为这道新的题目凝神苦思。

唐纳德对这位祭司的解题过程相当好奇。在他看来，既然是解题，总应该借助纸笔演算一下，即使是心算，也总是要查询一些资料才对。可这位祭司并不这样做，他的身边没有任何书籍和资料，手上也没有演算的纸笔。他只是木然地看着石碑，在唐纳德看来，这与其说是在解题，不如说是在发呆。

而教主虽然也很着急，却并不对这样的解题方式感到诧异。他的眼神里充满了坚定，仿佛对这一切有足够的信心。

看着这充满自信的眼神，唐纳德突然眼前一亮。他终于想起来自己在何时见过这位教主了。在多年前爆发的那次金融危机背后，政府调查出这其中有财团操作的迹象。那时，他便在电视和报纸上看到过这张脸。唐纳德依稀记得，因为没有找到确凿的证据，那些金融界的大人物似乎也没受到任何制裁，事情便这样不了了之。

他叫什么名字来着？唐纳德看着教主的背影，却一直想不起对方的名字……

—

THE ORPHANS OF RED PLANET

X

太空站

—

《2003年普通高等学校招生全国统一考试》

（化学试题）

37. 在宇宙飞船和太空站上工作的宇航员，在密闭的工作舱内需要吸入氧气，呼出CO_2，飞船内可以使用一种物质，它能吸收CO_2并产生氧气，该物质是________，其反应方程式为______________________________。

答案：Na_2O_2；$2Na_2O_2+2CO_2 = 2Na_2CO_3+O_2\uparrow$

1

索罗离开了，但高考还在继续。校长赵国强脱困以后，第一时间把王董关押了起来。可对于孙元一，他却并没有太过为难，甚至还让他继续担任试卷的评审组长。因为他向基地索要过孙元一的个人资料，结果让他有些吃惊。这个“263 计划”最早就是此人提出的，而且在这场全球事件的最初阶段就介入了调查，可以说对整件事情的来龙去脉有着非常清醒的认识。由他来继续监督计划的进行，真是再合适不过。

一个月很快就过去了，可这段时间内却再也没有学生能给出正确的解答。赵国强宣布延长高考时间——事实上，他也别无选择。更令人忧心的是，随着时间的推移，地面的支援越来越少，他逐渐意识到，地面的基地恐怕撑不了多久了。

而孙元一本人，在这段时间也陷入了迷茫。他知道自己被索罗斯骗了，不过这无关紧要，因为自己也得到了想要的结果——成功地来到了这所特殊的学校，见证了计划的实施，甚至在某种程度上见证了计划的第一项成果——

阿木的答卷。

这是计划实施后第一项有价值的成果，也是唯一一项。在高考开始后的每一天，当教务处收到试卷后，都会第一时间将答案发回到地面，让人将其刻到石碑上，观察是否会有反应。在此过程中，试卷会交由评审小组进行分析，试图从中梳理出某种潜在的逻辑，或者是让人眼前一亮的新的思路来。当然，交上来的答案大多是胡乱拼凑而成的，即使偶尔有一些看似有道理的解答提交上来，也从未让石碑产生任何反应。

除了阿木，没有任何人的试卷能够打动石碑。

那张试卷没有任何解答过程，只在最后写了一个简单的数字作为答案。孙元一看到这张考卷，毫不犹豫地将其归入“毫无价值”的那一类。那几天收到了很多这样的试卷，结果都是徒劳无功——很多学生只是胡乱蒙一个答案，试图碰碰运气罢了。可很快，惊人的结果反馈了回来。阿木那张试卷上的答案很可能是正确答案！因为，写上那个答案后，周围的电器竟然全部恢复了正常。

孙元一第一时间赶到教室，把阿木叫了出来。他急切地想知道，这个答案是怎么计算出来的。可让他大跌眼镜的是，那个学生除了说一些令人莫名其妙的呓语外，竟一点也说不出自己答题的推演过程和逻辑来。他一度怀疑这个学生只是随便蒙了一个答案，可是，这不是选择题啊！有人竟然能在一个毫无头绪的填空题里蒙对答案，可能吗？

从那以后，孙元一就为这张答卷着了魔。他想通过答案反推解答的过程和逻辑，可却一无所获。他尝试了很多手段，但没有一个让他满意。之后，他逐渐沉迷在了这种逆向推导的尝试中，连吃饭的时候都对着试卷，一个人喃喃自语。在赵校长找他谈话前，他根本不知道索罗已经偷偷带着阿木离开了学校。

“我要回去，”他对赵校长说，“那个叫阿木的学生很重要，我有些问题还想要再找他确认一下。”

“回不去了。”赵国强叹了口气，“太空站唯一的小型飞艇被他们开走了。我已经向地面基地申请，让他们发射一批新的客运飞船过来。”

“那要等多久？”

“我也不知道。以前的时候，每隔一个月就有来自地面的补给飞艇在太空站停靠，可到了现在，什么都不好说了。你也知道，现在的地球是个什么光景。”

“那太空站的物资……”

“物资倒是够用的。上次的补给船是两艘大型货运飞艇，补充的物资足够我们一年使用了。我现在倒是担心基地那边——如果连基地也沦陷了的话，我们就真成无根之木了。”

话虽如此，赵国强对基地还是充满信心的。因为基地建设在距离市区较远的山区，其电源不仅与外部的电网完全隔离，更在内部构造出了几个互相独立的供电区域——即使某个区域出现停电的情况，基地也可以断臂求生，不至于在短时间内完全沦陷。更何况，在基地的外面，还有两层坚不可摧的防御体系。最外面的是一圈护城河，河面宽一百米，足以阻止那些诡异的大火燃烧进来。其后是一个由高强度高分子材料制成的透明双层穹顶，两层穹顶之间的空气被抽出，形成了一个真空的隔离区，这是为了防止所谓的“停电病毒”通过空气传播进来。虽然这样的猜测让人有些啼笑皆非，也从没发现类似的事情，但停电区域的飞速蔓延已经让人类变得风声鹤唳，再小的可能性也要想办法杜绝。况且，不久之前，基地还发生了一起难民涌入事件，安保团队调查后发现，是有人在暗中引导和提供支持。从那以后，基地的防卫就更加强化了。

他这样说的目的，是为了强化孙元一的紧迫感。毕竟，这个计划早一天取得成效，地面就能早一天恢复正常。在赵国强的心里，他其实根本不担心太空站会出什么问题。

会有什么问题呢？他想，在离地三万五千多公里的轨道上，除了空旷而冷寂的宇宙空间，难道还有什么别的东西能威胁到太空站吗？

在当下，太空站可比地球安全多了！

2

五月底的时候，期待已久的补给船终于来到了太空站。这次送来的补给品总量非常可观，甚至有空间站现在紧缺的大量原材料和电子设备。可惜的是，这次的补给船只是一艘单纯的单向货运飞船，并没有返回舱，孙元一想要回地球的愿望还是落空了。

然而，谁也没有想到，伴随着补给船的到来，一场巨大的灾难，正在太空站的内部悄然酝酿。

补给船到达三天后，第一个异常的征兆在表面电位监控室出现了。表面电位监控室由一个几乎完全自动化的系统管理，平时没人驻守，只在每天下午五点，一位工作人员会来监控室，打印出今天的电位监控记录，然后签字存档。

要知道，所谓的表面，指的当然是太空站的外表面。这个庞大的圆筒状巨物，其表面因为暴露于宇宙空间中，长期受到外来的带电粒子和光子的撞击，会不可避免地带有一定的表面电位。特别是在地球发生地磁亚爆[1]期间，地球同步轨道上的等离子体云的数密度[2]大幅上

---

1. 在太阳风与地球磁场的相互作用下，对地球磁场造成扰动的一种表现。亚暴期间，地球磁层尾部的等离子被太阳风粒子加热后，会经过对流、扩散和注入等过程进入同步轨道附近，是轨道上的航天器遭受空间静电放电等故障的主要环境因素。
2. 单位体内的数量。

升，达到每立方米几百万个的惊人程度！在这种时候，在同步轨道上运行的太空站，便会受到环境中的高能电子的影响，具有几万个电子伏的高电位。这种情况下，外壳上的天线或者其他支架便很容易发生击穿放电[1]现象。当带电粒子沉积到内部电路上后，还会干扰内部电路的正常运作。因此，监控并调节太空站的表面电位，便是一项长期而重要的工作了。当然，这种调节是完全自动化的。

那天，当监控员打印出二十四小时内的表面电位的时间分布图后，立刻发现了问题：在之前的几个小时里，表面电位持续不断升高，最后几乎达到了一个可怕的程度。之后，他调出了空间环境中的离子数密度监控记录，发现之前这段时间并没有出现大规模的离子风暴。

这种情况让他摸不着头脑。

太空站的电位调节系统，灵敏度和反应速度是很快的，在之前的几次大规模地磁亚爆期间，表面电位也一直维持得很好，涨落一般不超过十个电子伏。今天是怎么回事？他一度怀疑是电位测量系统出了问题，经过仔细地检查后，他又排除了这种可能。

接下来，他注意到了另一个奇怪的现象。在太空站表面的天线上，他测到了高达一千多万电子伏的电位。如此高的电位本不应该存在，因为当沉积电荷达到一定程度后，介质中将会发生击穿放电，从而释放一部分电荷。可是击穿放电显然没有发生，这令人完全无法理解。除非介质的介电常数和电导率发生了异常的变化，他想，但是这怎么可能呢？

他低着头，对着手中的数据冥思苦想，始终想不通是哪里出了问题。这时，他本应该立刻通报控制室，请求技术支持，但长期处在这

1. 在强电场作用下，电介质丧失电绝缘能力的现象。

种枯燥的边缘岗位上，他早已失去了应有的警觉之心。他不觉得这是什么紧迫的事情，而且这种事故上报后，必然会影响他的工作绩效和评价。因此，他决定暂且不管这异常电位的事情，先去食堂吃个晚饭，然后再回来检查到底哪里出了问题。

因此，他犯下了一个巨大的错误。由于他的判断失误，直到这个危机蔓延到更大区域后，才最终被其他人发现。

在离电位监控室一公里远的地方，是空间碎片应对中心。即使在同步轨道上，也有大量的飞船残体或者剥落物，它们与宇宙中的流星粒子一起，无时无刻不在威胁着太空站的正常运行。在太空站表面有一层网状双缓冲屏——那是一个由外侧的网状金属屏和内侧的陶瓷纤维防护屏共同构成的防护系统——可以保护太空站在绝大部分的空间碎片冲击下不受损伤。即使如此，仍然需要防备那些超出缓冲屏保护能力的大颗粒碎片——在判定其将要撞击太空站后，将提前以高能激光束将其气化，或者派出小型推进器将其推离既定轨道。

在那位电位监控室值班人员的吃饭时间里，空间碎片应对中心也发生了异常的情况。首先是一些传感器出现了问题，接着，大量的激光产生装置工作异常——激光介质发生了未知相变，脉冲激励光源无法启动，反馈调节装置失效。就在人们准备对激光器进行检修的时候，大量电路陆续出现中断迹象，电压急剧降低。

最后，监控室里的显示屏全部黑屏——整个中心都停电了。

这里距离太空站的离子推进控制室很近，因此在不久以后，离子推进控制室也开始出现异常的状况。这是一个极其重要的功能区，它负责对太空站的旋转角速度进行推进调节，是太空站最主要的动力系统，也是“人工重力”的调节中枢。不同于早期广泛使用的化学推进系统，这种电推进系统的喷出物质是高度电离的低能高密度等离子体。

这个太空站开始建造的时间是几十年前，那时候的离子推进技术还没有现在这么发达，因此其主要采用的还是古典的氙离子推进器。当推力器工作时，空心阴极发射的电子在正交电磁场的作用下与从阳极气体分配器出来的氙原子碰撞，产生出一价氙离子和二价氙离子，然后在电场的作用下高速喷出产生推力。这样的推进器通常安装在太空站的边缘，因此其推力会产生一个相对于轴线的旋转力矩，以维持这个庞大的圆筒一直匀速旋转下去。

晚上六点半，第一个氙离子推进器出现功率下降的现象，从那时到所有推进器停机，只用了短短的半个小时。

直到这个时候，相关的报告才终于提交到了总控室，并很快汇总到了校长办公室。等赵国强赶到总控室时，那里已经变得和一个黑漆漆的地下室没什么区别了。所有的灯光都因停电而熄灭了，连应急灯也不例外。

“太阳能帆板呢？”赵国强急切地问。

“也失效了。”总工程师一边抹汗一边慌张地回答道。

“那备用能源还有什么可以用的？”

“只有几块燃料电池还可以正常运作。”

赵国强感到一阵眩晕。电力系统的异常，导致动力装置的失效，这不仅意味着整个太空站失去了机动的能力，将使他们在太空中的危险性大增，而且还意味着太空站无法继续弥补在各种扰动中耗散的旋转角动量。也就是说，不久之后，太空站表面的人造重力将逐渐减小。

上次那样的“地震”又会重演。

瞒不下去了，他想，这次编不出任何理由了。

可是，一旦让学生们知道学校所在地的真相，没有谁还会继续心平气和地参加考试了吧？

难道“263 计划”就这么不明不白地夭折了吗?!

在沮丧中，他突然一个激灵，冲着所有技术人员大声喊道：“赶快隔离生活区的电网!”

他终于意识到发生了什么！为什么自己会如此大意啊——这可不是什么不明不白的意外，而是一个必然的结果——“病毒”传染过来了!

3

当石碑从教学楼间的灌木丛中缓缓升起时，所有的学生和老师都走出了教室。他们看着这不可思议的景象，震惊得说不出话来。

“那玩意儿到底是什么?”文仔坐在孙元一的面前，竭力让自己冷静下来。他发现自己似乎问了个极为奇怪的问题，因为对方一听到他的话，便露出了一脸苦笑。

孙元一的办公室里，杂乱地堆满了各种打印出来的论文和图纸。这些纸张有的收拢在文件夹里，有的用曲别针随意地夹了起来，有的则用订书钉整齐地装订着，上面还贴着各种颜色的便利贴。看着虽然很乱，但是他却总能在需要的时候，准确而迅速地找到需要的资料。他看了看结伴来到办公室里的文仔、陈松和古河，伸出右手，从桌上的小木抽屉里取出了一份资料，翻动几页后，将资料摊放在了他们面前。

“我听索罗说起过你,”他没有回答文仔的问题，只是把手上的文件向前一推，“你之前在中科大少年班？”

文仔嗯了一声，接过文件，迅速扫了一眼标题：

The Metal–Insulator transition induced by an endogenous AFM order.

内源反铁磁序驱动的金属–绝缘体相变。他迅速在脑子里将其翻译成了中文。可那是什么意思？

“你知道能带理论吧？”他示意文仔直接看文件上的一个相图，“在传统的能带理论里，我们忽略电子之间的库伦相互作用，只考虑单电子与晶体的周期结构之间的相互作用，从而得到了固体的能带结构。在很多时候，能带理论的应用都非常成功，根据计算出的能带，我们知道了哪些材料是金属，哪些材料是绝缘体，还有哪些材料是半导体。尽管如此，在一些特殊的材料里，能带理论的应用却遭遇了挫折。比如氧化锰，根据能带理论计算的结果，它应该是一种金属，可它又是一种能隙很大的绝缘体！后来我们知道，在这些材料里，电子之间的库伦相互作用极其重要，正是它导致材料中出现了很多用能带理论无法解释的现象和物理性质……”

“我想，你说的是强关联电子体系吧？”文仔接过话头，“我知道这是一个很困难的研究领域，并没有深入涉猎。”

“孙老师，我们只是想问问，那块石碑怎么能飞起来呢？”陈松趁机插嘴道。

“是啊是啊，”古河也忍不住问，“现在地球上到底发生什么事了？和那块石碑有关系吗？”

孙元一挥了挥手，让他们先坐下来。但他仍然没有回答他们两人的问题，而是接着刚才的话题继续讲了起来。

“十八世纪的科学界里，很多人相信决定论。他们认为，世界就像一个时钟，万物都像钟表的齿轮一样走动。当整个宇宙在某个时刻的状态被测定后，他们就可以通过运动方程来计算出其后所有时刻的状态。现在我们当然知道，这是完全错误的。除了量子力学给了它迎头一击之外，即使在经典力学的范畴，那也是办不到的。有的体系精确依赖于初始条件，微小的偏差就会导致结果呈现出巨大的差异，这就是所谓的混沌系统。可以说，它从一个侧面否定了决定论。另外一个对决定论补刀的，便是多体系统了。如果一个体系由很多物体构成，而且这些物体之间彼此都有相互作用的力，那么这个体系的求解难度将随着物体数量的增加而急剧上升。事实上，即使这个体系只有三个物体，其求解的难度也是极大的，比如天体力学里的‘三体’问题……”

“《三体》？”古河眼里放着光，“这个我看过，刘慈欣的大作！”

“他说的不是科幻小说。”文仔连忙解释道。

孙元一不以为意地笑了笑，继续说道：“这就是在传统的能带理论里为什么不考虑电子间库伦力的原因了。你想想，在一般的固体材料里，有多少电子？那是以摩尔为单位的数量级啊，如果要考虑它们之间的库伦力再严格求解的话——即使只做数值计算——就算用全宇宙的物质制作出一台超大型计算机，肯定也算不出结果来。”

“那对于强关联电子体系，岂不是没办法研究了？”文仔问道。

“精确解是不可能了，但可以根据一些简化的模型来进行研究。比如，研究 Hubbard 模型后就会发现，在这些强关联材料中，随着电子间库伦关联的增强，体系会从金属突然变成缘体，这就是所谓的‘莫特相变’。”

“这个什么‘莫特相变’和今天学校里发生的事有关系吗？”陈松急迫地问道。

“当然有关。”孙元一终于正面回答了这个问题，“你们应该听说了吧，太空站的控制系统发生了大规模的断电现象，知道原因是什么吗？”

所有人都没有说话，只是认真地看着孙元一。

“那正是因为这些体系中的导电材料发生了莫特相变，从金属变成了绝缘体。你可以这么理解，所有电路中的那些铜线啊、铝线啊，通通变成了木头，那这电路还能继续运行吗？”

“这怎么可能？”文仔一脸的不可思议，“金属导体怎么会莫名其妙地发生这种相变呢？而且据我所知，造成金属—绝缘体相变的原因有很多种，比如金属中出现的杂质和缺陷，也可能导致其变成绝缘体。你凭什么断定是发生了莫特相变？”

“这是我刚从控制室的电路里随便取出的一根导线，”孙元一晃了晃手中的铜线，“我用 ARPES[1] 测量了它的能谱，再结合动力学平均场理论估算了它的电子关联强度。计算结果表明，其中的电子关联强度远超正常水平，由此证明，这种金属—绝缘体相变极有可能是莫特相变。

“另外，还有另一个证据支持我的猜测。”孙元一用手指着论文上的一个图，示意文仔看一下。文仔发现，那是某个材料的内部磁序的实空间分布图。从图上可以明显看到，在这种材料的内部，不同格点处的磁序是交替反向分布着的。文仔知道，这种特殊的分布在磁学里叫作反铁磁序。

“看到了吧？材料内部出现了反铁磁序，这本是铜导线中绝不可能出现的。可是，研究强关联体系让我们知道，一旦体系中的关联强度超过某个程度以后，体系中便会自动形成这种反铁磁序。由此反推

---

1. Angle resolved photoemission spectroscopy，角分辨光电子能谱。

回去，不也是对我刚才所言的又一个印证吗？”

文仔若有所思地看着论文，一时竟呆住了。在这突如其来的静寂中，古河突然发问道：“那块悬空的石碑，也是因为发生了这种相变？”

“不，不不！”孙元一连忙否认道，“形成了反铁磁序的物体，从其整体来看，是因为内部磁序方向相反，互相抵消，所以宏观上并没有磁性。外面的石碑，当然也在其内部形成了磁序，但却不是反铁磁序，而是铁磁序！这种情况下，每个原子上的磁序都沿着大致相同的方向，因此不会相互抵消，从宏观上来看，它便具有了磁性。事实上，石碑和它下方的地面都发生了类似的变化，产生了铁磁序。简单来说，石碑和它下方的地面，可以看成是两个同极相对的磁铁——现在知道它为什么能悬浮在空中了吧？”

古河突然想起衣柜里的悬浮音响。

“可是，那是石头啊——怎么就突然变成磁铁了呢？”陈松还是觉得不敢相信。

“问得好！”孙元一突然用力拍了下桌子，“事实上，这所有的问题，都跟磁序息息相关。在有的物体里，形成了反铁磁序，从金属变成了绝缘体；而有的物体则产生了铁磁序，获得了可以悬浮在空中的磁力。究其本质，到底是哪里出了问题呢？”

文仔慢慢地抬起头来，皱着眉头看着孙元一，有些迟疑地说：“磁序跟电子的自旋排布有关，可是……在没有外来因素影响的情况下，电子自旋的排布怎么会突然改变了呢？”

孙元一哈哈大笑，就在古河等人感到莫名其妙的时候，笑声却戛然而止。他突然板起了脸，一字一句认真地说道：

“那是因为——那些电子都活过来了！”

4

阿木终于醒了过来，仿佛刚从一个漫长的梦中挣脱出来。

在那个奇诡的梦里，他变成了一台无喜无悲的机器。无数的试卷和辅导书被机器吞了进去，然后被暴力地撕碎、分解、消化，最后成为机器的一部分。肌肉和血液在逐渐硬化，身体的热度一点点消失。从口鼻中吸进的不再是氧气，而是无数裂解的黑点——仔细一看，那黑点有的是有机物的分子式，有的是歪歪扭扭的力学公式，有的是模糊不清的三角函数，有的是密密麻麻的细胞器结构和功能图……无数黑点弥散在空气中，在阳光下跳跃着，撞击着他的身体，从每一个毛孔渗透进去。

黑点进入了他的每个细胞，重组了他的 DNA[1]，改造了他的身体。他的胃变成了一个齿轮，脊椎变成了坚硬的轴承，四肢是凸轮和连杆，血管则变成了传动的皮带。

在那个梦里，他仿佛患上了选择性失忆症。他对很多事情逐渐失去了兴趣。他不再穿上球鞋去绿茵场上奔跑，也不再为曾经喜欢的摇滚音乐驻足倾听。本来就不常联系的家人，更好像完全从脑海中消失了。即使是现在，在他的回忆里，亲人的样貌和神情仍是一片模糊。

他唯一的目标，或者说这台机器唯一的任务，就是做题，做更多

1. Deoxyribonucleic acid，脱氧核糖核酸。

的题。把印着黑色铅字的试卷揉成一团，吃进肚子里，产出一条用红笔打着分数的排泄物。

在近腾时，他并没觉得这有任何不对，恰恰相反，他对这一切习以为常。但离开学校返回地球后，他反而不适应了。再也没人让他带着电击项圈上课，也没人把他摁在水里做题了。他觉得很迷茫，不知道如何是好，成天坐着发呆。

自己是何时变成这副模样的呢？

他撸起袖子，露出手臂上那道如蛇一般隆起的疤痕。童年带给他的几乎全是痛苦——嗜酒如命的父亲，一喝醉就砸家里的东西，打起家人来毫不客气，简直像个疯子。而好赌成性的母亲，则成天泡在麻将馆里，借钱也要打牌。在大部分情况下，自己放学回家后，家里都空无一人。唯一对自己还不错的，就只有大自己七岁的姐姐。大概也是因为厌恶了这个家，姐姐很早便嫁了人。从那以后，这个家里唯一的暖色也消失了。

从初中开始，自己便申请了住校。如果不是迫不得已，一般都不愿意回去。每次回家，全是因为要交学费，或者生活费即将见底。自己上初三那年，父亲因醉酒摔进了路边的水渠，从此不得不依靠轮椅生活。他对父亲坐轮椅的画面记忆犹新。那熟悉的面容竟然变得无比沧桑，头发一夜之间也白了一大半。

“阿木啊，你回来啦。”那是长这么大以来，父亲第一次亲切地跟自己打招呼。

他愣了一下，然后毫不理睬地绕过父亲，径直回了自己以前的房间。

“你爸现在已经戒酒了。”母亲对他说道，“你有时间多陪他说说话吧！”

“凭什么？”他的眼里有一块封冻的寒冰。

的确，父亲不再喝酒了，性格也变了很多。但父亲每次主动和他搭话时，他都冷漠以对。倒不是说心里还有多少恨意，更像是长久以来的互动模式的惯性还未消除。

在这样的家庭生活和成长，阿木从小便格外内向。他不仅很少和家里人说话，与同龄的孩子也极少交流。他自己给自己写信，然后再给自己回信。上体育课的时候，他总是偷偷躲在厕所里，不想去操场。因为体育课上总要进行一些集体活动，他对任何的人际关系都心怀畏惧。

无聊的时候，他就翻开课本发呆。渐渐地，他开始对课本无比熟悉，连每一页的插图都清晰地印在了脑海里。大概是因为初中的考题还是比较依赖知识的记忆，他的成绩越来越好，最后竟考上了近腾高中,并且享受了政府奖励的补助金。报考这所高中的原因只有一个——因为它实行全封闭式教学，而且整个高中三年都不用回家。

大概从那时开始,他就逐渐进入了那个自己想象出来的噩梦中吧。

现在想来，颇有些不可思议。那段时间，他几乎完全封锁了内心，虚构出一个坚固的金属外壳，只为获得一种虚幻的安全感。

因此，就算索罗将他带回地球，他也完全没有想回家的念头。但最近，他心中的坚固外壳逐渐消融了。

露丝经常找他聊天。他知道她是索罗的女儿。刚开始，他对露丝说的话毫无兴趣，而且通过翻译器发出来的声音，总显得生硬。露丝喜欢骑着电摩在公路和原野上飞奔，她经常提起见到的新鲜事——哪里又发生了暴动，哪里的野牡丹开得很漂亮，偶尔也自豪地提起政府军的战绩，说起那些在她父亲的领导下重回光明的人……

有一次，她好奇地问他，那些石碑上题目的答案，是不是真是神明告诉他的？他很想说不是，因为他很清楚，并没有什么神灵，自己也不是什么祭司。这些东西都是索罗编造的谎言，为了更好地控制民众和军队。可他无法解释那些答案是如何得到的。那些身体中的齿轮，以一种他无法理解的方式转动着，无数知识的碎片融成了燃油，在他的头颅中被点燃，如汽缸中的柴油，推动着机器不停地运转。他只好含糊地应对了几句，承认自己确实是个神使。

几天后，当露丝再次邀请他一起骑车出去时，他终于点了点头。这是他回到地球后，第一次离开居住的小屋。虽然只是在公路上飞驰，可在他的世界里，他先是在一眼望不到尽头的黄沙之中疾驰，从日出到黄昏，然后他看到羚羊从水花四溅的急流上一跃而过，两侧是被水流侵蚀的高耸峡谷。他看到夕阳下的雪山，通体发着红色的微光，如异兽般沉默地盘踞在原野上。偶尔也可以看到荒芜的小镇和废墟般的城市，藤蔓爬满了垂直的水泥高墙。

他感觉有某种东西松动了。机器的核心开始齿轮松脱，轴承空转。他感觉自己像是从一个漫长的梦中惊醒，很多尘封已久的东西开始随着记忆泛起，如同死寂的大海中忽然升起一座岛屿，整个世界重新变得鲜活起来。

“我不想再做题了，”他对索罗说，“送我回中国，送我回家吧。”

索罗沉默着，没有点头，也没有摇头。

“我会送你回去的，我保证。但不是现在。”

5

生活区和教学区只坚持了三天就沦陷了，整个太空站九成以上的区域陷入了停电的困境之中。

在此之前，校长赵国强召开全校师生大会，通报了这次停电事故，同时也说明了学校所在地的真相。从那天开始，学校正式停课。学生们被要求待在自己的宿舍里，静待地面基地派来大型救援飞船。

“大家放心，我已经和基地取得了联系，马上就有救援的飞船到达。”他仍然表现得很镇定，“我们还没有输！”

他并没有说谎。当基地得知学校的情况后，立刻承诺马上派飞船来接学生返回地球，但他心里清楚，现在基地也正处于极端困难的境地，恐怕不具备马上发射大型船舰的能力。最好的情况也仅仅是，让学生分批搭乘中型飞艇返回，但基地是否有能力执行这种连续发射任务，也令人存疑。可就算基地拼尽全力救援，时间也来不及了。因为，即使每隔一天就发射一艘可以装载一百人的中型飞艇——这已经是相当频繁地发射了——要完成全部转移任务，也需要几个月的时间。而停电之后的太空站，大概要不了一个月，其生态系统就会崩溃。那时，大气成分会变得不适于呼吸，温度也会骤降到零下几十度。

但这些就不能对学生讲了，现在要极力避免恐慌。他想，其实最好的解决办法就是恢复太空站内的电力。这并非是没有希望的——他从基地提供的资料中得知，在美国的一些地区，情况已经开始好转，但细节尚待核实。据传言说，在美国，一个神秘人物成功解答出石碑上的题目，从而让周边地区恢复了供电。在这样的神迹之下，他的名声迅速传播开来。在连续让几个城市恢复电力之后，他的声望更加卓著，甚至有人宣称，他其实是上帝派来拯救人类的使者，现在每周就有上百万信徒前来朝圣。之后，他不知用何种手段，竟取得了政府军的控制权。而这个人，便是前金融大鳄索罗。赵国强一看这个名字瞬间明白了一切，他为何要偷偷潜入学校，为何要提前进行高考，为何要带走那个叫“阿木”的学生，以及如何在众多地区恢复电力。

他让技术部门仔细调查了这次停电事故的全过程，特别是最先出现异常的监控室。不出所料，在事故前一天，监控室的一个温度传感器意外损坏，便更换了一个由补给船新运来的传感器。进一步的调查显示，那个传感器正是灾难的源头。随后，补给船上的全部物品都被隔离检查，结果令人震惊：飞船上几乎所有的电子零件都出现了局域性的绝缘相变。很显然，这艘飞船已经被完全“感染”了。

令人疑惑的是，工作人员发现了一个并未出现在物资清单上的电子元件。

在事故报告中，调查人员认为这是基地装载货物时出现了纰漏，但赵国强从不相信巧合。他几乎可以肯定，这一定是有人故意将其藏在货舱里的——一个精巧的特洛伊木马！是谁干的呢？除了索罗，他想不到其他人了。他的动机再明显不过：把太空站除掉之后，“263 计划”无疾而终，他就成了这个世界上唯一的“电力之神”了。

这就是战争啊。

只可惜，唯一解出过正确答案的那个学生已经被索罗带走了。

现在他唯一的希望是，在太空站的生态环境完全崩溃之前，有学生能再次解出石碑上的古怪题目。之前的答案已经毫无用处了，因为现在出现在石碑上的题目，已经变成了另一个。在上课的最后一天，这道题写在了黑板上，让大家抄题之后带回寝室。

这道题就成了新的高考题。

很多老师觉得这毫无意义，因为在公布真相后，大部分学生都已无心解题了。他们为自己的处境恐慌不已，甚至有人开始在绝望中做出很多极端的事情。在这样的校园氛围中，学生很难保持解题所需的良好心态。但也有另外一种可能，一些老师提出，在极端的压力下，说不定能激发学生的潜能，所谓背水一战，说不定反而会有意外的收获。

就这样吧。

赵国强走出空无一人的教学楼，看着天幕上那仅剩的几根照明条，突然觉得有些心灰意冷。几天之后，当所有的照明条都断电，太空站将陷入彻底的黑暗之中。那时候会发生什么呢？或许可以打开侧面的遮光板，让一些阳光透进来，但作用不会太大，聊胜于无罢了。有人可能会点燃木材或其他东西来照明，但必须阻止这种行为——在空气循环系统失效后，氧气就成了不容浪费的宝贵资源。

可是，那时候的自己还能控制住学校的场面吗？

他缓慢地行走在教学楼前的林荫道上，不知是真实的还是幻觉，那一向稳重的步伐似乎变得有些轻飘了起来。

6

天幕越来越暗，现在的光线，看上去就像是在月明的夜里，一切都显得影影绰绰，极不真切。在这样的暗夜里，石碑静静地悬浮在空中，那刻着题目的印痕还发出淡蓝色的荧光，看着格外醒目。

“这题目和之前好像也没有多大差别。”陈松站在石碑前面，仔细地看了半天。

“确实，应该是同一类问题，只是把数据改动了一下。”文仔点头认同道，“可惜啊，要是没有改动的话，我们就知道答案了。”

“32.7。”古河补充道。

“也就是说，只要我们把正确答案写在这石碑上，电力就会恢复？”

“根据我得到的资料，确实是这样。”孙元一和几个学生围在石碑的周围，停顿片刻后，他又补充道，“填写答案的区域与周围的石碑有着截然不同的柔软质地，直接用手指就能划出痕迹，像在沙滩上写字一样。”他说着，用食指在题目后的一个空白处划了一道竖线。

很快，石碑做出了反应。它发出一阵黄色的辉光，然后这道划痕便消失无踪了。

“这意味着答案是错误的。”孙元一解释道。

石碑周围的灌木丛已经被铲掉，现在这里成了一片平地。前几天还有很多学生来围观，但现在这里已经变得空空荡荡，格外冷清。不远处的学生宿舍里，偶尔有火光亮起，应该是有人点燃了书本和试卷。

这么做的目的，不仅是想要从黑暗手中夺回一点光明，更是对之前的校园生活的一种反抗。学校虽然已经下了严格的禁火令，但在这种情况下，禁令已经很难被彻底执行。

“现在，整个地球都变成这样了？”古河终于问出了三人最关心的问题。

“差不多。有些城市和基地还在勉力维持，但大部分地区已经沦陷，回到了电力时代之前的岁月。”孙元一顿了顿，像是为了鼓励他们似的说道，“但北美地区已经有复苏的迹象了，我相信那全拜阿木同学所赐。可惜啊，我到现在也没有弄清楚他是怎么计算出正确答案的。”

“所以，问题的关键还是如何解出石碑上的题目。”文仔话锋一转，“可你们想过没有，如果这些石碑是外星生命的造物，那它们向我们展示这些石碑，到底有何用意呢？既然我们现在对这些题目一筹莫展，为何不从这个角度思考一下？也许会有新的启发。”

“我在危机处理小组的时候，曾经参加过几次这样的研讨会。”孙元一回忆道，“意见很杂，基本上没有取得什么共识。在最基本的问题上——判断石碑的出现是善意还是敌意——大家都有巨大的分歧。大部分人都认为不怀好意，因为石碑上的很多科学理论明显是错误的，但也有一部分人，包括我，认为这其中别有深意，又或许是源于某种沟通上的误会。”

“我看外星人是不怀好意，”陈松插话道，“要不然干吗把我们的电给停了？或许它们的导弹马上就要打过来了。”

“外星人都这科技水平了，哪儿还用得着导弹？”古河反驳道。

“我也觉得这些石碑的显现，并无恶意。”文仔分析道，“相反，我觉得其中反而有一种求助的意味。你们看，这个图里的黑点——我认为是星舰群——明显正处于某种危机之中，外星人想要逃离画面左侧这个危险的恒星。而下面第二个散点图，其目的应该是标注出它们所在星系的位置。第三幅图则给出了最后的问题，那就是要使外星人的飞船脱离危险区域所需的能量。我们不妨大胆设想一下，这个题目或许并非出于单纯的设计，而是反映了这个文明的现实处境。”

“你是说，外星人想要通过这种方式向我们求助，让我们帮它们脱离险境？”

“那干吗断我们的电？”陈松还是不认同。

“为了给我们某种激励，或者，也可以说是一种胁迫吧。”

“那外星人真是太高看我们了。”陈松苦笑着说，“且不说我们根本就不知道外星人在哪儿，就算我们知道了，远水也救不了近火啊！我看纪录片上讲，现在人类所能踏足的最远的地方，也不过是火星而已，行星探测器也都是在太阳系内活动。总不可能这些外星人和我们一样，都在太阳系里吧？——那我们早该发现它们了！”

“这不就是太阳系吗？”古河突然跳了起来，他看着石碑上的第二幅图，那幅在陌生星系上覆盖着的散点图，“你们看看这些散点……这个，这个……还有这个，它们之间的位置和距离，是不是和太阳系内部的五大行星很接近——不，我敢肯定，那就是太阳系的五大行星！”

另外几人都被古河的话所感染，不约而同地靠近石碑，仔细观察起来。不一会儿，陈松便嚷了起来：“照你这么说，根据图上标注的位置，那些外星飞船岂不就在火星附近？你看，不就在第四个散点那里？”

众人都没回应陈松的话。文仔和孙元一都低头沉思着，时不时地抬头看一眼石碑，面露疑惑之色。

古河用手抚摸着石碑的表面，对一个个散点的位置进行着确认。他越来越觉得自己的判断是正确的。因为喜欢看科幻小说，太空歌剧类的科幻作品他也看过不少，为了更有代入感，他还特别查找过许多关于太阳系各大行星的资料，几乎对其如数家珍。在某个时刻，他觉得自己已经进入了石碑，化身为那些处于危急关头的外星生命，正驾驶着飞船向外逃离。在那一刻，每一个飞船的图像都突然变得鲜活起来。

突然，一股刺眼的光芒在古河的眼前闪耀起来。那光芒遮蔽了他所有的视线。接着，周围的一切都消失了，自己仿佛悬浮于一个空无一物的奇妙空间中。

一个新的世界逐渐展现在自己的眼前。

THE ORPHANS OF RED PLANET

XI

逃　亡

《1994年普通高等学校招生全国统一考试》

（历史试题）

26.《汉谟拉比法典》中规定：“自由民于原野捕到逃亡之奴婢而交还其主人者，奴主应以银……酬之。”这条材料可以用来说明（　　）

A. 奴隶不满于自己的非人地位

B. 奴隶是奴隶主的私人财产

C. 自由民可以买卖奴隶

D. 债务奴普遍存在

答案：AB

1

电神祭典每周举行一次。

届时，全城的信徒在黄昏来临前就会从家里出发，聚集在中心广场上。广场中央，耸立着一根巨大的黄铜色圆柱，其顶端是一个银色球体。人们友好地互致问候，盘腿坐下，静静守望着圆柱，神态虔诚而安详。

当太阳的最后一丝光芒从地平线上消失，一种凝重的氛围开始笼罩在人群之中。这时，教主便会缓步来到圆柱边上，挥动手中的法杖，念起祷词：

“伟大而仁慈的神啊，请饶恕我们的罪！我们曾经多么狂妄，试图主宰一切。我们滥用宝贵而神圣的神力，以致堕入邪恶的深渊。我们知道您洞察一切，因而降下黑暗惩罚我们。但我们亦深知您的宽容与慈祥，您的惩诫不过转眼之间，您的恩典乃是一生之久。当我们向您呼求的时候，您就应允我们，重新赐予我们宝贵的神力。神啊，您若究察罪孽，谁能站得住呢？但您有赦免之恩，要叫人敬畏您。您没有按我们的罪报应我们。父亲怎样怜恤他的儿女，神也怎样怜恤敬畏他的人。万能的神啊，我们将从此依赖您，敬畏您，领会您的心意。在这暗夜将至之时，请您赐下神力，让我们仰望您的恩赐吧！”

教主高高举起法杖，然后猛地挥下。与此同时，从圆柱顶端的银色球体上，一道道闪电激发而出，降落在四周带有金属尖端的物体上。

在这紫蓝色闪电的辉耀下，人群纷纷将双手交叉置于前胸，手臂做出闪电般的弯曲姿势。他们闭上双眼，低声祈祷着。

一般而言，仪式会持续一分钟。在这之后，街道两旁的路灯会以广场为中心，渐渐向外亮起，象征神恩广播四方。而人们则会在祷告完毕之后，有序地离开，或者来到教主的面前，亲吻他的双足。

在信徒的眼中，教主就是神在人间的化身。没有教主，人们就无法领会到神的旨意，也就无法得到神力的恩赐。

但是这天，祭典活动上却出现了一个插曲。在祭典即将结束的时候，一个穿着褴褛西服的中年男子突然从外面冲了进来。他手里举着一块石头，口中疯狂地大喊道："你这个骗子！你们听着，他是个骗子！发出闪光根本就不是什么神力，只是一个特斯拉线圈，一个特斯拉……"

话音未落，就有人上前把他给扑倒，夺去他手里的石头，然后把他扔出了广场。他一边挣扎一边还继续高喊"特斯拉线圈"，直到有人用胶带把他的嘴封住，广场上才恢复了平静。过了片刻，有人附在教主的耳畔悄声说了些话。教主一直保持着微笑，点了点头，示意教众平静下来。

"恶魔终将现形！大家无须惊慌。我们只要虔诚地敬畏神，神的仁爱就会永远伴随着我们。"

人群终于恢复了秩序，平和的笑容再次出现在信徒的脸上。

这时，阿木默默地向着广场外退去。四个壮实的保镖护卫着他。他们都是虔诚的信徒，由索罗亲自挑选，说是万里挑一也不为过。

"那人会怎么样？"他问旁边的一个保镖。

保镖没有听懂他的问题，直到他用拙劣的英语重复了几遍，后者才恍然大悟。

“Hanging（绞死）。”保镖回答道，接着用简单的汉语解释了一遍。他是这几个保镖里唯一懂一点汉语的。

阿木顿感一阵生理不适，愤怒和无奈的火焰在他心中燃烧，因为他对索罗的所作所为毫无办法。

“尽快给我找个翻译吧，”他只好换个话题，“他答应过我的。”

即使供电开始缓慢恢复，但大部分工厂仍然处于停工状态。特别是那些生产智能设备的高科技企业，很难在短时间内恢复正常。因此，具有自我学习能力的智能翻译器数量极少。与其让索罗提供一个翻译器，不如让他给自己配一个翻译更方便。

2

翻译很快就找来了，是一个叫唐纳德的人。阿木和他聊了几句，发现他的汉语说得很好。

“我一直很喜欢中国文化。”唐纳德解释道，“我读大学时，交了一个很好的中国留学生朋友，我的汉语都是跟他学的。”

阿木满意地点了点头，又问道：“你知道现在中国的情况吗？”

“不知道。现在美国到处都在打仗，兵荒马乱的，我连佛罗里达变成什么样了都不知道，更别说遥远的中国了。”

“这一片不是恢复电力了吗？互联网恢复了吗？”

“早着呢。虽然光纤之类的硬件设施都还在，但现在也就只有几个网站可以访问。”

“让索罗给我找一台可以上网的电脑，我试试看。”

电脑第二天就送来了，可结果令阿木很失望。

“我想知道中国的情况，”他对捣鼓电脑的唐纳德说，“特别是重庆。”

阿木的家便在重庆。虽然他一直对父母很冷漠，但现在这种情况下，自己竟然开始担心起家人来了。

那由来已久的冷漠如一辆刹车失灵的小轿车，终于在此刻开始减速了。

说起来，自从父亲坐上轮椅之后，爸妈就像集体转性了一样，对自己的态度也完全变了。只是那时候的阿木把自己的心灵死死地封闭着，总不肯接受家人的关心。现在想起来，如果能早些释怀，或许自己就不会去近腾读书，现在就能陪着家人共渡难关了。

那时，自己一心想像姐姐一样逃离那个家，在中考填志愿的时候，正好听到了近腾中学的宣传广告。那时候近腾中学已经声名鹊起，是一所很有实力的私立学校。广告上说，它们刚使用三年的新校区，正在大规模招生中。新校区虽然在学费上做了大幅降低，但却有一个很不近人情的规定：就读之后，所有的学生都将面临严格的封闭式管理。换句话说，从高一入学开始，直到高考，这期间学生都不允许回家。一去就得在学校待三年，这种极端严格的管理模式吓退了很多考生。正因如此，报名的学生其实并不多。可这正好满足了阿木当时想要逃离家庭的愿望，于是毫不犹豫地报考了近腾高中。

现在，他已经知道，新校区所在的位置是在地球同步轨道。对于这样的规定，他自然就完全理解了。

最近几天，唐纳德带来的消息全都糟糕透顶。据说重庆很早就断电了，而且歌乐山上还燃起过大规模山火。而阿木的家正好就在歌乐山下，他问过唐纳德关于山火的详细受灾情况，可唐纳德也无从知晓。

想要回家的心情一天比一天急迫。在这样的乱世中，自己却不知道家里的任何情况，这让阿木焦虑不已。有时候阿木会觉得奇怪，自己的心态何以会发生如此大的转变呢？大概是一种补偿效应吧，他想。自己过去有意压制的对亲情的巨大需求，如今像怪兽一般饥渴难耐。

唐纳德答应向索罗转达阿木的要求，甚至答应会去华人社区问问看，也许能多了解一些有关情况。

可是半个月过去了，他仍然没有从唐纳德那里得到更多的确切消息。几张新发现的旧中文报纸，只简短地报道了东吴市的轻轨事故，对于近来的石碑和断电则没有丝毫提及，更没有重庆的消息。

他越来越心浮气躁，经常陷入沮丧之中，有时甚至对着墙壁发呆，一坐就是几个小时。唐纳德每天都过来跟他聊天，告诉他一些外面的消息。在自动化武器的帮助下，政府军所向披靡，已经收服了全美所有的地方武装，马上就可以重建这个国家了。而且，为了恢复电力，包括加拿大和墨西哥在内，都相继要求加入美利坚合众国——哦，不对，现在应该叫美利坚神国了。

可这些消息完全无法引起阿木的兴趣，他只想早点回家。

石碑上的题目已经很久没有改变过了。有一次，他找到索罗说，已经很久没有出现新的题目，那他也就不再需要待在这里了。可是索罗显然还有疑虑，他担心某一天又会出现新的题目，因此仍然不肯放阿木回中国。

阿木开始绝食。他不再吃教众送来的比萨和面包，就连索罗特地准备的中餐也不多看一眼。他铁了心要回去，本以为，如此一来，索罗肯定会屈服了，不料第三天，几个强壮的教徒冲进他的房间，把他强行带到一家医院里，然后将他的四肢绑在一张床架上，用一支冰冷的针管插进他的腹部，营养液汩汩地流了进去。

他彻底绝望了。他终于明白，自从跟着索罗踏上返回地球的太空船那天起，自己就彻底沦为了索罗的工具。

这身体，已经不属于他了。

他感到愤怒，发誓再也不帮索罗解答任何问题。可这行得通吗？如果自己不配合的话，索罗又会怎么对待自己呢？他想起了那些被绞死的异见者，在神国建立的过程中，这种残酷的刑罚几乎每天都会在各大城市的广场上演。他的脑海中浮现出那些被绞死的人——那些风干的尸体在绞刑架上晃动，他仿佛又闻到了那令人难以忍受的恶臭。

渐渐地，愤怒消失了，连同对抗的勇气也消失了。他唯有无奈地长叹，一动不动地看着灰蒙蒙的天花板。

一天下午，病房的房门突然被推开，一个小女孩出现在阿木面前。

"露丝，"阿木有些惊讶地看着她，"你怎么来了？"

小女孩阴沉着脸，指了指身后的唐纳德，"他们都不肯告诉我这些天你去哪里了，是他偷偷告诉我的。"

阿木这才看见唐纳德跟在露丝的身后，正紧张地向门外张望。

"他怎么能这么对你！"露丝气呼呼地说，"这太过分了！"

阿木苦笑一声，没有回答。

"你想回家？"露丝问。

"唉，别说了。"阿木摇了摇头，"你爸是不会放我回去的。"

露丝什么也没说，但她的目光变得坚定起来，宛若一位女战士。

3

古河的眼前一片朦胧，什么也看不清，但又确实可以感觉到它们的存在。因为不时有断断续续的震动从四面传来，激发自己身上的那十条触手。这些神经冲动从触手上飞速传递到位于身体中央的大脑，经过视觉中枢的频谱分析，在其中转换成了一幅关于这个世界的模糊图像。

古河茫然四顾，有点搞不清状况。他没有害怕或者惊恐，只是对着身上的那些触手发呆。这是一个什么样的梦啊！他想，自己怎么会突然做起这样的梦来？

他好奇地盯着一只触手——确切地说，是关注着这只触手，因为他的身上并没有类似眼睛这样的器官——过了一会儿，脑海中的图像渐渐清晰，就像某个光学系统逐渐对焦完成。他发现触手上有无数细小的刚毛，它们密密麻麻地分布在触手的尖端。一些刚毛在不停地震动，它们比别的刚毛伸得更长一些，在某些时刻，部分刚毛猛地缩短，停止了震动，而另外一些刚毛则伸了出来，继续着前者的动作。伴随着这些刚毛交替的震动，无数频率不同、相位各异、振幅不一的声波连绵不断地向四周传播出去。在遇到小型的障碍物后，高频的声波首先被反射回来，而低频的声波则几乎不受影响地继续传播开去，直到遇见远方那些体积庞大的障碍物，这才艰难地折返。这些回波激发了那些静止的刚毛，在下一个瞬间，古河“看见”了前方的景象。

那是一片荒凉的平原，地上植被稀疏，全是细小的沙砾。在几公里外的远方，有一座高耸入云的如铁塔般的庞然大物遮蔽了全部的视线。

在传播的过程中，声波的振幅因不同材料的阻尼不同，从而产生了不同特征的衰减曲线，再结合其形貌特点，让古河逐渐分辨出四周的物体。在自己的前面，有另外一个和自己形貌相似的“人”，看上去正是自己的同伴。古河饶有兴致地看着对方，发现在对方的触手上正不断晕出如云似雾的波纹，他意识到这正是因为那些刚毛的震动而产生的。突然，对方身体上部的一条触手上发出了一团彩色的光圈，带来的震动激发了古河的听觉中枢，一种语调奇特的声音随即出现在他的脑海中：

“快看，马上就要发射了！”

虽然这是一种陌生的语言，但古河竟然完全明白其中的含义，大脑里就像突然出现了一个隐形的翻译装置，这种陌生的语言几乎眨眼之间就转换为自己可以理解的图像出现在脑海中。翻译之后的语言并非自己熟悉的普通话，也不是自己熟悉的任何语言，那是一种类似直觉的即时传递，像一团涌动的云雾径直显现在那里，清晰无误而又无从找寻。

接着，他看到自己的触手条件反射般地震颤着，回答了对方：

“嗯，希望这次能成功。”

他被自己的行为吓了一跳。他这才意识到，自己只是被束缚在这具身体里，作为旁观者，观察着周围的一切。

两人继续向着前方的铁塔走去。有三只触手异常强壮，在其交替蜷曲和伸长的过程中，让身体前进的速度越来越快。

就在这时，一阵剧烈的震动从地面传来。这是一种多频率的复合震动，它同时激发了古河的视觉中枢和听觉中枢。听觉中枢首先做出反应，古河听到了一股连续不断的低沉鸣响。接着，视觉中枢也解码完成，一片昏暗的红色瞬间映入了古河的眼中，它构成了所有事物的背景色，将整个世界笼上了一层红纱。

两人同时停下脚步，举起触手，向着前方发出探测的声波。

伴随着底部喷出的浓烈焰尘，一个长条状的庞然大物正在缓慢升空。

就在古河为这壮观的奇景感到震撼时，整个世界突然一暗，周围的一切景象都发生了巨大的变化，就像沉浸式全息电影中突然切换了镜头。

他出现在了一座城市之中。虽然周围没有任何高楼，但他知道，在自己的脚下，连绵不断地分布着各式各样的地下楼宇。只要揭开地面上那一个个条状的盖子，就可以进入这个地下城市的第一层。之所以住在地下，是为了避免洪水的侵袭。每到雨季，肆虐全球的洪水就会扫平地面上一切高耸的建筑物，在山体侧面堆积出厚厚的泥沙层，让这些山体变得越来越庞大。

一般情况下，位于城市顶部的地面，是见不到太多人影的。然而现在，却有众多的人聚集在这里。它们围拢在一起，关注的中心点上，是一个焦黑的铁疙瘩。它们的触手不时发出低频的哀叹声。

“唉，又失败了！”

它们就这样叹息着。古河从人群中感到一股浓烈的绝望。

“这大概是最后一次发射了。”身边的同伴突然这样说道。

“为什么？”古河问。

“这次发射的火箭，已经使用了目前最大推力的发动机，采用了最先进的氢－碳燃料电池，以及目前工艺能制造出的最庞大的箭体，然而还是没能逃出星球的引力圈。即使再制造新的火箭，结果还是一样。”

“所以，航天局那些人就这样放弃了？”

“确实有这样的风声传出。”

“那也不能放弃啊！恒星的爆闪就在眼前，再不想出办法，所有人都得完蛋。”

“有一种说法，你听了可不要外传啊。据说科学界早有断言，想要逃离恒星的引力范围，理论上是一件绝对办不到的事情。科学家们计算了逃逸速度的理论值，发现这个数值是无穷大。所以，现在所做的这些事情，只不过是绝望的挣扎，为了安抚民心罢了。”

“你倒是看得开，一点都不焦虑的样子。”

“哈哈，人这一辈子，能碰上氦闪这样的大事件，能和整个世界一同毁灭，也不失壮烈啊！”

“照你这么说，是一点办法都没有了？”古河感到极其沮丧。

同伴想了想，沉默了片刻，突然说道：“除非借助暗物质的力量。”

“暗物质？”

“你还记得去年的飞船发射事件吗？暗物质就是那艘飞船发现的神秘物质。在离开我们行星二十八云里后，飞船进入了一团密实的未知物质中。那是一种不同于任何已知物质的奇特存在，而且对于一般的声波毫无响应，因此科学界都叫它暗物质。据说，有人寄希望于从这些暗物质中获得能给飞船加速的能量，可是，唉……”

“也失败了吗？”

“倒不是失败，而是发现了别的东西，一些令人震惊的事情！也许有机会我可以带你去宇航局里看看，虽然我已经退休了，但我那几个徒弟倒还挺买我的账。”

4

沿着 66 号公路一路西行，直到洛杉矶，阿木这才稍微松了口气。

昔日繁华的“母亲路”现在已经彻底萧条，路旁的指示牌开始出现锈迹，路中央布满了拇指粗细的裂纹。追兵一直没有间断过，他们不得不减少白天的行程，尽量蛰伏起来，在夜间前行。这次露丝选择了一辆重型摩托，动力强劲。阿木和唐纳德则开着一辆皮卡，后面的货箱载着食物和饮水。

在城郊，他们小心地将车辆藏好，步行进城。路上偶尔可以看到大幅的通缉海报，不仅有阿木和唐纳德的照片，连露丝也印在了上面。凡提供三人行踪者，赏金为一千度电。活捉三人者，赏金为五千度电。不允许他们受到任何的人身伤害。

现在全美已经统一在神国的旗帜之下了。从硬件上来看，供电已经恢复，但电价却极为昂贵，几乎沦为了一种特别的奢侈品。按照人头，每个教徒每天可以免费分到一度电，教会的执事是一点五度，牧师两度，主教五度。这种程度的电力供应当然无法和过去相比，但聊胜于无，而且只要积极参加教会活动，偶尔还能抢到额外的奖励。大部分家用电器都停用了，像电磁炉、空调、三维投影这些大功率电器就更没用武之地。一些底层教众依然生活在前电力时代，只有几盏昏暗的白炽灯能让人回忆起往昔的美好岁月。在荒凉的城市主干道上行走，时不时还能碰见由一群小孩组成的唱诗班。他们歌唱着神子索罗的伟大，也祈愿着电神的赐福。

这里的气温比达拉斯更高，炎热的气候让阿木想起了海南——他甚至看到了为数不少的椰子树杂乱地生长在路旁。

“从长滩港走，那边比洛杉矶港看得松一点。我打听过了，远洋货轮已经开始恢复了，每隔一天就有一班到上海的货船出海。”唐纳德靠近阿木，轻声地说。

“上海？那边现在是什么情况？”

“我听一些船员说，那边还是很混乱，电力中断，黑帮势力抬头。但是在崇明岛上有一个基地，一直由政府牢牢控制着，那里竟然还保持着供电——真是一个奇迹！事实上，从这里运过去的物资大部分都是供应这个基地的。”

两人一直用中文交流，露丝一脸茫然地看着路边小店的招牌——她从阿木这里学了一点中文，但还远达不到可以自由交流的程度。招牌的边缘上本来围着一圈 LED 灯，看上去很久不亮了，有的灯管已经变黄，有的布满了裂纹。

“真的没问题吗？”阿木还是有些担心。

“试试看吧。我买通了几个船员，到时候你可以藏在货箱里。”

“低头！”露丝突然惊呼一声。唐纳德和阿木低下头的瞬间，听到了从后方传来的直升机轰鸣声。

他们停下脚步，安静地听着直升机渐渐远去。这种空中搜寻已经经历过很多次了，一般来讲并不会有什么危险。可是这次却有些不一样，直升机的鸣响在逐渐变小之后，并没有消失，反而渐渐增大起来。抬头一看，那直升机已经回过头来，正准备在前面的一块空地上降落。

“不好，被发现了！”唐纳德脸色一变。

"往树林里跑！"露丝带头钻进了路旁的林子里。

阿木和唐纳德也紧跟了上去，茂盛的枝叶瞬间遮蔽了整个天空。泥土有些松软，跑起来深一脚浅一脚的，很是费力。不知是因为体力消耗太快，还是精神高度紧张，没跑几步，阿木的呼吸就变得沉重起来。

身后传来了厉声的呵斥，而枪声也随之而来。

为了抓住他们，这些人竟敢开枪！

5

在宇航局里，古河眼前的空间漆黑一片，什么也感觉不到。声波毫无阻碍地穿越而过，激不起一丝涟漪。

"这就是你说的'暗物质'？"古河有些不解地看着同伴。

宇航局位于大山顶部，古河和同伴正身处其第一观测点中。实验室里看上去空无一物，按照实验室主任的说法，房间的中央有一团从太空中取回的暗物质碎片。这些暗物质处于团簇的状态，悬浮在空中。

"缩短刚毛的伸长量，用心去感受。"同伴再次煞有介事地重复这句话。古河看着身体有些无奈地伸出触手，又缩短了一点刚毛的长度，然后开始颤动。还是没有回波，他一度怀疑同伴是不是在耍弄自己。

"再短一点。"

他感到寄宿的身体深吸了一口气，绷紧肌肉，再次缩短了刚毛，直到露出皮外的长度已经微不可察，才让它们颤动起来。长度越短的刚毛，震动的频率越高。现在，古河的触手上发出的声波频率几乎已经接近了其感受器的频率上限。

这次他终于感觉到了一点东西。那是一种很模糊的感觉，像是把手伸进了一团柔软的雾气之中，让一种若有似无的东西滑过。

“这就是暗物质——只依靠肉体，几乎不可能真正感觉到它的存在，这也是为什么我们长久以来一直没有发现它们的原因。事实上，只有依靠近些年来发展出来的高分辨率的声学显微镜，我们才得以窥见它们的真正面目。它们是一些极为微小的点状物质，其体积小到近乎为零，但它们又是确实存在的。因为体积微小，它们几乎不对普通的声波发生任何响应，只有极高频的声波才可以让它们微微颤动起来。”

“可是……这东西有什么用呢？”古河问。

“你来看。”同伴招手让古河来到一台显微镜的观察口前面。古河感觉到自己的触手伸进观察口，感受着经过倍增器放大后的声学信号。

“你仔细看一下，这团暗物质的左右两边，有什么不同？”

不同？古河愣了一下。他确实注意到暗物质分成了两团，但并没有察觉到两者之间的差别。他的触手努力地前伸，再次仔细观察了一会儿，终于发现了它们之间的区别。

“它们的颜色……似乎不一样？”

“不错。这就是我们发现的暗物质的第一个特征：所有的暗物质都可以具有两种颜色：红色和蓝色。事实上，每一个暗物质颗粒，在某个特定的时刻都只能呈现出某种特定的颜色。但是，它们的颜色不是永恒不变的。你看！”

说着，同伴在旁边的操纵台上按下了某个按钮。古河惊讶地发现，左右两团暗物质的颜色互换了。

“通过一些特殊的手段，我们可以改变这些暗物质颗粒的颜色。

事实上，我们甚至可以选择性地改变其中单独一个暗物质的颜色。”他说着，再次在操纵台上按了几次按钮。

古河一下子就发现了这次操作的结果——在一团红色的暗物质中，突然出现了一个蓝色的小颗粒。

不等古河说话，同伴再次进行了一个比之前更复杂的操作。这次带来的变化很大，在整个暗物质团中，蓝色和红色逐渐变成了交替排列的顺序。与此同时，本来分作两团的暗物质逐渐贴合在了一起。

“现在你看到了暗物质的第二个特征：磁性。当暗物质团中的每个颗粒，或者大部分颗粒都呈现出同一个颜色时，其整体会表现出磁性——也就是说，这些团块彼此之间会出现力的作用。根据其彼此的颜色和位置的不同，它们之间可以是相互排斥的，也可以是相互吸引的。”

也许是受到“磁性”这个词的刺激，古河的本体意识开始出现了。他脱离了寄主的思维，回到了那个高中生的意识之中。他想起了磁铁。之前呈现在眼前的那两个暗物质团，逐渐被两块条形磁铁的形象所取代。两块磁铁的N极对在一起，将彼此排斥开来——这是一幅在初中物理教材里出现过的示意图。

同伴似乎在呼唤他，但是他已经听不清对方的话了。他感觉身体像是飘了起来，身下是某种软绵绵的东西。

在两种思维的交替干扰下，眼前的一切逐渐模糊起来。

突然，他睁开了眼睛。

“他醒啦！”陈松的脸几乎凑到了自己的眼前。他高兴地拍了拍床栏，冲着外面喊了起来。

头痛欲裂，特别是眼睛，像是被火烧过一样。古河像是刚从一个很漫长的梦中醒来，一时竟分不清是现实还是梦境。

又或者，是现实和梦境的叠加态。

6

“没有啊，”陈松看着金属制成的床架子，“我什么也没看到。”

文仔点了点头，说道 :“这就是一个普通的铁架子，外面刷了一层浅白色的防锈涂料。”

然而在古河的眼中却不是这样。在身旁的床栏上，他看到了无数紧密排列着的红蓝相间的条纹，这让他仿佛又重新回到梦里。

“你昏迷了整整一天。”陈松有些担心地说,“不会是脑子坏了吧?”

“滚!”文仔骂了一声，“你还嫌现在不够乱吗?!”

太空站确实已经乱了起来。

上午十点，在最后一根照明条熄灭之后，整个天空就变成了持续的暗夜，太空站陷入了无尽的黑暗中。校方竭尽全力维持秩序，甚至打开了太空站侧面天窗上的遮光板，让阳光能够间歇性地投射进来。这样做其实风险很大，因为遮光板还有一个作用就是屏蔽高强度的宇宙辐射。但在目前的情况下，校方已找不出更好的办法了。混乱的人群中，有人点燃了火把、蜡烛，接着，校园里到处都亮起了星星点点的火光。

校方试着阻止了一段时间，但毫无作用，后来只好放弃了。

古河这才注意到，屋子里的光线呈昏黄之色，而且正在迅速变暗。文仔告诉他，这是从天窗透入的阳光。为了避免宇宙辐射的影响，遮光板只开启了一条缝。太空站的轴向与阳光的入射角有一个倾斜的角度，所以当太空站处于在轨运行中，入射光的条带会在太空站的内表面上不停地游移。

如同灯塔射出的微弱灯光，旋转着扫过幽暗的海面。

“唉，也不知道还能坚持多久。”文仔叹息着说，“你怎么样了，现在没事了吧？”

“我做了一个梦。”在这幽暗的光影中，古河回忆起梦境中出现的那些奇景，然后逐一将其描述出来。文仔和陈松静静地听着，直到光带远离，夜色完全吞没了整个房间。

“不管怎样，也就是一个梦而已。”古河说完之后，陈松说道，“这床栏上哪有那些奇奇怪怪的颜色。”

古河苦笑着摇了摇头，在一团黑暗中，那些红蓝色的光影更加明显。现在，他不仅看到了床栏上的红蓝光影，而且在整个房间里，几乎每个角落都可以看到那些发出微光的细小光点。

“陈松，你不是有一块磁铁吗？”文仔像是想到了什么，然后对陈松说道，“拿出来给他看看！”

“这么黑，怎么找啊？”陈松虽然抱怨了一句，可还是麻利地摸索起抽屉，然后从中找出了一块条形磁铁。

“你看到了什么？”文仔把磁铁递给了古河。

“一片红色。”古河立刻回答道，过了片刻，才又补充道，“也有一些零星的蓝色杂质，但几乎全是红色的。”

文仔沉默了半晌，然后把磁铁靠近了铁制的床栏，问：“现在呢？”

“颜色好像变了一点。特别是床栏上，靠近磁铁的地方明显变红了。”

“我知道了。”文仔长出一口气，声音中带着一丝沙哑，“你看到的——如果我没有猜错的话——其实是电子的自旋！”

“可我怎么什么也看不到？”陈松质疑道。

“别忘了，在古河的眼睛里，有一台精密的摄像机。我猜，在我们昨天研究石碑那会儿，古河的眼睛就被那种病毒入侵了。虽然我不清楚其内部构造，但无论如何，它总还是一种微型的摄像机。而且我想，这种摄像机既然可以截取视神经元里的信息，它大概也可以逆转这个过程，通过在神经元上释放特定的电信号，在你的视觉中枢中构造出特定的图像来。”

“你是说，那些东西，都是它们故意让我看到的？”古河说到“它们”时，脑海中又浮现出那些满身触手的家伙。

“不错！”一个声音适时地在他脑海中响起。

7

古河的眼神突然变得呆滞，仿佛对焦在某个遥远的地方。黑暗中，文仔和陈松并没有察觉这一点，只对古河的突然沉默感到奇怪。他们摇晃着古河的身体，可是后者没有任何反应。他们焦急起来。黑暗催生了这种情绪。

一声巨响从窗外传来，似乎什么地方发生了爆炸。陈松打开门，站在阳台上向下望了望。文仔坐在原地没动弹，只是问了一句：“发生什么事了？”

“看不清，”陈松回答道，“但是教学楼那边燃起了大火，很多人正在那边举着火把尖叫。我们要不要过去看看？”

“唉，你想去就去吧。现在这么乱，我宁愿待在宿舍里，安全一点。”

陈松想了想，说：“那我也不去了。”他回到宿舍，重新把门关好。

可是，这场混乱很快就蔓延到了宿舍楼。不断有凌乱的脚步声在门外的走廊上响起，有人大声呼喊着口号，似乎是在集结人手，想要进入太空站的控制中心。不时有人用力敲着宿舍的门，询问里面有没有人，文仔示意陈松不要回答。有一次，外面的人大概是用棍子一类的东西使劲砸门板，门框发出了断裂的声音，文仔一度担心这门会整个倒下来。陈松摸黑找到了一把扫把，拿在手里，紧张地蹲在门后。大概过了十分钟，直到喧嚣声逐渐远去，他俩这才松了一口气。

“这些家伙，平时看着老老实实的，没想到现在变得这么疯狂！”陈松嘟哝着从门后走了回来。

“就跟弹簧一样。平时压缩得越紧，放松后反弹的力度就越大。”

“文仔，你说……我们还回得去吗？”

“现在说这些有什么用？”文仔无奈地说，“听天由命吧。”

这一刻，宿舍显得格外安静，宛如午夜的坟地。这样的气氛持续了几分钟，直到古河突然站起来，床架发出一声刺耳的吱哑声。

他在黑暗的宿舍里自如地行走，准确地来到门前，将门一把拉开。

“你们来看！”古河开口说道。

话音刚落，一道亮光突然在天空闪现。接着，这亮度逐渐增强，一条条庞大的发光管依次亮起，明亮的人造光线又重新照耀在校园的每个角落。

文仔和陈松愣了几秒钟，然后猛地站起身来，挤到了门外的走廊上。向下看去，人们都傻傻地抬头看天，他们手中的火炬还在燃烧。接着，火炬掉落在地，人们互相拥抱，激动地欢呼起来。

“所有的暗物质都解锁了。”那个声音再次在古河的脑海中响起，“现在该是你们兑现承诺的时候了。”

“放心吧，我们马上着手准备！”古河认真地说。

文仔和陈松疑惑地看着古河。他们隐隐觉得刚才发生的这一切和古河有关，但又不知道该从何处问起。

“你在自言自语地说什么呢？准备……准备什么？”

“准备一台电子束发射器。”

“干什么？”

“拯救世界，两个！”

THE ORPHANS OF RED PLANET

XII

水 坝

《2014年普通高等学校招生全国统一考试》

（广东卷·地理试题）

7. 随着我国南方地区部分江河水主要功能的退化，大坝将被拆除。当河流生态系统稳定之后，与拆坝前相比，将会出现的变化有（　　）

A、坝址上游枯水期平均水位上升

B、坝址上游汛期出现的季节提前

C、坝址下游径流量年际变化减小

D、坝址下游的汛期洪峰流量增大

答案：D

1

在灌木丛中休息了数十分钟，阿木已经习惯了荆棘带来的刺痛。露在外面的脸部和手臂，没有一处是完好无损的。全身像散了架一样，关节处更是胀痛不已。

“得继续往南跑，那边是停电区，他们搜索起来没那么容易。我再看看——对了，再往南一公里有一处小海湾。”唐纳德对着一张破旧的地图看了看。停电区是指那些还没有恢复供电的地区。虽然大部分城区已经恢复供电，但对于广袤的乡村地区来说，电力系统的恢复大概还要等很长一段时间。

“那边有什么可以躲的地方吗？”

“看地图上的标示，那边应该有一座潮汐电站。也许我们可以到那里躲一阵子。”

唐纳德起身看了看四周的情况，然后把阿木和露丝从泥地里拉了起来。趁着追兵未至，三人继续向南前进。花了半个小时，他们终于穿过树林，看到了蓝色的海平面。不远处，一道长长的水泥大坝将海湾围了起来。在大坝一侧，分布着一列灰色的厂房。坝体的闸门紧闭着，似乎已经荒废了很久。

一进入厂房，阿木和露丝就瘫坐在地，直到唐纳德从包里找出几块面包，大家分着吃了，这才稍微缓过劲儿来。厂房里布满了变压器、电闸和各式的电线，上面落满了一层灰。在厂房尽头是下行的楼梯，露丝走下楼梯，独自逛了一会儿，然后突然冲上来，朝着上面两人喊道：“你们快来看，这里好像有人住过！”

沿着楼梯下行，转过两个弯之后，便来到了下面一层。这是一个长条形的空间，地面上放置着一排圆形水轮机。每个水轮机的直径都有三米左右，它们安装在房间的地面之下，而露出地面的圆形顶盖则被一块块塑料布遮蔽着。在房间的角落处，有一些折叠好的衣物、一只破旧的床垫，还有一些日常用品。

“咦？这是什么？”露丝掀开一块塑料布，惊异地发现下面水轮机的叶片全被拆除了，只留下一个空空的凹槽。槽底黑漆漆的，只能模糊地看到一张方桌，桌上似乎还放着很多杂物。

“我下去看看。”她大致判断了一下深度，然后用手攀住坑沿，小心地跳了下去。

“这都是什么啊？”桌上摆放了一大堆奇怪的瓶瓶罐罐，像是用来做化学实验的。她拿起一根试管，凑到眼前看了看。这试管锃光瓦亮，显然刚被擦拭过。在一旁的酒精灯架子上，她发现了一个蒸发皿。在蒸发皿的底部，凝结着一些白色的粉末状颗粒。她突然觉得有点害怕，想要离开这里，却突然发现这个金属凹槽里并没有供人爬行的楼梯或扶手。槽壁光滑，深约两米，靠自己一个人很难爬上去。她大声呼喊着，让阿木把她拉上去。可过了半天，也不见阿木和唐纳德过来。

忽然，坑边出现了几名陌生男子，而且手里都拿着枪，正杀气腾腾地看着她。

“你们是什么人？”一个秃顶的老头儿开口问道。

“别误会，别误会……我们只是路过这里，在这里歇歇脚。没想到这里有人。”这是唐纳德的声音。

“跪下！”一个声音厉声呵斥道。接着便是阿木和唐纳德喊痛的叫声。有人伸手把露丝拉了上来，她这才看见阿木和唐纳德正跪在地上，一边护住头，一边揉捏着肩膀。屋里总共七八个人，大部分人拿着手枪，还有一个染着红发的年轻人，握着一根铁棍站在唐纳德身后。

“老大，怎么处理这些家伙？”红发男子问道。

“先绑起来。”秃顶老头儿想了想，又说，“搜一下他们身上都有什么。”

几个手下闻声上前，把他们身上的东西都掏出来扔到地上，然后挨个儿绑在了墙边的电气管道上。

“没什么特别的。”一名手下向老头儿报告道。

“嗯，看他们也不像是政府军的人。”老头儿点了点头，眼光依次扫过三人的脸，最后落在了露丝身上。

“我好像在哪里见过你。”老头儿眯缝着眼，想了想，“你叫什么名字？”

“杰西卡。”露丝回答道。

“老大，她的手袋上刻着 Rose（露丝）。”

老人笑了起来，“看来你没有说实话啊！”他说着从身上抽出一把匕首，走到露丝的面前，“别跟我耍花招。”

“这手袋是我在路上捡的。”她连忙解释道。

老头儿哼了一声，似乎并不相信她的话，但也没进一步逼问。

“我也不想为难你们，真的，我们也是生意人。你们也看到了，我们只是提纯出一些结晶体，然后把它卖给那些需要他们的人罢了。你们暂且在这里乖乖地待几天，过几天就放了你们。”

老头儿的话似乎很实诚，但是阿木不知道该不该相信他。他看了看唐纳德，后者只是低着头，一声不吭。

就在这时，一个声音突然响起：“我知道这个女的是谁了！”说话的正是那个红发男子，他指着一张报纸上的照片，“神国圣女啊！”

老头儿接过报纸，把照片对着露丝看了几遍，突然发出了“嘿嘿”的冷笑声。

“老大，我们发财了。城里到处张贴着他们三个的通缉令，只要抓住他们就有高额的奖励。”

“你们认错人啦！”露丝惊慌地大声否认。

老头儿冷笑一声，说道：“我想起来了，那个狗屁神国的圣女不就叫露丝吗？怪不得我觉得眼熟。”他走到露丝面前，再次仔细地看了看，露出了得意的笑容，“这岂止是发财了？只要圣女在咱们手里，这个世界的财富都是我们的。”

唐纳德在恐惧和无奈中开始后悔，自己根本就不应该进入这个废弃的电厂，本来只想躲一躲追兵，没想到却进了毒窝。

这时，一记响亮的枪声从头顶的厂房传来。接着，有人从楼梯口慌张地冲了下来，神情紧张地高喊：“政府军的直升机来了！”

2

电子束发生器是在离子引擎的基础上改建而来的。在阴极发射管外面再加上一个磁聚焦透镜和速度选择装置，就构成了一个简单的电子束发射器。改建的过程很顺利，可是发射方位角的调整和定位工作却花费了相当长的时间。

目标区域位于五千万公里之外，在火星轨道附近。想要隔着这么远的距离将电子束准确地发射到目标区域，难度是极大的。一点点方位角的误差，都将导致巨大的位置偏移。虽然理论上可以计算出准确的方位角数据，但因为所需精度太高，在实际操作中是不可能达到的，因为在调节发射管时，仪器固有的系统误差不可避免。为了增加发射成功的概率，这次一共改建了三百二十个电子束发射器。这些装置分布于太空站边缘的不同位置，需全部调节完毕后，依次激发。从概率上讲，至少有十个发射器的电子束可以命中目标。至于为何要依次激发，而不是同时发射，那是为了避免电子间的库伦作用影响其运行轨迹。

"这到底是怎么回事？"校长赵国强虽然在第一时间批准了这次行动，但那完全是出于对孙元一的信任，他自己对这次行动的背景还不太了解。就在一天前，孙元一从几个学生那里得知了太空站恢复供电的原因，然后立刻来到了他的办公室，向他进行了简单的说明，然后申请了这次行动。

"还是让古河同学来说明吧。"孙元一看着站在一旁的古河，后者点了点头，走到了众人的前面来。现在是在太空站的总控室，无数监视屏上正显示着各个改建后的电子束发射装置的调节状况。除了古河，文仔和陈松也来到了这里，他们正和十几位负责维护太空站的工程技术人员一起，坐在大厅中央的座位上，等待古河正式说明本次行动。虽然文仔早就听古河说明了一次原委，但心中依然有些疑惑没有解开，因此他想再听一次。

初听时，文仔被震惊和困惑交织而成的情绪所俘获。除去内容本身，古河能如此平静而清晰地讲述这次奇异经历，着实让文仔惊讶不已——不愧是资深科幻迷。

"先说明一下，我接下来要讲述的这一切，是外星文明通过特别的途径传递给我的——至于传递的方法，你们可以向文仔了解详细的情况。”

古河向文仔示意了一下，后者起身向周围点了点头，说：“因为特殊的原因，古河的眼睛里被植入了一套嵌入式视神经感应成像系统，外星文明就是通过这台装置实现了信息传递。但这不是今天的重点，我就不多说了，有需要的话可以稍后找我了解。”

等文仔落座，古河接着说：“我尽量用准确的语言重复我接收到的信息。事实上，这些信息里有很多是我无法理解的，我只是将其完整复述出来。你们可以把我看成是信息输出的终端。如果对我所说的内容有什么疑问的话，请原谅我无法一一作答。”

听众席响起了一阵轻微的骚动，赵国强抬起手臂向下压了压，然后示意古河继续说下去。

“首先说明外星文明的处境。正如一些人所推测的那样，这个外星文明正面临着某种类似氦闪的危险，它们急于通过乘坐宇宙飞船，逃离自己的母星。但无数次的发射都失败了——这些飞船没能逃离母星的引力束缚，甚至根本没有脱离预估的氦闪危险区域就耗尽了所有的推进燃料。据称，有科学家早已断言，想要逃离恒星的引力是根本无法做到的，因为从理论上计算出的逃逸速度是正无穷大……”

“狗屁不通！”有人脱口而出，“哪有恒星的逃逸速度是无穷大的？！”

“对啊，”马上有人附和，“就算是黑洞，其逃逸速度也不是无穷大啊！”

“大家静一静，”孙元一站出来安抚大家的情绪，“事实上，这个问题也一直困扰着我。不过我们现在暂且不去管它，就当是它们的科学家计算错误吧。古河同学，请继续。”

古河感激地看了一眼孙元一，然后继续说了下去：

“虽然无法达到逃逸速度，但只要速度足够大，还是能够脱离预估的危险区域，至少理论上是可行的。但因为火箭的发射依靠化学燃料推进，即使采用推力最大的液体燃料和当前所能制造的最大发动机，也无法达到所需的要求——也就是把一艘载有数百人的中型飞船发射至安全区域。外星文明尝试了很多方案，包括利用其他行星的引力弹弓效应来加速飞船，但都没能收获满意的结果。意外的是，在这一次次的尝试中，外星文明偶然发现了一些分布于宇宙空间中的未知物质。这些物质的颗粒具有极小的体积，外星文明将其命名为‘暗物质’。”

“大家注意，这里所说的‘暗物质’，和我们在宇宙学里涉及的暗物质不是一回事。”孙元一插嘴说了一句。

“是的，这些暗物质具有一些奇特的性质。比如，它有红、蓝两种颜色，而且在一定的条件下可以发生颜色的转化。暗物质颗粒间具有某种联系，如果让一团红色的暗物质集群和一团蓝色的暗物质集群互相靠近，两者之间会展现出巨大的作用力。后来，它们更是在距离母星二十八云里的地方发现了大量的暗物质集团……”

“云里是什么单位？”有人小声地插嘴道。

“我想是一种长度单位吧。”孙元一解释道，“你继续说。”

“好的。在这个遥远的暗物质集团中，它们很快有了更为重大的发现。首先，它们发现了这些暗物质群中隐藏着的规则。很多暗物质群都具有规则的形状，或者具有复杂的构造，这意味着它们很可能不是自然形成之物。其次，它们在这些暗物质集群的众多结构中发现了所谓的‘河流’——在一个大小均匀的通道内，无数暗物质颗粒被约束其中，并且向某个方向移动着。很快便有人提出，可以从这样的暗物质河流中获取能量，从而帮助飞船到达更远的区域。于是，外星文明派遣远征队伍，经过遥远的航行来到这里，在这些河流上筑起一道道堤坝，就像我们建起水坝一样。通过这样的方法，外星文明成功地从暗物质的流动中，提取出了宝贵的能量。可很快它们就发现，这样的堤坝会降低暗物质颗粒的流动速度，甚至在一段时间之后，会导致这些暗物质失去流动性！于是，外星文明不得不放弃那些已经‘干涸’的河流，寻找新的河流，重新建筑堤坝。就这样，越来越多的河流‘干涸’了——这就是地球上发生大规模停电事故的真相！”

“啊……这是为什么？我怎么越听越糊涂了。”人群中再次响起喧哗声。

“难道说……我好像猜到一点了。”

“我来给大家解释一下吧。”孙元一再次插嘴道，“很明显，外星文明口中的‘暗物质’，就是我们所说的电子。所谓的红、蓝两种颜色，其实就对应于电子的两种自旋。虽然不知道是怎么做到的，但这些外星文明可以通过某种方式改变电子的自旋，甚至还能直接影响电子在导线中的定向移动。我们知道，电流就是电子在外部电场下在导线中的定向移动，外星文明从电子的移动中获取能量，这跟我们从河水的流动中获取电能非常类似。我们的水电站是把水的重力势能转化为电能，而外星文明，实际上是把我们加在导线中的电场能转换为了可以储存的某种能量。”

“那河流的‘干涸’又是怎么回事呢？”

“具体的机制，我还没有彻底搞清楚，不过大致的过程我已经在之前的实验中弄明白了。最关键的原因就是，外星文明在阻断电子流的过程中，也影响了这些电子的自旋。

“我不知道现场有没有研究凝聚态物理的，但学过一些固体物理的大概都知道，金属、半导体或者陶瓷等材料的电学性质，并不是恒定不变的，它受到很多因素的影响。这些外星人从我们的电流中提取能量的同时，影响了材料中电子的自旋，进而产生了长程磁序或者其他的量子序——事实上，我在一些导线上确实观察到了这样的情况。这些量子序的产生会引起一系列复杂的变化，比如会造成材料的微观结构发生变化——原子与原子的间距发生变化。接着，这些晶格结构上的改变又导致了电子间的库伦关联强度、洪德耦合或者自旋－轨道耦合强度发生变化……总之，其最后的结果就是，承载电流的材料——也就是那些导线——发生了一种量子相变，从金属变为了绝缘体。相变发生后，即使在外加电场的作用下，电子的定向移动也无法形成，也就是无法产生电流——这就是河流‘干涸’的原因。”

人们面面相觑，有人若有所思，也有人无法接受这个解释。

“也就是说，导致如此悲剧性后果的原因，竟然是一个无心的意外？”

“可以这么说。”

“那大火的产生……”

“也是外星文明所为。因为电子——或者说它们口中的‘暗物质’极难发现，当河流干涸后，一时找不到新的河流来开发。在一次偶然的实验中，外星文明通过磁热效应引发了一场火灾，没想到却在灾后的灰烬中发现了很多细小的水流。这些水流过于微弱，利用率并不高，可是经过它们的改良后，灰烬中的碳具有了良好导电性。于是在热电效应等机制的驱动下，电流形成了——这就是外星文明自己制造的‘人工河’。再后来，随着大火的延烧，外星文明发现了新的城市和新的河流，于是，新一轮的能源抽取又开始了。”

“我明白了，”有人发出了恍然大悟般的感叹声，“我们现在发射的那些电子束，就是为了给外星人的飞船提供能量！”

“是的。”古河终于抢过了话头，“根据它们的指示，我们把自由电子发射到外星人飞船所途经的某个地方，这样便可以让它们从电子的动能中获取飞船加速的能量，而不必通过星际航行来到地球建立‘水坝’，也不用担心河流‘干涸’的问题——因为电子是在真空中形成的电流，根本就没有电介质的存在。”

“还是不对！石碑的出现怎么解释？那些石碑上的信息到底有什么用意——既然需要我们帮助，为何还用错误的知识来误导我们？”

“说来话长，”古河整理了一下思绪，“那是另一个故事了。”

3

索罗赶到洛杉矶潮汐电站的时候，僵持已经持续了三个小时。这期间，政府军包围了整个电站，但是一直不敢强攻进去。

“怎么回事？”索罗问负责此次行动的指挥官。

“这里盘踞着一伙毒枭，根据线报，现在祭司和圣女都在他们手上。”

“毒枭？他们不肯放人？”

“肯，但提了一些条件。”

“他们要什么？”

“他们想要您……不……请您特批他们经营毒品，而且只允许他们经营。”

索罗皱着眉头，阴沉着脸想了想，然后露出了笑容。毒贩就是毒贩，所图再大也就是钱而已。

“答应他们！”

“真的？”指挥官露出惊讶的神情。

“就这么办。”索罗没有多做解释。

指挥官派人前去联络，很快便收到了回音。毒枭们信不过军方，想要得到教主的亲口许诺。索罗考虑了几分钟，最终还是跟着护卫队进入了电站的厂房。根据毒贩的要求，他只带了十名贴身护卫——他并没觉得有何不妥。长期的胜利逐渐麻痹了他的警惕心，他认为现在的美洲大陆上已经没人能威胁到他。况且这群毒贩还提出了要求，肯提要求就好，这意味着他们已经在为投降之后做打算。

他快步走下阶梯，迫切地想要看到阿木和露丝。就在他走下最后一级台阶时，异变发生了。一道厚重的闸门突然关闭，将地下一层和楼上的厂房完全隔绝。索罗还没有回过神来，就听见一阵凌乱的枪响，身边的好几名护卫立刻毙命，剩下的几个则将他扑倒在地掩护，然后举枪反击。

阿木三人被眼前的一切惊呆了。他们一直被绑在墙边，也听见了这群人对外面提出的种种要求。本以为这次肯定会重新落入索罗的手里，没想到这群毒贩突然发难。看来，之前提出的条件，都是为了麻痹索罗和军方。

“这群毒贩到底想干什么？”阿木忧心忡忡地关注着外面的战斗，“他们可是被政府军包围了，竟然还敢动手！”

“只要索罗在这里，政府军必然投鼠忌器。他们只要控制索罗，外面的政府军也只有听任他们摆布。”

“我爸不会有事吧？”露丝小声地说道，“他怎么这么傻，竟然自己下来了。”

“应该还是放心不下你吧。”唐纳德无奈地说，“虽然你背叛了他，但你毕竟是他的女儿啊。”

“你们听，这群毒贩好像挺不住了。”阿木突然插嘴道。

这一层的地下空间呈回字形构造，可以活动的区域被中间的墙壁隔离成了一个方正的环形。楼梯口——也就是战斗发生的区域——与三个人被绑的地方刚好在回字的对角方向，所以他们无法直接看到枪战的场面，只能通过声音来判断战况。

刚开始响起的是短促的手枪声，这显然是毒贩所持有的武器。接着，一阵连续半自动步枪的枪声响起，应该是索罗的卫队迅速发动了反击。毒贩本想借着突袭，迅速控制索罗，可他们显然低估了卫队的战斗力，或者说，高估了他们自己。因为随着枪战的持续，手枪的声音愈发稀疏，半自动武器发起的攻击则愈发猛烈。

最重要的是，政府军目前还没加入战斗——从头顶上传来的军队集结的脚步声来看，政府军很快就会突破障碍进入地下，到时战场形势更是一边倒。

他们对战局的这番推测很快便得到了证实。

几个毒贩气急败坏地来到了三人所在的地方，粗暴地将露丝拎起来，推到了路口的左侧通道口，同时把阿木和唐纳德押到了右侧的路口。很快，他们的人马全部退到这一侧的通道中。他们看起来损失惨重，因为目力所见不过四人，还有一个手臂血流如注，不时发出痛苦的呻吟。

那秃顶的老头儿以人质相逼，让索罗命令政府军退出厂房。可索罗一方并没回应，封闭地下室的闸门响起了一阵猛烈的枪击声，外面的政府军显然是要强行破门。

与此同时，卫队的人从两侧向里面发起了冲击。但是因为人质的关系，进攻并不顺利。

“左边这一侧，他们劫持了圣女，右边则是祭司。我们每次想要在强火力的掩护下冲过去，他们就把人质顶在最外面。我们实在没办法在这种情况下保证人质的安全，只好又退了回来。”卫队队长向索罗汇报道。

索罗紧锁着眉头，“攻不进去不要紧，但是千万要保证人质的安全。”

“这是群亡命之徒，逼急了，他们什么都干得出来。”队长考虑了一下，接着说，“现在这种情况下，我建议声东击西，先从一侧发动佯攻，吸引他们的注意力，然后对另一侧发动全力进攻，一举拿下。”

“可以，就这么办。”

“那么，我们对哪边发动全力的攻击呢？现在圣女大人在左侧，我建议就从左边主攻，先救下圣女大人再说。不然佯攻可能激起对方的巨大反应，会给圣女大人带来生命危险。”队长的话语里透露着浓浓的谄媚。

“你刚才说，祭司在右边？”

“对。”

“那就……主攻右边。”索罗迟疑了片刻，然后咬着牙下令道。这一瞬间，他脑海里突然冒出了一张可爱的女童的脸，那是他在孤儿院里第一次看到露丝时的模样。可他立刻摇了摇头，把这幅画面湮灭在脑海。

“可是……”队长还在迟疑，索罗突然厉声喝道：“还不快去！没听懂我的话吗？”

“是！”护卫队长赶紧双手抱胸，行了个礼，然后跑去布置作战任务。

索罗表情凝重地站在一旁。那个呆头呆脑的傻小子可千万不能出事啊，他在心里暗自祈祷。

4

“在发现‘河流’干枯的现象之后，外星远征队伍并没有反省其中的原因，反而采取了竭泽而渔的方法，不断扩建水坝，到最后几乎找不到能够自由流动的暗物质河流了。直到这时，外星人才醒悟过来，并开始认真研究造成这种后果的原因。在整理了前期的众多资料后，外星人突然想到，既然这些暗物质呈现出复杂而规则的构造，这就意味着在其背后，肯定存在着一种未知的智慧生物。之前之所以没有发现这些生物，是因为这些生物是以第二种形态的暗物质存在的。”

“什么叫作‘第二种形态’的暗物质？”有人发问道。

“这个我来解释一下吧。”孙元一插嘴道，“我之前已经听过古河的报告了，对于这些异类生命所谓的两种形态的暗物质有所了解。根据外星文明的说法，暗物质——也就是我们所说的电子——分为两种：一种是能够在导体中定向移动的，另一种是不能移动的。用我们通用的术语来说，第一种叫自由电子，第二种则是围绕在原子核周围的束缚态电子。”

“奇怪了，”有人发出疑问，“这些外星生命既然发现了电子，为什么看不到体积更大的原子核，进而发现我们这个由众多原子组成的宏观世界呢？”

“这也是我所不理解的。根据古河的报告，这些外星生命似乎看不到我们这个世界的大部分物质，只能看到电子。外星生命看不到我们的地球，看不到我们的山川湖泊，看不到我们的城市和高楼，也看不到包括人类在内的众多生命，只能看到组成这些物体的无数电子，并通过这些电子群的组成方式，从侧面推断出背后有其他物质存在。”

“真是不可思议！”

“不可思议的事情还多着呢。”孙元一补充道，“外星生命还发现，第一种形态的暗物质通常可以稳定地存在，而第二种形态的暗物质则经常莫名其妙地消失和突现。比如，有时刚发现某个第二种形态的暗物质群出现在空间中的某个位置，在下一瞬间，却突然消失了，就像这些暗物质从来就不存在一样。”

“可这不可能啊！物质守恒，不管是什么状态的电子，都不会凭空消失——除了在电子—正电子湮灭的时候。”

“这个报告疑点重重，依我看，很多地方简直荒谬至极。我们还要继续听下去吗？”有人开始质疑这个报告本身的价值和合理性。

“继续。”赵国强拿过话筒，用严厉的眼神扫过了整个会场。喧哗的声音终于又逐渐消退下去。

“那我继续说。当外星生命意识到暗物质背后隐藏着智慧生命——也就是我们人类之后，外星生命逐渐产生了另一种逃脱危机的思路，那就是向我们求助。外星生命推测，之前利用的暗物质河流，肯定是我们人类制造的某种机械，因为这些暗物质河流的构造极其精密，绝不可能是自然形成的。但外星生命又无法直接和人类沟通，除了语言和文化等方面的原因，还因为人类以及大部分物体都是由第二类暗物质组成的，经常瞬间消失和出现。事实上，它们根本无法长期而精准地锁定某一个人，更别说跟人类沟通了。

“但是，经过一段时间的研究后，外星生命还是掌握了一些第二类暗物质的性质和简单的控制方法。知道了怎样借助这些暗物质的颜色和特定的排列方式，让暗物质之间产生各种力的作用，从而改变暗物质群的形状和大小。它们也终于明白了‘河流’干涸的原因——因为‘水坝’改变了暗物质群的颜色和排列方式。”

“插嘴说一句，”孙元一说道，“虽然报告中的内容和我们的术语不一样，但其实很好理解。用我们的话来说就是，这些外星生物通过控制众多电子的自旋，改变了物体的磁性——准确地说是磁序，逐步掌握了控制这些物质的方法。举个例子，大家还记得东吴市的‘915’动车事故吧？”

“啊，我记得，那件事当时也很轰动，一直没有调查出结果来。”有人感叹道，“说起来，那不过是一年前的事，但现在感觉好像已经过去很久了。”

“是啊，那之后发生的事，可就太多了！”

“难道那件事也跟外星人有关？”

“当然，其实我本人就是事故调查组的一员。那件事的奇特之处在于，一辆货车，突然从地面飞起，撞到了上方的铁路桥。我曾经从货车的金属车厢上检测到明显的剩磁，并推测货车其实是在磁力的作用下向上飞起来的。但我一直想不通的是，为什么普通的金属车身，会突然变成了一块具有强磁性的大磁铁。现在想来，那显然是外星人在研究所谓的‘暗物质’时造成的后果——改变了车体金属的自旋状态，让它变成了一块巨大的磁铁！通过这样的实验，外星人学会了制造和利用磁力的方法，并且在我们的世界中完成了一项堪称宏伟的工程——在一大块规则的长方体物质中产生与下方的托盘相排斥的力，通过震动让其与四周分裂，并悬浮起来——这就是后来制造出的石碑。

石碑上的字迹也是通过类似的方法刻印出来的，我估计外星人能在厘米甚至毫米的精度上对物质进行塑形。”

“这仍然没有解答我之前的疑问。我毫不怀疑外星人具有通过磁力控制物质，进而制造石碑的能力。但动机呢？既然它们已经认识到人类的存在，并且知道了那些暗物质河流是源于我们组建的机械，那为何还不肯恢复这些导体的导电性——它们只要撤掉‘水坝’，再恢复之前的磁序就好了——不是吗？”

“是啊，它们不是有求于我们吗？为何还要和我们作对？”

“正因为有求于我们，所有它们才不肯轻易恢复那些‘河流’的原貌。”古河想了想，又说道，“假如我是绑匪，抓了几个人质，在没要到赎金的情况下，我又怎么肯轻易放人呢？”

5

“老大，人质受伤了！”

“怎么回事？”

“这个小妞，”红发男子一手抱着露丝，一手捂着她腿部的伤口，“她真是索罗的女儿吗？咱们快顶不住了！”

秃顶老头儿从拐角处探出头去，一连开了几枪，这才退回来察看人质的情况。露丝已经昏迷过去，她的腿部中了一枪，血流了一地。他在心里暗骂了几句，然后招呼手下把剩下的人质都带回来。

“退到维修间里面去。”他拉开墙上的一扇铁门，先钻了进去。

虽然决定优先救出阿木，可卫队并没有完成既定目标，现在不仅阿木依然受困，露丝也受了伤。现在，在秃头老大的要求下，阿木和唐纳德很快被推了进来。看到露丝的现状，他们都露出了气愤和恐慌的神情。他们没想到索罗完全不顾露丝的安危，发动如此高强度的突击。

那可是他的女儿啊！阿木和唐纳德想到此处，都觉得背脊一凉。

“你到底是谁？”秃顶老头儿把阿木叫过来，“我看索罗根本就不管这小妞的死活，反而对你倒是在意得很。”

“我……我是阿木。”

“我他妈不是问你叫什么！你是不是帮索罗做过什么？他为什么这么重视你？！”老头儿几乎声嘶力竭地吼叫起来。

这时，围廊已经全部失守，剩下的三名毒贩都退入了狭窄的维修间里。铁门关闭，但门外很快便传来密集的枪声，看样子守不了多久了。

“好吧，不管你是谁，大不了同归于尽。”秃顶老头儿一把将阿木拉起来，推到房间的最前面。房间里非常昏暗，弥漫着一股朽木的味道。阿木发现地上软软的，好不容易适应黑暗后才看清，地上堆满了劈好的木材和枯枝，一旁还有石块堆成的小灶，看样子这里平时被当作厨房。

外面的政府军开始大力踹门，没几下就把铁门踹倒在地。接着，一队黑影迅速地冲了进来。

红发男子和剩下的毒贩都在枪声中倒下，秃顶老头儿则拉着阿木缩在一大堆木柴背后。阿木被一枪顶住额头，枪口烫得他难受。

“听着，这小子在我手里！再过来，我马上毙了他！”老头儿疯狂地喊叫着。

等索罗进入这个狭小的维修间时，政府军已经完全包围了房间角落的这堆木柴。有人拿出了照明的电瓶灯，把房间照得透亮。

“教主，圣女受了重伤，我们已经把她运出去抢救了。我们现在也护送您去医院吧。”

“嗯，我知道了。”索罗似乎松了口气，但立刻重新板起脸来问，“祭司呢，他没事吧？”

“应该没事。”队长指了指刚被救出来的唐纳德，“您可以问问他。”

见索罗看过来，唐纳德立刻回答道：“祭司大人他没事，刚才我一直和他捆在一起，他一点伤都没有。”

“没事就好。”索罗口中这样说，看唐纳德的眼神却不像“没事就好”。接着，他挥了挥手，示意手下将唐纳德带出去，而他走到队伍的前方，冲着最后的绑匪，沉声说：“放了他，我以电神的名义起誓，放你出去，以后也绝不追究今天的事！”他的话听上去无比诚恳，但有一种不容置疑的威严充斥其中。

秃顶老头儿没有答话，但也没有拒绝，似乎陷入了迟疑。房间里一时变得安静起来。

就在这时，某种奇怪的声音从众人的脚下传来。声音低沉而有力，连绵不断，听上去像是某个锈蚀已久的大门，正在缓缓打开。

6

在地球的同步轨道上，三百束电子流从太空站发出，以百分之一的光速，精确地向着太阳系外围的某个方向奔腾而去。它们这趟旅行的目的地，位于五千万千米之外的火星轨道附近，需要四个多小时才能到达。

而在这庞大的太空站上，报告会仍在持续。古河看着四周的人群，一边努力回忆脑海中的画面，一边用概括性的语言讲述：

“计划的第一步，是向人类表明其智慧生命的身份。

“因此，外星生命控制着从地下冒出的石碑，并在石碑上书写了大量足以体现其文明成就的内容，包括数字和数学符号、物理学公式、元素的组成等。当这些石碑被广泛关注和研究后，它们认为人类已经对自己有了一定程度的了解，然后它们制造了新的石碑。

“在这些新石碑上，外星生命借助一道题，表明了现在的危险处境。题目的答案，其实就是外星生命的飞船脱离危险区域所需的能量值。如果人类能够理解它们的处境，并在石碑上写出正确答案，那它们就会将相应地区的‘河流’恢复原状，以体现其善意；同时也以此表明，自己希望凭借这样的条件来获得人类的帮助。

“可当计划进行到这一步时，出现了意想不到的状况：石碑上的问题久久得不到正确的解答。这让它们宇航局的一帮科学家陷入了迷惑之中。之前，外星人通过评估暗物质河流中体现出的精巧构造，判断我们是一种具有高度智慧的生物，应该很容易就能解答出石碑上的问题——毕竟，那只是一道相当于中学水平的题目而已！可这道题竟然难住了那些暗物质背后的智慧生物。这种情况一度让计划陷入僵局，甚至濒临破产。”

“这倒是我们的错了？”有人不屑地说，“外星人在石碑上给出的那些公式和元素结构，简直是错误百出，竟然还敢说我们的解答有问题？”

“这里面应该有某种误会。”孙元一解释道，“我们认为外星人的知识是错误的，它们也认为我们给出的答案不对。我怀疑，双方一定是在某个很基础的地方，发生了意想不到的分歧，而我们谁都没能觉察到。”

有人点了点头，也有人不以为然。

“然后呢？”

“之后发生的事情，由我来说明。”文仔从座位上站了起来，他向古河以及参会者示意了一下，便接着说了起来：“之前，我们宿舍的几个人，还有孙老师，曾一起近距离观察过教学区的石碑。没想到的是，那天的观察引起了一场意外。古河用手触摸石碑后，突然陷入了昏迷状态。从后续的事件看，这应该是因为石碑的创造者在古河的大脑中发现了一条新的‘河流’，并借着这条河流入侵了古河的大脑。”

“等等……大脑中怎么会有‘河流’？难道他是机器人，脑子里有电路不成？”

“你们忘了他眼睛里那台嵌入式成像系统了吗？”

“哦，对啊！”

“这起偶然事件，对于外星人来说意义重大。这是外星人第一次直接和人类进行沟通，而不是借助于那些古板单调的碑文。因此，外星人向古河输送了大量关于其处境和生存状态的信息，并给出了一个可以拯救它们的具体建议——向太空中发射电子！”

文仔说完话后，径直坐了下来。房间里的人似乎还在消化这一系列震撼的消息，一时竟没有人发言，连讨论都没有。不断有人转头打量古河，目光中满是怀疑。不管是电子河流、奇怪的水坝，还是那些只能看到电子的外星人，所有这些说辞，都让他们疑虑重重。但是，没有人在这时候出来质疑。所有人都在静静地等待着。

这些异想天开的解释到底是真是假，他们很快就会有答案了。

因为，一个关键性的证据正在从五千万千米之外以光速传送回来。

忽然，扩音器里响起了一个电音，打破了会场的死寂。那是从太空站的信号接收台传来的声音：

报告！报告！我们已接收到目标区域韧致辐射产生的电磁信号！辐射光子的能量角分布及光子数角分布特征均符合预期，可以确认是目标电子的减速所致。

伴随着众人的惊叹，电音在房间里回荡。证实了，竟然真的证实了！在此之前，一切都是假设和猜测，最多也就是古河的一面之词。大家可以认为他疯了，或者患了狂想症。但在接收到证据后，一切的猜测都变得确凿无疑了。

“这个什么辐射……到底是怎么回事？”陈松还是一脸茫然。

“韧致辐射，简单来说就是电子在直线加速或者减速时，所辐射出的电磁波。”文仔小声地向陈松解释道，“比如，当高能带电粒子与原子核发生碰撞并减速时，就会发出韧致辐射。换句话说，既然我们接收到了来自目标区域的辐射信号，也就说明我们在几个小时前发射的电子束，在目标区域发生了减速的现象。根据星图，目标区域是一片空无一物的星际空间，没有任何可以与电子发生显著相互作用的物质，那为什么这些数量庞大的电子束会发生这样的减速效应呢？”

“因为……外星人？”

文仔点了点头，“这是唯一的解释。”

整个房间再次变得躁动起来，而且这次的躁动似乎更难抑制。信号台不断汇报着辐射光子的具体参数，马上有人根据这些参数快速进行了估算。他们立刻发现，在计入了辐射的能量之后，整个电子体系的总能量并不守恒。也就是说，有很大一部分能量都被转移到了外星人的飞船上。

“果然如此啊！”

“看来那孩子说的话还是可信的。”

“还可以再观察一下，那些话里还是有很多疑点的。”

人们激动地互相讨论着。不管是谁，不管他们是否完全认同古河的报告，但他们至少意识到了一点：自己现在亲身经历的这起事件，一定会被载入人类文明的史册——或许，也将载入另一个文明的史册。

在热烈的讨论中，时间慢慢地流逝着。不知何时会议已经结束了，主席台上已经空无一人。但仍有为数不少的人还逗留在房间里，激烈地讨论着什么。

古河静静地靠在椅背上。他闭着眼睛，耐心地等待着来自另一个世界的声音。在漫长的等待之后，他猛地睁开了眼睛——那个熟悉的声音再次出现了：“足够了，可以停止发射了。”

他走到控制台旁边，微笑着说道：

“一切都结束了！”

THE ORPHANS OF RED PLANET

XIII

真　相

《2035年普通高等学校招生近腾中学特别考试》

（“263计划”特批卷）

请在碑文的空白处填写正确的答案________________

答案：32.7

1

忽然之间，在地球那一亿四千九百万平方千米的陆地上，每一块悬浮在空中的石碑都开始摇晃起来。石碑，以及隐藏在石碑下方泥土中的托盘，都在逐步地失去磁性。在这之后，石碑将被重力重新拉回地面。

所有电器和电缆中的导线，都在一天之内恢复了正常电导。但电力并没有立即恢复，因为很多电站都已停止运转，需要经过一段时间的检修才能恢复供电。各地的电力网络也多有缺损，很多变电站和高压电缆在大火中被烧毁，连维修的人力也严重不足。

但不管如何，人类总算是等到了黎明的曙光。一些地方的路灯已经亮起，那昏黄的灯光仿佛来自另一个世界。

然而，电力的恢复带来的并非全是好事，它也让一些人瞬间陷入严重的危机——比如身处洛杉矶潮汐电站里的这群人。

在电路恢复正常之后，电站的中控系统迅速启动了自检程序，通过感应装置对当前水坝两侧的水面高度进行比较后，程序缓缓地提起了进水的闸门。

海水迅速灌入水轮机所在的过水通道。然而，破损严重的隔离墙已经无法约束通道中的海水了，它们从无数缝隙中涌入了位于水轮机上方的厂房底层。

当人们反应过来时，水位已经迅速上升到了膝盖的高度。即便是军队，此刻也陷入了混乱，虽然撤离命令还没下达，但大部分士兵已经抛下笨重的武器，向着楼梯口逃去。

“走！先出去。”索罗再也顾不得被劫持在柴堆后的阿木，转身向门口跑去。水位迅速抬高，水流裹挟着泥沙、柴草和各种杂物，牵绊着人们的脚步，而水下更是一片浑浊，视野极其有限。政府军的队列逐渐散乱开来，到最后已经完全脱离了纪律和职责的约束，每个人都疯狂地向楼梯口游去。眼看距离出口不远时，一股大浪打来，顿时把所有人都淹没在其中。

阿木也在水里奋力拼搏着。他仿佛又回到了学校，回到了综合楼的 2133 教室，回到了对高考的恐惧之中。此刻，秃顶老头儿已经不知所踪，大概是在混乱中逃走了吧。窒息的感觉开始出现，阿木近乎麻木地向前游动着。渐渐地，他的意识开始模糊起来。在一片混乱中，他仿佛看到了一根白色的塑料杆。杆子上，有一块玻璃板制成的课桌，课桌上荧光闪耀，显示出一道熟悉的题目来。

那是一道化学题，要答题者选择一项可以灭火的化学物质。题目下方有四个选项，分别是碳、氮、氧、氟四种元素的单质。这道题简单到几乎不用费力思考，他条件反射地向课桌游去。他觉得，只要能按下那个正确的按钮，身下的课桌就会立刻升起，把他带出水面。

在他意识消失的最后瞬间，他的手按在了课桌上。接着，一只粗壮的手臂拉住了他，把他拖出了水面。

“找到祭司了！”一个士兵高声喊道。

唐纳德连忙凑过来，只见阿木那苍白的手正死死抓住那根从楼梯口伸下去的钢管，几个人费了好大力气才掰开他的手。

“教主呢？”

“还没出来！”

“怎么办？要不要再派人下去……”

这声音说到一半就停了。一块厚重的石棉瓦从厂房屋顶掉下来，正好砸在他的头顶上。

“该死，起火了！”有人大声喊道。

士兵这才发现，墙边那破烂的电缆线不知何时竟冒起了滚滚浓烟。长久没有检修的电缆，多处出现绝缘层脱落甚至短路的情况，乍一通电，很快就烧了起来。不一会儿，整个厂房里都燃起了大火。刺鼻的焦臭味，混入了海水和泥沙的味道，格外难闻。

“快走吧，”唐纳德扶起阿木，一边向外跑一边大喊，“这儿马上就要塌啦！”

政府军迟疑了一会儿，最终还是在几分钟后撤离了厂房。不多时，一声巨响传来，厂房顷刻间崩塌成了一片废墟。在废墟之上，大火燃烧得更加猛烈了。

2

恢复电力后的一个月，最后一批学生和老师搭上了返回地球的中型太空船，顺利从太空站上撤离。文仔、古河与陈松都在这最后一批中。撤离的顺序是抽签决定的，本来他们在半个月前就可以返回地球了，但在这些日子里，文仔一直往孙元一的办公室跑，俩人神神秘秘地在干些什么，因此耽误了返程的时间。而古河和陈松决定留下来陪文仔，除了朋友间的义气，当然也是因为好奇。

在经过短时间的无重力阶段后，太空船上的旋转设备开始启动，在所有的舱体里，乘客们又重新感受到了那熟悉的重力。这时，座椅上的安全带自动解开，人们终于可以站起身来，自由活动了。

古河手臂上的腕表突然振动了一下。他看了一眼后，脸上露了既惊讶又疑惑的表情。

“怎么啦？”坐在旁边的陈松问。

“是文仔，他让我们去 314 室。”

“干吗？”

“他没说。”古河从座位上站了起来，“走吧，去看看就知道了。”

314 室，其实是指 3 舱 14 号房间。太空船的旋转部分一共包含了十二个舱体，6–12 号是客舱，每个客舱中都像普通客机一样有几十个座位。4–5 号通常是货舱，而 1–3 号则是乘务人员的工作区域。古河二人首先沿着狭窄的通道来到了转轴舱中——这里是一个失重的圆柱体空间，也是所有舱体转动的中轴线。从这里找到 3 号舱的入口后，再沿着一条类似的通道前进便能进入。

3 号舱里没有密密麻麻排列着的座位，也看不到乘客，只有一个个独立的工作间分布在走廊的两侧。两人很快就找到 14 号房间，没等敲门，房门就自动打开了。向里看去，房间里只有一张两米来长的办公桌，以及一台投影仪。文仔和孙元一正坐在桌子的两侧看着他们。

“大老远把我们叫过来，要搞什么事情吗？”陈松嬉笑着踏进房间。古河跟着走了进去，坐在了文仔的旁边。

“你俩等我这么久，不就想知道一切的真相吗？现在我就给你们报告一下我和孙老师的研究成果。”文仔毫不掩饰自己的得意。

“切，没兴趣！真相古河之前都说了。”陈松被猜中心思，佯装生气把头别了过去。

“可是，你难道不觉得当时的说辞疑点重重吗？如果不是因为有韧致辐射的信号作为证据，我估计根本没人相信古河的话。可即使如此，有些疑点仍然是客观存在的。”

“你是说，现在你已经解开这些疑问了？”古河插话道。

“准确地说，我只是有了一个猜想。”文仔看了看孙元一，继续说道，“我和孙老师详细梳理了这件事中所有的疑点。在提出我的猜测之前，不妨请孙老师再将它们简单盘点一下。”

“好，”孙元一点了点头，在手腕上按了几下，“大家先看一下投影。”

只见投影屏幕上出现了几行简短的文字：

表观疑点：

疑点一、无穷大的逃逸速度。

疑点二、错误的化学性质。

疑点三、除了电子，它们无法感知到其他的基本粒子。

疑点四、它们的星球到底在哪里，为何我们从来也不曾发现它们？

“我先说明一下，”孙元一指着屏幕说道，“其实我们发现的疑点远不止这些，但是经过我们这段时间的整理，发现这些疑点其实都并非真正的疑点。因为它们大部分都可以归因于两个更本质的疑点。”

屏幕上的文字渐渐隐去，出现了新的内容：

梳理疑点：

疑点一、大量物理公式的幂指数错误。

疑点二、原子核外层的电子排列混乱。

“举个例子：据石碑上所言，氧气是一种惰性气体，无法燃烧，覆盖在物体表面具有灭火的功效。在我们看来，这是极其荒谬的……”

“对，教材上确实是这么写的。”陈松脱口而出。

“我还因为这个被电击过。”文仔吐槽道，“有一个题，让我们选可以灭火的化学物质，答案竟然是氧气。真是坑！”

“那是因为你们用的是‘263 计划’的特别教材。在正常学生学习的教材中，也就是我们的知识体系中，氧气不仅无法灭火，而且具有助燃的功能。”

“这就是所谓的疑点吧？”

“不错。这样有关物质的化学性质错误，在石碑上比比皆是。乍看上去，它们都是胡说八道，毫无章法，可一旦我们把它们跟石碑上另一些内容联系起来，结果就大不一样了。”孙元一顿了顿，突然问道：“你们知道为什么这项计划的代号叫‘263’吗？”

古河和陈松想了想，都摇了摇头。

“那是因为石碑上的一个关键性疑点：原子的核外电子排布。

“在我们正确的知识体系中，电子在原子核外是一层一层分布着的，最里面一层最多只能容纳两个电子，第二层最多容纳八个电子。然而，石碑上描述的却不太相同。从它的核外电子层结构来看，第二层最多只能容纳六个电子。因此，以钠元素为例，其核外的十一个电子，就应该按照 2、6、3 的规则来排列，而不是我们认知的 2、8、1 了。这就是‘263’这个代号的由来。”

古河和陈松这才恍然大悟。

“氧原子核外有八个电子，如果按照正常的排法，应该是第一层两个，第二层六个——缺少两个电子到达八个电子的满壳层。因此，在化学反应中，氧原子通常可以抢夺其他元素的电子，从而表现出氧化性。然而根据石碑的讲法，氧原子第二层排列的六个电子已经形成稳定的满壳层了，所以在化学反应中既不容易得到电子，也不容易失去电子，对外表现出强烈的惰性。所以，只要我们牢牢记住‘第二层最多排六个电子’这一点，很多在我们看来错误的化学性质，就都变得理所当然了。”

说完这些，孙元一停顿了片刻，见古河二人都基本理解了之后，又继续说下去：

“同样的，很多在我们看来无比荒谬的物理结论，也可以归因于那些石碑上独特的物理公式。比如，我们计算脱离某个星球的引力束缚所需的能量时，是将万有引力做的功从当前位置积分到无穷远处，写成公式就是这样：

$$\int_{R}^{+\infty}\frac{GMm}{r^{2}}dr=(-\frac{GMm}{r})\Big|_{R}^{+\infty}=\frac{GMm}{R}$$

“你们注意，这是一个有限大小的数值。然而，据石碑上记载，万有引力的计算公式是$F=G\frac{Mm}{r}$。你们看，二次方变成了一次方！根据这个公式，积分的结果如何呢？我们看屏幕：

$$\int_{R}^{+\infty}\frac{GMm}{r}dr=(GMm\cdot lnr)\Big|_{R}^{+\infty}=+\infty$$

“看到了吧，一旦修改了万有引力公式中的幂指数，积分结果就将不再收敛——或者说，据此计算出的逃逸速度就将变成无穷大！”

古河和陈松已经呆住了。他们看着屏幕上显示的积分公式，有些尴尬地笑了笑。文仔连忙好心地向孙元一解释道：“高中生还没学过微积分呢！”

孙元一露出疑惑的神情，“是吗？这么简单的一元微积分都没学过吗？我还以为初中就讲过了……”

“没有没有！”文仔连连摇头。

“好吧，”孙元一总算艰难地接受了高中生不会微积分这个事实，“没关系，总之我的意思是，这些异常的物理公式和我们所看到的疑难现象，事实上是统一的。

“因此，从石碑上表达出的种种反常的现象，其实并没有看上去的那么多——它们都是基于一些更本质的物理和化学基础。而正是在这些地方，它们和我们出现了巨大的分歧！至于这些分歧产生的原因，我一直都想不通。直到文仔找到我……”他冲文仔既欣赏又感激地笑了笑，“我才如梦初醒啊！”

“那到底是什么原因呢？”古河转向文仔问道，“我看过一个叫《勾股》的科幻小说，里面提到在宇宙不同的位置，宇宙规律也会发生变化。难道这些外星人也生活在一个那样的地方？”

“没那么玄乎！答案其实很简单——这些外星人生活在一个二维的宇宙中。”

“二维？”

“不错！我们所生活的宇宙，在空间上是三维的，也就是说，对于任一个点来说，都有上下、前后、左右三个互相垂直的方向。而在一个二维的宇宙中，则只有两个相互垂直的方向——你们可以把这个宇宙设想为一张没有厚度的纸，所有的星球和生命都存在于这个平面之中。”

“可是，你是怎么知道的？”

“我说过，这是一个猜想。”文仔再次强调这一点，“可是，这个猜想能够完美地解释刚才的所有疑点。

“比如，在二维宇宙中，能量只能沿着一个平面向外辐射开，辐射的前端是一个圆，而不是三维宇宙中的球面。因此，在二维宇宙中，所有的长程力都和距离的一次方成反比，因为这些力正是通过保守的具有能量的势场来传递的。这就解释了石碑上的万有引力定律为何‘异常’。

“又比如，在三维宇宙中，排列在核外的第二层电子，可以沿着三个彼此垂直的方向排布自己的轨道；而在二维宇宙里，只有两个彼此垂直的方向可供选择。因此，在第二层电子上，二维宇宙就比三维宇宙少一个电子轨道的极化方向——考虑到每一个轨道上都可以排列两个自旋相反的电子，在二维宇宙中，第二层电子最多不就只能是六个了吗？”

说到这里，文仔便停了下来，为了帮助两人理解，他在屏幕上投影出了一张表格：

二维宇宙的元素周期表（部分）

I	H									He
II	Li	Be					B	C	N	O
III	F	Ne					Na	Mg	Al	Si
IV	P	S	Cl	Ar	K	Ca	Sc	Ti	V	Cr
V	Mn	Fe	Co	Ni	Cu	Zn	Ga	Ge	As	Se

“这是我根据能量最低原理，按照二维宇宙的空间规则，排列出的一份新的元素周期表。可以看到，在这里，卤族元素氟变成了碱金属，而氧、硅则排到了最后一族，成了惰性气体。我将这张表格和石碑上的各元素的化学性质进行了逐一的比对，结果完全符合——这恰好从另一个角度证明了我的猜测是正确的！”

“也就是说，”古河终于明白了事情的原委，“那些外星人并不在我们这个宇宙？”

“可以这么说，但是并不准确。严格来说，那些外星人和我们应该生活在同一片空间，或者说，外星人的宇宙与我们是重叠在一起的。那些二维的宇宙空间，或许就像扭曲盘旋着的彩带一样，堆积在我们这个宇宙的每个角落。但是，因为它们和三维的物质无法产生力的作用，所以我们无法察觉到它们的存在。或许你我的体内就存在着无数二维的外星人！”

陈松换了个坐姿，或许是文仔的话让他突然觉得有些别扭。

“哈哈哈，放心吧，不会吃了你的。”古河打趣道。

“可是，外星人不是能控制电子吗？”陈松反驳道，“难道电子不是我们这个宇宙的？”

“问得好！”文仔猛拍了一下桌子，“或许，电子还真不属于我们这个宇宙！”

古河和陈松都愕然地望着文仔，连孙元一都讶然地看着他，显然也是第一次听到这样的言论。

“在三维的宇宙中，所有的物质都应该具有一定的体积。可是，我请问大家，电子的体积是多少？”

文仔停顿片刻，然后看向了孙元一，后者想了一下说：“根据量子电动力学的理论，电子的体积为零。如果我没有记错的话，1966 年，丁肇中做了著名的电子半径的测量实验，证实了上述结论。”

“不错，目前科学界主流的看法仍然是，电子是没有体积的。那么，一个没有体积的物体，算是三维宇宙的一部分吗？”

孙元一闻言一震，脱口说道：“难道电子是属于二维宇宙的一部分？！”

“这就不得而知了。”文仔叹息道，“或许电子根本就没有维度，或者说它的维度是零维。它就是一个点，没有长度，没有宽度，没有厚度，也没有体积，但它却存在于所有维度的宇宙中。也许正因如此，它才成为各个维度宇宙间的‘黏合剂’。你们还记得，外星人发现的‘暗物质’的两种性质吧——第一类‘暗物质’可以形成连续的‘河流’，而第二类‘暗物质’则经常莫名消失不见。”

“对，是有这么一条！”

“你们想想，如果这里有一根导线，二维宇宙要怎样穿过这根导线才能发现电流的存在呢？如果只从某个横截面穿过，那么电子从二维宇宙中穿过时，就会瞬间出现，然后消失不见。只有当二维宇宙的平面和电子的流动方向完美贴合时，那些外星人才能在自己的宇宙中看到一条连续的河流。因此，我猜测，自由电子具有一种特殊的功能，那就是可以将二维宇宙沿其移动方向和三维宇宙粘合起来，从而形成了外星人观察到的暗物质河流。而束缚态电子则不具有这样的能力。”

听到这里，古河陷入了沉思，然后惊叹道：“真没想到，一个比我们低维的生命，竟然能给我们带来毁灭性的灾难。”

“纵然是低维度的智慧种族，依然可以扼住高维度生命的喉咙。”文仔的眼中绽放着光芒。

3

阿木醒来的时候，身边只有唐纳德和露丝两个人。露丝仍然没有醒来，但伤口经过包扎，看上去已经好多了。

“那些士兵呢？”他问唐纳德。

“都走了。”

“他们不管索罗了？”

唐纳德脸上露出苦笑的神色，“刚传来的消息说，所有地方的电力都突然恢复了——不光美国，全世界都恢复了。那些士兵接受了新的指令，已经全部离开了。简单来说，政府军已经放弃了索罗，放弃了神国。”

阿木花了很长时间才消化掉这个消息。他感到身体里有什么东西正在消失，像是在阳光下蒸发的露珠。当他抬起头时，他发现前方的厂房仍有零星燃烧的火光。

唐纳德手持一把铁锹，正向着厂房走去。

“你去哪儿？”

“索罗还困在里面，”唐纳德回答道，“我去看看能不能找到他。”

阿木犹豫了片刻，看了看昏迷的露丝，叹了口气，然后努力站了起来，跟着唐纳德向前走去。他不知道露丝醒来后，会如何面对父亲之前做出的选择。不管怎么说，索罗几乎选择了牺牲露丝，虽然露丝背着索罗，带着自己逃跑了，但其实她并不恨自己的父亲，最多只是愤怒罢了。而她一直认为，父亲对自己是很宠爱的，这种宠爱是超越其他存在的。

但事实并非如此。

阿木为露丝感到难过。

他们沿着一片燃尽的废墟区域进入厂房，找到了地下室的入口。随着电力的恢复，泄水闸以及相应的控制系统已经重新运转，坝体两侧的水位差迅速得到了控制。此刻，地下室的海水已经退去，被焚烧后的地下室无比空洞。

地下室的水退去后，只留下一地泥泞。在电缆线经过的地方，到处都有火光升起。借着火光，两人四处搜寻着。在回字形环廊的一端，两人分头出发，各自沿着不同的方向前进。

当阿木走到回廊一侧的转角处时，突然听到脚下传来一阵微弱的呻吟。他循着声音传来的方向看去，只见在一块巨大的木板下，压着一个焦黑的人影。木板的一侧还有明火，借着这火光，阿木终于分辨出了眼前的人。

那正是索罗。此刻的他已经奄奄一息，连呼救的音调都微弱无比，全身的衣服完全湿透，整个人灰头土脸，看来是在最后的混乱中被水流冲出了地下室，捡回了一条命。

“我会救你出来的。”他蹲在地上，对索罗轻声说道。

阿木试着搬开索罗身上的木板，但木板很沉，即便能稍微搬动，也不可能彻底移开。但搬动让木板下方的暗火重燃为明火，火焰沿着索罗的一侧烧过来，很快点燃了索罗身上的皮质外套。

在大火的灼烧下，索罗发出了急促而痛苦的呻吟。

阿木一边大喊着唐纳德，一边到处找东西灭火。就在这时，他看到了散落在墙角的一只橙色的钢罐，钢罐的表面有一个他无比熟悉的标识，顿时面露喜色。这是一瓶惰性气体，教科书上清楚地写着，将其喷出后，气体覆盖燃点，大火将会立即熄灭。

好吧，不管怎么说，你也是露丝的父亲。他想，就算你放弃了露丝，但露丝绝对不会放弃你，更不会眼睁睁看你葬身火海吧。

他手持钢罐靠近索罗，用手握住把手，长吸了一口气，然后按照上面的提示，猛地压下了喷气阀门的开关。

这时，唐纳德刚好从对面赶过来。他的眼中顿时出现了一幅不可思议的景象：

一个耀眼的火团猛地膨胀开来，体积瞬间扩大了数十倍，就像发生了一场无声的爆炸。烈火包裹住了地上的木板，连同木板下方的人影，一同化为了一条巨大的火蛇。大火带来的热度让唐纳德连连后退了几步，直到火势稍缓，才再次上前察看。

阿木已经晕倒在地上。大火并没有如他所想的熄灭，他甚至都不知道发生了什么就失去了意识。在木板下，另一个焦黑的人影，已经在大火中变得面目全非。

一只焊接用的氧气瓶掉落在一旁，出气阀嵌入了湿润的泥浆之中。一连串的气泡从泥浆中冒出来，仿佛有某个神秘的怪兽隐藏在里面。

4

大火虽然早已熄灭，但整个世界要恢复，还要很长的时间。各种基础设施需要重新建设，最关键的是，人们的心态需要主动或被动地进行平复和矫正。刚恢复供电的一段时间，所有的人都在报复性地使用各种家用电器，即使不在家也二十四小时开着电视。到了夜里，所有的公共照明设施都绽放出最刺眼的光芒，把整个城市笼罩在一片辉煌而异样的光明中。

灾难背后的始作俑者——那些二维宇宙的智慧生物，在互联网恢复之后也很快广为人知。人们对这些外星智慧生命的感情很复杂，既怨恨，又同情，更多的是极端的好奇，很多人都在询问是否可以再次同那些外星智慧生命取得联系。各种版本的古河回忆录纷纷推向市场，深受读者的追捧。

对二维宇宙科学规律的研究成了一门显学，《自然》杂志和《科学》杂志都对此开设了专门的子刊供相关研究论文发表。其中，《自然·二维宇宙学》还邀请孙元一作为特约主编。

政府在东吴市修建了一所石碑博物馆，那些镌刻着二维宇宙信息的石碑被收集了起来，供人们参观。其中一座石碑甚至重新恢复了悬浮状态，静静地停留在基底上空，但这次不是二维生物所为，而是人类的手笔。

当然，人类无法像二维生物那样直接控制大量电子的自旋状态，从而改变任意物体的磁性。人类只有借助嵌入石碑中的永磁体、安装在基底中的一套电磁线圈以及大量复杂的平衡反馈调节系统，来稳定石碑的悬浮状态，其原理和悬浮音响一样。

“263 计划”的存在本来是国家机密，不准备对外公开的，但在这个网络媒体空前发达的社会，终究还是流传了出去。在巨大的舆论压力下，政府终于承认了计划的存在，并公开了相关细节——包括那一套临时编纂的教科书。

整个社会为这个计划吵翻了天。

起初，大部分人对此持肯定态度，认为这个计划虽然有些荒唐，但在客观上促成了事件的解决，值得肯定。但随着时间的推移，越来越多的反对和质疑声开始出现。

导火索是近腾中学的教学细节被曝光——项圈、小黑屋、紧迫教学法，越来越多的信息被公之于众。近腾集团的股价也连连跌停，随着教育部和公安部的联合调查小组进驻学校，这所学校终于被摘牌退市。人们开始反思，为何在现代社会，仍然有如此多的家长迷信高考和分数，近腾集团这样的教育机构，其存在的社会土壤又在哪里呢？

随后，更加尖锐的批评开始出现，而且直指“263 计划”本身。在没有取得学生同意的前提下，隐瞒事情的真相，通过教科书向其灌输错误的信息，这是否侵犯了学生的受教育权？经历过“263 计划”的那一批学生，对这个世界的认识——或者说世界观——是否已经受到了不可逆转的扭曲？针对公众的质疑，有关部门立刻召开发布会，介绍了计划的后续情况。主要的内容有两点：一是对于这批学生，国家已经成立了专门的辅导小组，重新教授正确的科学理论，全力消除之前教学的负面影响；二是在经济上对其进行补偿，同时在高校录取上给予一定的政策照顾。

如今，这个世界终于摆脱了混乱的漩涡，再次回归了秩序。这颗曾被大火蔓延的“火星”，在热浪褪去后，终于露出了灰褐色的斑驳大地。或许，在那些灰烬遍地的沃野里，有无数新生的嫩芽正努力冒出头来。

后　记

这本小说从动笔到完结，前后用了两年多时间，而后修改又持续了一年,是这几年我倾注心力最多的一部作品。最初设想的书名是《高考纪事》，后来觉得太过普通，也不够科幻，便改成了现在这个——既暗示了外星文明所困的位置，同时也隐喻了人类的困境。

《火星孤儿》是我出版的第一本长篇小说。在此之前，我发表了一些中短篇小说，也出版了《完美末日》和《蜂巢》两本小说集，于是渐渐有了创作一本长篇小说的念头。小说的核心设定其实来自一个简单的想法：如果教材上的知识全是刻意编造的，世界会怎么样？学生会发现吗？我想，很可能不会有人质疑。在读研之前，我曾在一所中学教过两年高中物理。从我的教学体验来看，目前中学的科学教育仍然是以知识为导向的（直白一点说，就是以高考为导向），教师只是简单传授知识本身，并不关注知识的发现过程和科学精神的培养。因此，对于课本上罗列的科学结论，学生们都习惯于毫不怀疑地吸收，而不会去探究它的产生过程，更不会去质疑结论的合理性。但在我的理念中，培养学生的科学方法论和质疑精神，才是科学教育最根本的目的。博士毕业后，我开始从事独立的科研工作。通过观察我发现，当前基础科研领域的大部分研究者，包括我自己，都是在对别人的开创性成果做一些修修补补的工作，真正具有原创性的想法少之又少。这种状况或许和我们长期接受的科学教育有很大关系。

从这个简单的念头到完整的设定，到故事的构思，再到真正的写作，其间延宕日久，有一段时间几乎完全停止了写作。不仅是因为学业和科研两方面事务繁杂，也由于中途几度觉得小说行文干涩、情节枯燥，部分章节我甚至重写了好几遍。在整个创作过程中，我深刻地体会到长篇创作和中短篇创作的区别。跟短篇小说的一挥而就不同，长篇创作显然需要一个更强烈的驱动力和一种更持久的耐心。

最初，这本书的前几章曾在“蝌蚪五线谱”的网站上连载，感谢网站的编辑们对小说的支持。当然，更要感谢的是八光分文化的杨枫老师和夏桑编辑，他们对书稿提出了很多富有建设性的意见，提升了小说的品质。如果不是他们，这本小说也不会出现在读者的面前。

希望大家喜欢这个故事。如果你能从阅读中体会到一丝丝的乐趣，那我们的努力就没有白费。

刘　洋

2018年6月9日